Edward Morgan Forster

Avec une œuvre rare (cinq romans publiés de son vivant, plus un posthume et quelques nouvelles) et tardivement reconnue, Edward Morgan Forster (1879-1970) fut sans doute l'écrivain anglais le plus moderne de sa génération et l'un des plus importants. Peut-être son homosexualité, qu'il assuma en toute discrétion, l'aida-t-elle à franchir les interdits de son époque et à en livrer quelques-uns des tableaux les plus lucides. Toujours teintés d'un humour discret, *Howards End*, *Monteriano*, *Le Plus Long des voyages*, *Route des Indes* et *Avec vue sur l'Arno*, son chef-d'œuvre qui a inspiré *Chambre avec vue*, l'un des plus grands films de James Ivory, sont tous des romans d'apprentissage. Situés dans le premier quart du XXe siècle, ils n'ont rien perdu de leur charme ni de leur pertinence sur les rapports entre les individus. Membre à part entière du groupe de « Bloomsbury », Forster, qui vécut avec sa mère jusqu'au décès de cette dernière en 1945, partagea son temps entre les voyages et de nombreuses interventions à la BBC (« Two Cheers for Democracy »). Retraité au King's College, il est mort à Coventry.

Avec vue sur l'Arno

E. M. Forster

Avec vue sur l'Arno

Traduit de l'anglais
par Charles Mauron

PAVILLONS POCHE

Robert Laffont

Titre original : A ROOM WITH A VIEW

ISBN 978-2-221-25052-5

Dépôt légal : novembre 2020
Éditions Robert Laffont - 92, avenue de France 75013 Paris

Première partie

1. Les Bertolini en 1905

— La Signora n'avait pas le droit de nous faire ça, dit Miss Bartlett, – non, pas le droit. Elle nous avait promis deux chambres au midi avec vue sur le paysage, et attenantes, or, ces chambres donnent au nord, donnent au nord sur une cour, et elles sont très loin l'une de l'autre. Oh ! Lucy !

— Et elle est *cokney*[1] par-dessus le marché, dit Lucy qu'avait assombrie l'accent inattendu de la Signora. On se croirait à Londres.

Elle considéra la double rangée d'Anglais assis à table d'hôte ; entre les rangées d'Anglais, l'unique et bicolore rangée de carafes (eau et vin alternés) ; derrière les rangées d'Anglais, les portraits de feu la Reine et de feu le Poète Lauréat massivement encadrés ; enfin, seule autre décoration apparente, le tableau des offices anglicans (Rév. Cuthbert Eager, M. A. Oxon).

— Charlotte, n'avez-vous pas comme moi le sentiment que nous pourrions être à Londres ? Qu'il y ait

1. Équivalent londonien de *parigotte*. *(N.d.T.)*

tout un monde différent de l'autre côté des murs me semble à peine croyable. C'est la fatigue, je pense.

— Cette viande a déjà certainement servi à faire du potage, dit Miss Bartlett en posant sa fourchette.

— J'aurais tant voulu voir l'Arno ! Les chambres que la Signora nous avait promises dans sa lettre devaient donner sur le fleuve. La Signora n'avait vraiment pas le droit. C'est honteux.

— Le moindre coin eût suffi pour moi. poursuivit Miss Bartlett. Mais vous ! ne point avoir de vue, c'est vraiment dur !

Lucy eut le sentiment de s'être montrée égoïste :

— Il ne faut pas me gâter, Charlotte. Vos fenêtres aussi, bien sûr, doivent donner sur l'Arno. Je ne voulais pas dire autre chose. La première chambre libre sur la façade…

— … vous revient, dit Miss Bartlett à qui la mère de Lucy payait en partie les frais du voyage, générosité soulignée par la bénéficiaire en mainte allusion discrète.

— Pas du tout, c'est à vous qu'elle revient.

— Non, non, j'insiste. Votre mère, Lucy, ne me le pardonnerait jamais.

— Elle ne *me* pardonnerait jamais.

Le ton de ces dames s'était animé ; à dire jusqu'au bout la triste vérité, l'animation n'allait pas sans aigreur. Elles étaient lasses et, sous un masque d'altruisme, querelleuses. Leurs voisins de table échangèrent quelques coups d'œil et l'un d'entre eux – évidemment l'un de ces malotrus qu'on rencontre en voyage – se penchant par-dessus la table, s'introduisit sans gêne dans le débat. Il dit :

— J'ai une vue, moi. J'ai une vue.

Miss Bartlett fut saisie. Dans les pensions, généralement, on ne leur adressait la parole qu'après deux ou trois jours de considération ; souvent même on ne les jugeait « bien » qu'après leur départ. Que l'intrus fût de mauvaise éducation, Miss Bartlett le sut avant même de l'avoir regardé. C'était un vieil homme, massif ; de grands yeux dans un visage régulier et rasé avec soin. Il y avait dans ces yeux quelque chose d'enfantin qui n'était point, pourtant, de l'enfance sénile. Qu'était-ce donc alors ? Miss Bartlett ne prit pas le temps de le considérer et son regard passa du visage aux habits. L'examen ne fut pas très satisfaisant. Cet homme essayait sans doute de lier connaissance avant qu'elles-mêmes ne fussent dans le train. Elle prit donc l'expression la plus vague pour répondre à son interlocuteur :

— Ah ! Vraiment ! Une belle vue, c'est si agréable !

— Voici mon fils, dit le vieil homme. Il s'appelle George. Lui aussi a une belle vue.

— Ah ! dit Miss Bartlett, arrêtant Lucy qui manifestait l'intention de parler.

— Je veux dire, poursuivit-il, que vous pouvez prendre nos chambres et nous les vôtres : échangeons-les.

Dans la rangée de touristes la classe des gens vraiment bien fut choquée d'une telle proposition ; sa sympathie se porta vers les nouvelles venues. Miss Bartlett, pour répondre, ouvrit la bouche le moins possible et prononça :

— Merci infiniment, ceci est hors de question.

— Pourquoi ? dit le vieil homme, les deux poings sur la table.

— Parce que c'est tout à fait hors de question. Merci.

— Voyez-vous, commença Lucy, nous n'aimons pas vous priver...

Sa cousine l'arrêta de nouveau.

— Mais pourquoi ? persista-t-il. Les femmes aiment une belle vue ; les hommes, non.

Il frappa la table des poings comme un enfant mal élevé et, se tournant vers son fils :

— George, persuade-les !

— C'est si évident qu'elles devraient prendre nos chambres, fit le garçon, il n'y a rien d'autre à dire.

Il avait parlé sans lever les yeux sur ces dames mais sa voix était perplexe et chagrine. Perplexe, Lucy ne l'était pas moins ; elle voyait pourtant qu'elles ne couperaient pas à ce qu'on nomme une « grande scène », avec, en outre, la sensation bizarre que chaque parole de ces touristes mal élevés élargissait, approfondissait le débat jusqu'à un point où il n'était plus question de chambres et de vues mais de – ma foi, de quelque chose dont l'existence jusqu'alors lui était demeurée inconnue. Et voici que le vieil homme attaquait Miss Bartlett presque violemment : pourquoi refusait-elle cet échange ? Quelle objection valable ? Ils débarrasseraient leurs chambres en une demi-heure.

Experte en conversations délicates, Miss Bartlett demeurait sans forces devant la brutalité ; impossible de remettre à sa place un être aussi grossier. Son visage s'empourpra de mécontentement. Elle jeta un regard circulaire comme pour dire : « Est-ce là votre genre à tous ? » et deux vieilles dames menues, assises plus haut, leurs châles pendant sur le dossier de leurs chaises, renvoyèrent un regard qui signifiait clairement : « Non, *nous* sommes distinguées. »

— Mangez, chérie, ordonna Miss Bartlett qui se mit à chipoter la viande, objet de son blâme récent.

Lucy murmura :

— Bien étranges, ces gens, en face.

— Mangez, chérie ! Décidément cette pension ne convient pas. Nous en changerons dès demain.

L'impitoyable arrêt était à peine prononcé qu'on dut le révoquer. Au fond de la pièce, en effet, les rideaux venaient de s'ouvrir laissant apparaître un clergyman, corpulent mais sympathique, qui se hâta vers sa place à table, s'excusant allégrement de son retard. Lucy, trop jeune encore pour une parfaite tenue, s'était aussitôt dressée :

— Oh ! Oh ! s'exclama-t-elle, mais c'est Mr Beebe ! Oh ! quelle chance inouïe ! Charlotte, il faut absolument rester maintenant, si affreuses que soient les chambres. Oh !

Miss Bartlett, avec plus de réserve, dit :

— Comment allez-vous, Mr Beebe ? Vous nous avez oubliées, je suppose : Miss Bartlett et Miss Honeychurch qui habitaient Tunbridge Wells, ces Pâques si froides où vous secondiez le vicaire de St-Peter.

Le clergyman, qui avait l'air d'un homme en vacances, n'avait pas gardé de ces dames un souvenir aussi précis que le leur. Il s'avança pourtant d'assez bonne grâce et accepta la chaise que Lucy lui offrait.

— Je suis si contente de vous voir ! dit la jeune fille qui, dans l'état de famine mentale où elle se trouvait, eût été contente de voir le garçon de table si sa cousine l'avait permis. Imaginez ! Comme le monde est petit ! Summer Street rend la chose encore plus drôle.

— Miss Honeychurch habite dans la paroisse de Summer Street, dit Miss Bartlett comblant le vide, elle m'a appris incidemment, au cours d'une conversation, que vous veniez d'accepter…

— Oui, c'est une lettre de ma mère qui m'en a informée la semaine passée. Elle ignorait que je vous eusse déjà rencontré à Tunbridge Wells ; j'ai répondu tout de suite pour lui dire : « Mais Mr Beebe, c'est… »

— Exact, dit le clergyman, j'occuperai le rectorat de Summer Street en juin prochain. J'ai de la chance, voyez, puisque mes fonctions me vaudront un si charmant voisinage.

— Oh ! que je suis contente ! Notre maison s'appelle Windy Corner.

Mr Beebe s'inclina.

— D'habitude nous sommes, maman, moi et mon frère quoiqu'il se laisse rarement emmener à l'ég... je veux dire que l'église est assez loin de chez nous.

— Lucy, ma chérie, laissez manger Mr Beebe.

— Je mange, merci bien, et avec grand plaisir.

À la conversation de Miss Bartlett il préférait celle de Lucy. Il se souvenait du jeu de l'une au piano tandis que l'autre se souvenait probablement de ses sermons. Miss Honeychurch connaissait-elle bien Florence ? Il apprit longuement qu'elle y venait pour la première fois. Donner des conseils à une nouvelle recrue est toujours agréable et Mr Beebe arrivait bon premier.

— Ne négligez pas la campagne environnante, acheva-t-il. Le premier après-midi de beau temps, montez en voiture à Fiesole et faites le tour par Settignano ou quelque chose de ce genre.

— Non ! cria une voix au bout de la table. Vous faites erreur, Mr Beebe... Le premier après-midi de beau temps elles doivent aller à Prato.

— Cette dame paraît fort intelligente, murmura Miss Bartlett à sa cousine. Nous avons de la chance !

De la chance, en effet, car un véritable torrent d'informations se déversa soudain sur elles. On leur enseigna ce qu'il fallait voir, quand il fallait le voir, la façon d'arrêter les tramways, la recette pour se débarrasser des mendiants, le prix d'un sous-main et l'envoûtement de cette ville qui ne cesserait de grandir pour elles. La pension Bertolini tout entière venait de décider, presque avec enthousiasme, qu'elles étaient « bien ». Où que leur regard se tournât, il rencontrait le visage de dames qui criaient vers elles en souriant. Au-dessus de toutes les voix s'élevait celle de la dame si intelligente :

— À Prato ! Il faut qu'elles aillent à Prato ! C'est un lieu d'une sordidité trop exquise pour être exprimable. Je l'adore. Mon plus grand plaisir, vous le savez, est de ruer dans les brancards de la respectabilité.

Le dénommé George jeta un coup d'œil vers l'intellectuelle puis se replia pensivement sur son assiette. Évidemment, lui et son père n'étaient pas des gens « bien ». Au milieu de son triomphe, Lucy prit le temps de le regretter. Voir quelqu'un laissé dans le froid n'ajoutait rien à son plaisir. Se levant pour sortir, elle s'inclina vers les deux outsiders exclus en un petit salut nerveux.

Le père n'en vit rien. Le fils y répondit, mais non point par une inclination symétrique : il éleva seulement les sourcils et sourit. Il paraissait sourire à travers on ne sait quoi. Lucy se hâta de rejoindre sa cousine, disparue déjà derrière les rideaux, des rideaux qui vous frappaient au visage, plus lourds, semblait-il, que leur drap. Au-delà se tenait la Signora félone, flanquée de son petit Henri et de sa fille Victoria[1], qui saluait chacun de ses hôtes d'un bonsoir, avec révérence. Bien curieuse, cette tentative cockney de mimer la grâce et la cordialité du Midi. Plus curieux encore les efforts du salon pour égaler le confort d'une pension de Bloomsbury. Vraiment, était-ce là l'Italie ?

Miss Bartlett occupait déjà un dur fauteuil qui avait la couleur et les contours d'une tomate. Elle entretenait Mr Beebe et, tandis qu'elle parlait, sa longue tête maigre oscillait d'arrière en avant, avec lenteur, avec régularité, comme pour démolir un obstacle invisible.

— Nous vous sommes infiniment reconnaissantes, disait-elle. La première soirée a tant d'importance ! Et quand vous êtes arrivé nous étions particulièrement sur le point de passer *un mauvais quart d'heure*[2].

Mr Beebe s'en montra fâché.

— Connaîtriez-vous, par hasard, le nom de l'homme âgé assis juste en face de nous pendant le dîner ?

— Emerson.

— Serait-il votre ami ?

---

1. *Enery* et *Victorier* dans le texte, pour souligner l'accent faubourien de la Signora. *(N.d.T.)*

2. En français dans le texte. *(N.d.T.)*

— Nous sommes en bons termes, comme on l'est dans une pension.

— Je n'en dirai donc pas davantage.

Il la pressa fort légèrement et elle en dit davantage.

— Je suis pour ainsi dire, conclut-elle, le chaperon de ma jeune cousine Lucy et je porterais une sérieuse responsabilité si j'acceptais qu'elle fût l'obligée de personnes dont nous ne connaissons rien. L'attitude de ce monsieur n'a pas été des plus heureuses. J'espère, pour ma part, avoir agi au mieux.

— Vous avez agi de façon fort compréhensible, dit-il.

Il parut pensif et, après un instant, ajouta :

— Il n'y aurait pas eu, néanmoins, grand mal à accepter, me semble-t-il.

— Grand mal, bien sûr. Mais nous ne pouvions pas être ses obligées.

— C'est un homme un peu étrange.

De nouveau il hésita, puis dit avec douceur :

— Je crois qu'il n'aurait pas cherché à tirer profit de la situation et n'aurait demandé en retour aucune gratitude. Il a le mérite – si c'en est un – de dire exactement ce qu'il pense. Ces chambres sans valeur pour lui, il a pensé qu'elles en auraient une pour vous. Il n'a pas plus songé à vous forcer la main par un service qu'il n'a songé à être poli. Comprendre les hommes qui disent la vérité est si difficile – au moins pour moi.

Lucy en fut heureuse et dit :

— J'avais l'espoir qu'il serait sympathique ; j'ai toujours tellement espoir que les gens soient sympathiques !

— Je le trouve... sympathique et fatigant. Nous différons sur presque tous les points de quelque importance. Il en sera probablement de même pour vous : je m'y attends et, si je puis dire, je l'espère. Mais son genre est de ceux qu'on désapprouve plutôt qu'on ne les déplore. Dès son arrivée ici il nous a bien un peu hérissés, et, j'ose affirmer, non sans raison. Il n'a ni tact ni manières et ne sait pas garder ses opinions pour lui. Nous avons été sur le point d'adresser à son sujet une plainte à la pauvre Signora, mais, tout bien pensé, nous nous sommes abstenus et j'en suis heureux aujourd'hui.

— Dois-je en conclure, dit Miss Bartlett, que c'est un socialiste ?

Mr Beebe accepta le mot non sans une moue légère.

— Et fort probablement il a fait aussi de son fils un socialiste ?

— Je connais à peine George qui n'a pas encore appris à converser. Il paraît être un bon garçon et je le crois intelligent. Naturellement il partage toutes les affections de son père, et il est fort possible que lui aussi soit socialiste.

— Oh ! vous me soulagez ! dit Miss Bartlett. Ainsi vous pensez que j'aurais dû accepter leur offre ?

À votre sens j'ai fait preuve d'un esprit étroit et soupçonneux ?

— Nullement, répondit-il. Je n'ai rien avancé de pareil.

— Mais ne devrais-je pas, en tout cas, présenter des excuses pour mon impolitesse apparente ?

Avec un peu d'irritation il répliqua que c'était tout à fait inutile et se leva pour gagner le fumoir.

— L'ai-je lassé ? demanda Miss Bartlett, aussitôt disparu son interlocuteur. Lucy, pourquoi n'avez-vous pas parlé ? Je suis sûre qu'il préfère les jeunes. Je ne l'ai pas accaparé, au moins ? J'avais l'espoir que vous le garderiez toute la soirée, comme pendant le dîner.

— Il est charmant ! s'exclama Lucy. C'est exactement le souvenir que j'avais de lui. Il semble ne voir que le bien partout. On ne le prendrait jamais pour un pasteur.

— Oh ! Lucia…

— Enfin vous savez bien ce que je veux dire… la façon dont les pasteurs rient d'ordinaire. Mr Beebe rit comme tout le monde.

— Étrange fille ! Comme vous me rappelez votre mère ! Je me demande si Mr Beebe aura sa sympathie.

— Mais j'en suis sûre. Et celle de Freddy aussi.

— Évidemment il aura la sympathie de tous à Windy Corner où l'on vit dans le monde. Moi, j'en suis restée à Tunbridge Wells où nous sommes à jamais dépassés par l'époque.

— Oui, fit Lucy découragée.

Une désapprobation embrumait l'atmosphère. Mais qui était désapprouvé ? Elle-même ? Mr Beebe ? La mondanité de Windy Corner ou l'étroitesse de Tunbridge Wells ? Elle l'ignorait. Elle tenta d'obtenir des précisions : comme toujours, la chose à ne pas faire. Miss Bartlett nia opiniâtrement désapprouver qui que ce fût, ajoutant :

— Je crains que vous ne trouviez ma compagnie très déprimante.

De nouveau la jeune fille songea : « J'ai dû, encore une fois, me montrer égoïste et méchante. Il faut que je prenne garde. C'est si affreux pour Charlotte d'être pauvre ! »

Par bonheur l'une des vieilles dames menues qui, depuis quelque temps déjà, souriait vers elles avec beaucoup de bienveillance, s'approchant, demanda l'autorisation de venir s'asseoir à la place qu'occupait tout à l'heure Mr Beebe. La permission obtenue, elle se mit à bavarder gentiment sur l'Italie, l'aventure qu'avait été pour elles ce voyage, un vrai plongeon, la réussite du plongeon, la santé de sa sœur améliorée, la nécessité de fermer la nuit ses fenêtres, et de vider, non moins soigneusement, sa carafe le matin. Elle traitait avec agrément des sujets plus dignes d'attention, peut-être, que la dispute hautement cultivée sur les guelfes et les gibelins qui faisait rage à l'autre bout de la pièce. Une vraie catastrophe et non un banal incident, ce qui lui était arrivé à Venise la nuit où elle avait découvert dans son lit quelque chose pire qu'une puce mais moins horrible cependant que certaine autre chose.

— Ici, au moins, vous ne risquez pas plus qu'en Angleterre, la Signora Bertolini est si anglaise !

— Pourtant nos chambres sentent mauvais, dit la pauvre Lucy. Nous redoutons d'aller nous coucher.

— Ah ! Vos fenêtres donnent donc sur la cour ? Elle soupira : — Si seulement Mr Emerson avait plus de tact ! Nous avons tant regretté pour vous, au dîner !

— Je pense que son intention était bonne.

— Sans aucun doute, dit Miss Bartlett.

— Mr Beebe vient précisément de me gronder pour mon esprit soupçonneux. Naturellement, c'est à cause de ma cousine que je montrais tant de réserve.

— Naturellement ! approuva la vieille dame menue : et toutes deux murmurèrent qu'avec une jeune fille on ne saurait être trop prudent.

Lucy tenta de garder un air modeste, sans pouvoir s'empêcher de se sentir, aussi, l'air idiot. Personne n'était prudent pour elle, à la maison ; du moins, pas à sa connaissance.

— En ce qui concerne le vieux Mr Emerson, je ne sais pas. Non, il n'a aucun tact. Toutefois, n'avez-vous jamais remarqué que certaines personnes font des choses dénuées de délicatesse et pourtant… belles ?

— Belles ? fit Miss Bartlett perplexe. La beauté ne se confond-elle pas avec la délicatesse ?

— On le croirait volontiers, dit l'autre, perdue. Mais tout est si compliqué, me semble-t-il parfois.

Elle n'approfondit pas davantage la question car Mr Beebe venait de reparaître. Il avait l'air particulièrement heureux.

— Miss Bartlett, s'écria-t-il, tout va bien du côté des chambres, j'en suis ravi. Mr Emerson en parlait précisément dans le fumoir et, à la suite de notre entretien, je l'ai vivement encouragé à vous renouveler son offre. Il m'a autorisé à le faire moi-même et sera très heureux si vous acceptez.

— Oh ! Charlotte ! s'exclama Lucy, maintenant nous devons prendre les chambres. On ne saurait être plus aimable.

Miss Bartlett garda le silence.

— Sans doute, dit Mr Beebe après un instant, ai-je fait preuve de trop de zèle. Je dois m'excuser de cette intrusion.

Fort mécontent, il se détourna, prêt à s'éloigner. La réponse de Miss Bartlett l'arrêta juste à temps.

— Mes propres désirs, ma chère Lucy, sont sans importance au regard des vôtres. Comment pourrais-je vous empêcher de faire ce qui vous plaît à Florence quand je n'y suis moi-même que par un effet de votre bonté ? Si vous désirez que je fasse sortir ces messieurs de leurs chambres, je le ferai donc. Ainsi, voulez-vous avoir l'obligeance, Mr Beebe, de dire à Mr Emerson que j'accepte son offre et le conduire ici, ensuite, pour que je l'en remercie personnellement ?

Elle avait haussé le ton en parlant ; ses derniers mots entendus par tout le salon réduisirent au silence guelfes et gibelins. Le pasteur, maudissant in-petto le sexe féminin, s'inclina et partit transmettre le message.

— N'oubliez pas, Lucy, que je suis seule engagée dans cette affaire. Je n'aimerais pas que l'acceptation vînt de vous. Accordez-moi ceci en tout cas.

Mr Beebe réapparut et dit, plutôt nerveusement :

— Mr Emerson n'est pas visible, mais voici son fils à sa place.

Le jeune homme abaissa son regard vers les trois dames qui eurent l'impression, tant leurs fauteuils étaient bas, d'être assises sur le parquet.

— Mon père, dit-il, est dans sa baignoire : vous ne pouvez donc le remercier personnellement, mais tout message transmis de vous à moi le sera de moi à lui aussitôt qu'il émergera.

La baignoire était trop pour Miss Bartlett. Toutes les barbes aiguës de sa politesse se rebroussaient à contre-poil. Le jeune Mr Emerson marquait un point triomphal pour la joie de Mr Beebe et celle, secrète, de Lucy.

— Pauvre jeune homme ! dit Miss Bartlett aussitôt après son départ. Il est furieux contre son père. C'est à peine s'il peut demeurer poli.

— Dans une demi-heure environ vos chambres seront prêtes, dit Mr Beebe.

Il jeta sur les deux cousines un regard pensif puis se retira dans sa propre chambre pour y écrire son journal philosophique.

— Mon Dieu ! soupira la vieille dame menue en frissonnant comme si tous les vents du ciel avaient soudain traversé le salon, les messieurs, parfois, ne comprennent pas…

Sa voix s'évanouit mais Miss Barlett parut deviner, et une conversation s'engagea où les messieurs qui ne comprennent pas parfaitement jouaient le principal rôle. Lucy, qui ne comprenait pas non plus, en fut réduite à la littérature. Prenant son Baedeker, « Italie Septentrionale », elle tâcha de fixer dans sa mémoire les principales dates de l'Histoire florentine. Elle était décidée à se divertir dès le lendemain. La demi-heure ayant ainsi glissé avec profit, Miss Bartlett se dressa en soupirant :

— Je crois qu'on pourrait se risquer maintenant. Non, Lucy, ne bougez pas. Je vais surveiller le déménagement moi-même.

— C'est vous qui faites vraiment tout, dit Lucy.

— Naturellement, chérie, c'est mon rôle.

— Mais je voudrais bien vous aider.

— Non, chérie.

L'énergie de Charlotte ! Sa bonté ! Elle avait été ainsi toute sa vie mais, pendant ce voyage en Italie, vraiment, elle se surpassait. Le cœur de Lucy lui rendait ce témoignage ou s'efforçait de le lui rendre, non sans quelque rébellion : n'aurait-elle pu être, cette acceptation, moins délicate mais plus belle ? En tout cas la jeune fille entra sans joie dans sa propre chambre.

— Je veux vous expliquer, dit Miss Bartlett, pourquoi j'ai pris la plus grande chambre pour moi. Naturellement j'aurais dû vous la donner – comme de juste ! Mais j'ai appris par hasard que c'était celle du jeune homme et je suis sûre que votre mère n'eût pas aimé cela.

Lucy marqua quelque étonnement.

— S'il faut que vous soyez redevable à quelqu'un, mieux vaut que ce soit à son père. Je suis une femme du monde à ma petite façon, et je sais où conduisent les choses. Toutefois, Mr Beebe nous est garant, en quelque sorte, qu'ils ne se prévaudront pas de service.

— Maman, j'en suis sûre, n'aurait aucune inquiétude, dit Lucy.

De nouveau, pourtant, elle éprouva le sentiment de développements possibles, inconnus et plus larges. Quant à Miss Bartlett, elle se contenta de soupirer et d'envelopper la jeune fille, en lui souhaitant le bonsoir, d'un embrassement protecteur qui lui donna l'impression d'un brouillard. Quand elle eut regagné sa chambre, Lucy ouvrit la fenêtre pour respirer l'air propre de la nuit : devant les lumières qui dansaient dans l'Arno, les cyprès de San Miniato et les dernières ondulations des Apennins, noires sur un lever de lune, elle songea à la bienveillance de ce vieil homme qui lui avait permis de les voir.

Miss Bartlett crochetait ses volets, verrouillait sa porte et procédait à une inspection complète de l'appartement, reconnaissance des placards, recherche d'oubliettes ou de passages secrets. C'est ainsi qu'elle découvrit, épinglée au-dessus du lavabo, une feuille de papier où était gribouillé un énorme point d'interrogation : rien de plus.

« Qu'est-ce que cela signifie ? » pensa-t-elle. Elle l'examina soigneusement à la lumière d'une bougie. Dépourvu de sens tout d'abord, le signe se fit peu à peu menaçant, redoutable, lourd de quelque message sinistre. Elle fut saisie par l'envie instinctive de le détruire puis, par bonheur, se souvint qu'elle n'en avait pas le droit puisque l'objet appartenait sans doute à Mr Emerson. Elle ôta donc soigneusement l'épingle et serra l'objet entre deux feuilles de papier buvard : il serait rendu intact à son propriétaire. Ceci fait, Miss Bartlett acheva sa ronde, soupira à son ordinaire et se mit au lit.

2. Dans Santa Croce sans Baedeker

Bonheur : s'éveiller à Florence, ouvrir les yeux sur une pièce éclatante et nue, sur le carrelage rouge, si propre d'aspect bien que les carreaux ne le soient pas, sur le plafond peint où des griffons roses et de bleus amours jouent dans une forêt de violons et de bassons jaunes. Plus grand bonheur encore : ouvrir longuement ses fenêtres, se pincer les doigts dans des trucs inaccoutumés, s'accouder enfin au soleil, face à la beauté des collines, des jardins, des églises de marbre, avec, juste au-dessous, l'Arno gargouillant contre le quai qui borde la route.

De l'autre côté du fleuve, sur le sable de la rive, des travailleurs pelletaient et criblaient ; sur la rivière même, un bateau s'affairait aussi pour quelque fin mystérieuse. Soudain un tram électrique surgit et se rua sous la fenêtre. Il était vide à l'intérieur sauf un solitaire touriste ; ses plates-formes, par contre, regorgeaient d'Italiens qui préféraient rester debout. À l'arrière, des enfants s'accrochaient et le contrôleur, sans malice, leur crachait au visage dans l'espoir de leur faire lâcher prise. Puis un régiment apparut : visages sympathiques, tailles au-dessous de la moyenne, chaque soldat portant un sac galeux sur une tunique trop vaste. Devant la troupe encadrée d'officiers à pied, follement martiaux, une bande de gamins cabriolaient en mesure au rythme de la clique. Bientôt, le tram, empêtré dans les rangs, n'avança plus qu'avec lenteur, comme une chenille dans un grouillement de fourmis. Sur quoi, un petit garçon tomba et des bœufs blancs débouchèrent d'une arche. En vérité, sans les sages conseils d'un vieux vendeur de boutons-pression, la route n'eût jamais été dégagée.

À la contemplation de tels incidents triviaux on peut perdre des heures précieuses et plus d'un voyageur, venu en Italie pour y étudier les valeurs tactiles de Giotto ou la corruption de la papauté, en est retourné sans autre souvenir que celui d'un ciel bleu et des vivants, hommes ou femmes, qu'il recouvre. On ne saurait donc déplorer que Miss Bartlett ait à cet instant frappé à la porte pour presser Lucy, après un commentaire sur l'imprudence des portes non verrouillées et l'impropriété de se pencher à la fenêtre incomplètement vêtue. Il fallait se hâter ou le meilleur du jour aurait fui. Mais, lorsque Lucy fut prête, Miss Bartlett, ayant achevé son petit déjeuner, écoutait l'intellectuelle installée parmi les miettes.

Une conversation s'ensuivit, qui n'était pas la première du genre. Réflexion faite, Miss Bartlett se sentait un peu lasse : pourquoi, suggéra-t-elle, ne pas consacrer la matinée à leur installation ? À moins, naturellement, que Lucy ait la moindre envie de sortir. Lucy, oui, préférait sortir pour son premier jour de Florence ; mais, naturellement, elle pouvait sortir seule. C'est ce que Miss Bartlett ne pouvait permettre. Naturellement, elle accompagnerait Lucy partout. Pas du tout, Lucy resterait près de sa cousine. Non, non, c'était impossible. Si, si.

Sur quoi l'intellectuelle intervint.

« Si c'est Mrs Grundy[1] qui vous tracasse, vous pouvez, je vous l'assure, négliger les conseils de la bonne dame. Sa nationalité anglaise suffit parfaitement à protéger Miss Honeychurch. Les Italiens comprennent. Une amie très chère, la comtesse Baroncelli, quand elle ne peut faire accompagner ses deux filles à l'école par une bonne, les y envoie sous la seule protection d'un chapeau Jean-Bart : tout le monde les prend pour des Anglaises, surtout si elles ont les cheveux bien tirés par-derrière. »

Miss Bartlett ne se montra pas convaincue par la sécurité dont jouissaient les filles de la comtesse Baroncelli. Elle accompagnerait Lucy en personne : sa migraine n'était d'ailleurs pas tout à fait aussi forte. Cependant l'intellectuelle annonça qu'elle-même allait consacrer une longue matinée à Santa Croce ; elle serait ravie d'y conduire Lucy.

1. Type de prude dans *Speed the Plough. (N.d.T.)*

« Nous prendrons un chemin détourné, malpropre à souhait, Miss Honeychurch, et si vous me portez chance, nous aurons une aventure. »

C'était trop de bonté. Sur-le-champ Lucy ouvrit son Baedeker à la recherche de Santa Croce.

« Ta, ta, ta, Miss Lucy ! Nous vous aurons, j'espère, bientôt émancipée du Baedeker. Il ne fait qu'effleurer les surfaces des choses, et quant à la véritable Italie, il n'en a pas la première idée. On ne trouve la véritable Italie que par une observation patiente. »

Voilà qui était prometteur. Lucy avala donc son petit déjeuner en hâte et partit pleine d'enthousiasme en compagnie de sa nouvelle amie. L'Italie, enfin ! La Signora Cockney et ses œuvres s'évanouissaient comme un mauvais rêve.

Miss Lavish – tel était le nom de l'intellectuelle – tourna vers la droite sur le Lung'Arno ensoleillé. Quelle chaleur délicieuse ! Oui, mais le petit vent qui coulait des rues latérales coupait, n'est-ce pas, comme un rasoir. Ponte alle Grazie, particulièrement intéressant, mentionné par Dante. San Miniato – aussi beau qu'intéressant ; le Christ descendu de sa croix pour un baiser à l'assassin : Miss Honeychurch se souviendrait de l'histoire. Les hommes, sur la rivière, pêchaient (inexact ; mais combien y a-t-il d'informations exactes ?). Soudain Miss Lavish plongea sous la voûte d'où étaient sortis les bœufs blancs et cria :

— Une odeur ! Une vraie odeur florentine ! Chaque ville, permettez-moi de vous l'apprendre, a son odeur.

— Est-ce une odeur très suave ? dit, Lucy qui avait hérité de sa mère l'horreur de toute malpropreté.

La réplique fut :

« On ne vient pas en Italie chercher des suavités, on vient y chercher la vie. *Buongiorno ! Buongiorno !* (saluts à droite, saluts à gauche). Regardez ! L'adorable charrette chargée de tonneaux ! Et voyez le charretier qui ne vous quitte pas des yeux : chère âme simple ! »

Ainsi cheminait Miss Lavish par les rues de Florence, courte, remuante et joueuse comme un chaton, mais sans la grâce du chaton. Quant à la jeune fille, tant d'esprit et de gaieté lui étaient un festin de reine et la militaire pèlerine bleue de sa compagne, analogue à celle des officiers italiens, avivait encore cette impression de fête.

— *Buongiorno !* Croyez-en une vieille dame, Miss Lucy, un peu de civilité envers ses inférieurs ne nuit jamais. C'est *cela*, la vraie démocratie. Et pourtant je n'en suis pas moins une vraie Radicale. Bon, voilà que je vous choque !

— Ah ! mais, pas du tout ! s'exclama Lucy. Nous sommes tous Radicaux jusqu'au bout des ongles dans la famille. Mon père n'a cessé de voter pour Mr Gladstone, du moins jusqu'à l'épouvantable affaire d'Irlande.

— Je comprends. Et vous voici maintenant passée à l'ennemi.

— Oh ! permettez. Si mon père vivait encore, je suis sûre qu'il voterait de nouveau Radical maintenant que l'affaire d'Irlande est arrangée. En fait, on a brisé la vitre au-dessus de notre porte d'entrée lors des dernières élections et Freddy affirme que ce sont les Réactionnaires ; maman, il est vrai, dit que c'est absurde, qu'il s'agit d'un trimard.

— Honteux ! Une région industrielle, je pense ?

— Non, dans les collines du Surrey, à cinq milles environ de Dorking, dominant le Weald.

Miss Lavish parut intéressée et ralentit son trot.

— Quel endroit charmant ! J'y suis comme chez moi. Et les gens y sont très, très sympathiques. Connaissez-vous Sir Harry Ottway – un Radical s'il en est un ?

— Très bien.

— Et la vieille Mrs Butterworth, la philanthrophe.

— Mais comment donc ! Elle nous a loué une terre. Que c'est drôle !

Miss Lavish considéra l'étroit ruban de ciel et murmura :

— Oh ! vous avez des biens dans le Surrey ?

— Presque rien, dit Lucy qui craignait de passer pour snob. Trente acres à peine, seulement le jardin, la pente jusqu'au pied de la colline et quelques champs.

Miss Lavish ne parut nullement dégoûtée ; la propriété de sa tante, dans le Suffolk, avait, dit-elle, exactement la même surface. L'Italie recula. Elles cherchèrent longtemps le nom de Lady Louisa-quelque-chose qui, l'année précédente, avait pris une maison non loin de Summer Street et ne l'avait pas aimée, ce qui était fort étrange. Et à l'instant même où Miss Lavish venait de retrouver le nom :

« Dieu de bonté, s'exclama-t-elle, Dieu de bonté et de pardon ! Nous avons perdu notre route ! »

À dire vrai, Lucy avait eu le sentiment qu'on mettait bien longtemps à atteindre Santa Croce, si proche cependant de la pension que le clocher en était très visible de la fenêtre du palier. Mais Miss Lavish s'était si fort vantée de connaître son Florence sur le bout du doigt que la jeune fille l'avait suivie sans appréhension.

« Perdues, ma chère Miss Lucy, nous sommes perdues. Au cours de nos diatribes politiques nous avons tourné du mauvais côté. Ces affreux Conservateurs se gausseraient bien de nous ! Que faire, deux pauvres femmes esseulées dans une ville inconnue ? Eh bien, en voilà une, d'aventure ! »

Lucy avait grande envie de voir Santa Croce : pourquoi pas, suggéra-t-elle, demander son chemin ?

« Oh ! parole de couardise ! Non, non, je ne vous laisserai pas davantage consulter votre Baedeker.

Donnez-le moi ; il vous sera désormais interdit de l'emporter. Nous allons simplement filer à la dérive. »

Elles dérivèrent donc, par une série de ces rues brunâtres, également privées d'ampleur et de pittoresque, si fréquentes dans la partie Est de la ville. Lucy cessa bientôt de s'intéresser au mécontentement de Lady Louisa pour sentir croître le sien propre. Et soudain, avec une brusquerie exquise, l'Italie apparut. Debout sur la place de l'Annunziata la jeune fille apercevait dans leur vivante terra-cotta les divins bébés dont aucune reproduction à bon marché n'a jamais pu rassir le charme. Ils étaient là, leurs jambes radieuses jaillissant des robes de charité, leurs vigoureux bras blancs dressés sur des cercles célestes.

« Je n'ai jamais rien vu d'aussi beau », songea Lucy. Mais déjà Miss Lavish l'entraînait avec des hurlements de consternation : elles s'étaient écartées d'au moins un mille.

L'heure approchant où le tout petit déjeuner continental fait sentir (ou plutôt cesse de faire sentir) ses effets, ces dames, dans une petite boutique dont le « caractère » les attira, achetèrent donc quelques beignets de châtaigne. Leur goût participait à la fois du papier qui les enveloppait, de la pommade et du vaste inconnu ; elles y trouvèrent en tout cas la force d'atteindre une autre piazza large et poussiéreuse à l'extrémité de laquelle se dressait une façade blanche et noire d'une laideur inégalée. Miss Lavish l'apostropha en termes dramatiques. C'était Santa Croce. L'aventure était finie.

— Une minute ! Laissons filer ces messieurs à qui je serais contrainte de parler. J'abomine les relations mondaines. Horreur ! Eux aussi entrent dans l'église. Oh ! les touristes britanniques !

— Nous leur faisions face hier soir au dîner. Ils nous ont donné leurs chambres. Ils ont été très gentils.

— Mais regardez-moi cette allure ! s'exclama Miss Lavish. Ils déambulent à travers mon Italie comme une paire de vaches. C'est très méchant, sans doute, de ma part, mais je voudrais instituer un examen à Douvres : tous les touristes qui colleraient devraient faire demi-tour.

— Et que nous demanderiez-vous ?

Miss Lavish posa sur le bras de la jeune fille une main amicale comme pour suggérer qu'elle, en tout cas, obtiendrait le maximum. Ainsi, tendrement revigorées, elles atteignirent les marches de l'église et se disposaient à entrer quand Miss Lavish soudain s'arrêta, poussa un petit cri de souris, projeta ses bras vers le ciel et cria :

« Oh ! ma boîte de couleur locale qui passe ! Il faut que je lui dise un mot. »

Déjà, au trot, elle retraversait la place, toute pèlerine militaire claquant au vent, pour ne ralentir son allure qu'au niveau d'un monsieur à favoris blancs dont elle pinça le bras avec une grâce mutine.

Après dix minutes d'attente Lucy éprouva quelque fatigue ; les mendiants la poursuivaient et le vent lui soufflait de la poussière au visage. Une jeune fille, d'ailleurs, elle s'en souvint, ne doit pas flâner dans les lieux publics. Lentement, elle redescendit les degrés vers la piazza dans l'intention de rejoindre Miss Lavish, presque trop originale vraiment. Mais à cet instant même Miss Lavish et sa boîte de couleur locale s'ébranlèrent aussi et, dans une commune et vaste gesticulation, disparurent par une rue latérale.

Des larmes d'indignation montèrent aux yeux de Lucy : ainsi non seulement Miss Lavish l'abandonnait mais encore elle emportait son Baedeker. Comment se reconnaître maintenant dans la ville pour retourner à la pension ? Comment se reconnaître même dans Santa Croce ? Sa première matinée était perdue et elle pouvait ne jamais revenir à Florence. Quelques minutes auparavant, pleine d'enthousiasme, elle parlait en femme cultivée et (elle en était à demi persuadée) hautement originale. Elle entrait maintenant dans l'église, abattue et humiliée, incapable même de dire si l'édifice avait été construit par les franciscains ou les dominicains.

Évidemment il devait être merveilleux d'architecture. Comme, pourtant, il ressemblait à une grange !

Et qu'il y faisait froid ! Évidemment il contenait des fresques de Giotto, riches en valeurs tactiles, et en présence desquelles elle était capable de sentir ce qu'il faut sentir. Mais lesquelles étaient de Giotto ? Qui le lui dirait ? Elle allait, pleine de dédain, dans la crainte de déployer un enthousiasme incongru pour des œuvres d'authenticité douteuse. Personne même n'était là pour lui dire, de toutes les dalles funéraires pavant la nef et les transepts, laquelle était la dalle vraiment belle, celle qu'avait louée Ruskin.

Puis le charme pernicieux de l'Italie agit sur elle et, au lieu d'acquérir de l'érudition, elle se mit à être heureuse. Patiemment, elle déchiffra les avis en italien – celui qui interdisait aux fidèles d'introduire des chiens dans l'église – celui qui obligeamment les priait, par mesure d'hygiène et aussi par respect pour le caractère sacré du lieu, de ne point cracher. Elle examina les touristes : il faisait si froid dans Santa Croce que leur nez était aussi rouge que leur Baedeker. Le spectacle suivant fut la tragique destinée de trois Papistes – deux bébés mâles et un bébé femelle – qui, ayant commencé leur carrière sacrilège en s'arrosant avec l'eau du bénitier, dégoûtants mais sanctifiés, s'étaient ensuite dirigés vers le tombeau de Machiavel. Arrêtés à une immense distance, ils s'en approchaient, le touchaient du doigt, du mouchoir, du front et se reculaient encore. Que signifiait cette cérémonie ? Ils la répétaient indéfiniment. Soudain Lucy comprit :

ils avaient pris Machiavel pour un saint et, par des contacts prolongés avec sa châsse, espéraient acquérir ses vertus. Le châtiment ne tarda pas : le plus jeune des bébés mâles, trébuchant sur une des dalles si fort admirées par Ruskin, se prit le pied dans les traits d'un évêque gisant. Pour protestante qu'elle fût, Lucy s'élança pour le retenir. Trop tard : il tombait lourdement sur les orteils, pointés vers le ciel, du prélat.

« Détestable évêque ! s'exclama la voix du vieux Mr Emerson qui, lui aussi, s'était précipité. Dur dans la vie, dur dans la mort ! Viens au soleil, petit mioche, et envoie-lui un baiser, car c'est là ta place. Intolérable évêque ! »

C'est par de terrifiants hurlements que le bébé répondit à ces paroles et à ces horribles personnages qui le relevaient, l'époussetaient et frottaient ses meurtrissures en lui recommandant de ne pas être superstitieux.

« Regardez-le, dit Mr Emerson à Lucy, joli résultat ! Un enfant qui a mal, qui a froid, qui a peur. Mais peut-on attendre autre chose d'une église ? »

Les jambes de l'enfant étaient comme une cire molle. Chaque fois que Mr Emerson et Lucy le remettaient debout, il s'effondrait dans un braiment. Par bonheur une dame italienne, sans doute occupée jusque-là à dire ses prières, survint à la rescousse. Par quelque mystérieuse vertu que seules les mères possèdent, elle solidifia la colonne vertébrale de l'enfant, infusa de la fermeté à ses genoux. Il se tint sur ses jambes. Enfin, baragouinant et secoué, il marcha.

« Vous êtes une femme d'esprit, dit Mr Emerson, vous avez fait davantage que toutes les reliques du monde. Je ne partage pas votre foi mais je crois en ceux qui rendent heureux leurs semblables. L'univers n'a pas de plan… »

Il s'arrêta, cherchant ses mots.

— *Niente*, dit la dame italienne qui retourna vers ses prières.

— Je ne suis pas sûre qu'elle comprenne l'anglais, suggéra Lucy.

Dans l'état d'esprit plus sobre où elle se trouvait, la jeune fille ne méprisait plus les Emerson. Elle était résolue à se montrer gracieuse envers eux – belle plutôt que délicate – et à effacer, si possible, le premier souvenir de Miss Bartlett et de sa politesse par une aimable allusion à l'agrément des chambres cédées.

— Cette femme comprend tout, fut la réponse de Mr Emerson. Mais que faites-vous ici ? « Faites »-vous l'église ? En avez-vous fini avec l'église ?

— Non, s'écria Lucy se souvenant de ses griefs, j'y suis venue avec Miss Lavish qui devait tout m'expliquer, et juste à la porte – c'est trop fort, en vérité ! – elle a simplement filé et, après un bon bout d'attente, j'ai dû entrer seule.

— Et pourquoi pas ? dit Mr Emerson.

— Oui, pourquoi n'entreriez-vous pas seule ? dit le fils, adressant pour la première fois la parole à la jeune fille.

— Mais Miss Lavish a même emporté mon Baedeker.

— Votre Baedeker ? dit Mr Emerson. C'est donc cela qui vous préoccupait ? J'en suis heureux. C'est quelque chose, la perte d'un Baedeker. Cela, du moins, vaut qu'on s'en préoccupe.

Lucy demeura perplexe. Elle retrouvait devant elle la même idée énigmatique et nouvelle dont elle ne savait pas où elle la mènerait.

— Si vous êtes sans Baedeker, dit le fils, vous feriez mieux de vous joindre à nous.

Est-ce là que menait la nouvelle idée ? La jeune fille se réfugia dans sa dignité.

— Merci infiniment, je n'ai jamais songé à rien de tel. Vous n'avez pas supposé, j'espère, que je vous abordais dans cette intention ? Je me suis vraiment approchée pour secourir l'enfant et pour vous remercier de nous avoir si aimablement cédé vos chambres hier soir. Je veux croire qu'il n'en est pas résulté pour vous d'inconvénients graves.

— Ma chère enfant, intervint doucement le vieil homme, vous répétez, je crois, ce que vous avez entendu dire aux personnes plus âgées. Vous feignez d'être susceptible mais vous ne l'êtes pas réellement. Laissez cette affectation et dites-moi plutôt quelle partie de l'église vous aimeriez visiter. J'aurai un vrai plaisir à vous y conduire.

C'étaient là des paroles d'une abominable impertinence et qui auraient dû mettre la jeune fille en fureur. Mais il est, à certains instants, aussi difficile de perdre son sang-froid qu'à d'autres de le garder. Lucy se sentit incapable de hargne. Mr Emerson était vieux et, à coup sûr, une jeune fille devait le tolérer. Par contre, son fils était jeune : une jeune fille, sentit Lucy, devait se montrer irritée devant lui. C'est donc à lui qu'elle décocha un regard avant de répondre :

« J'espère n'être pas susceptible. Ce sont les Giotto que je voudrais voir, si vous avez la bonté de me les indiquer. »

Le fils approuva de la tête. Le visage animé d'une sombre satisfaction, il ouvrit la marche vers la chapelle Peruzzi. Il y avait en lui quelque chose de l'instituteur. Lucy éprouva le sentiment d'être à l'école et d'avoir bien répondu à une question.

La chapelle était déjà pleine d'une grave assemblée de fidèles d'où émergeait la voix d'un conférencier : il prêchait un culte de Giotto fondé sur des valeurs non point tactiles mais spirituelles.

— Souvenez-vous, disait-il, des faits historiques concernant l'église de Santa Croce : comment la foi présida à sa construction, dans un pur élan de ferveur médiévale, avant toute ternissure de la Renaissance.

Voyez comme Giotto, dans ces fresques – maintenant ruinées par les restaurations – refuse de se laisser séduire par les faux-semblants de l'anatomie et de la perspective. Existe-t-il rien de plus majestueux, de plus pathétique, de plus beau, de plus vrai ? Qu'elles sont petites la science et l'astuce technique au regard du vrai sentiment !

— Non ! s'écria Mr Emerson à voix beaucoup trop haute pour le lieu. Ne vous souvenez de rien de semblable ! « La foi présida à sa construction » – cela signifie simplement que les ouvriers ne furent pas payés convenablement. Quant aux fresques, on n'y voit point de vérité : regardez-moi ce gros homme en bleu ; il doit avoir à peu près mon poids et monte au ciel comme un ballon.

Il faisait allusion à l'« Ascension de St-Jean ». À l'intérieur du groupe la voix du conférencier, comme de juste, chancela. L'auditoire, pris de malaise, se déplaça vaguement. Lucy fit de même. Elle était sûre que sa place n'était pas avec ces hommes, mais ils lui avaient jeté un charme. Ils étaient à la fois si sérieux et si étranges qu'elle en oubliait la façon de se bien conduire.

— Ceci est-il arrivé ou n'est-il pas arrivé ? Oui ou non ?

Ce fut George qui répondit :

— C'est arrivé ainsi ou pas du tout. J'aimerais mieux monter au ciel tout seul qu'y être poussé par des chérubins ; et pendant cette ascension, je voudrais que mes amis se penchent pour me voir arriver, comme ils le font ici.

— Tu ne monteras jamais au ciel, dit le père. Toi et moi, mon cher petit, dormirons en paix sous la terre qui nous aura portés, et nous nous serons effacés aussi sûrement que survivront nos œuvres.

— Certains ne voient que la tombe vide, jamais le saint qui s'en échappe, quel qu'il soit. C'est arrivé ainsi ou pas du tout.

— Je vous demande pardon, fit une voix glacée. La chapelle est plutôt petite pour deux groupes. Nous n'allons pas vous importuner davantage.

Le conférencier était un clergyman et son auditoire devait être aussi son troupeau car un livre de prières dans toutes les mains s'ajoutait au Baedeker. En file indienne, silencieusement, ils évacuèrent la chapelle. Dans le groupe étaient les deux vieilles dames de la pension Bertolini : Miss Teresa et Miss Catharine Alan.

— Arrêtez ! cria Mr Emerson, il y a largement de la place pour nous tous. Arrêtez !

La procession disparut sans un mot. Bientôt on put entendre dans la chapelle voisine la voix du conférencier décrivant la vie de saint François.

— George, je suis sûr que ce clergyman est le curé de Brixton.

George passa dans la chapelle voisine et revint en disant :

— C'est possible, je ne me souviens pas.

— J'aurais mieux fait, en ce cas, de lui parler et de me rappeler à son souvenir. C'est bien ce Mr Eager. Pourquoi est-il parti ? Avons-nous parlé trop fort ? Quel ennui ! Je vais lui présenter mes excuses. Ne vaut-il pas mieux ? Peut-être reviendra-t-il, alors ?

— Il ne reviendra pas, dit George.

Mais déjà Mr Emerson, contrit et malheureux, se hâtait pour aller présenter ses excuses au révérend Cuthbert Eager.

Lucy feignit de s'absorber dans la contemplation d'une lunette : dans la chapelle voisine où la conférence s'était de nouveau interrompue, elle perçut la voix inquiète et agressive du vieil homme puis la réponse coupante, offensée, de son adversaire. Le fils, qui prenait les contretemps au tragique, écoutait aussi.

— Mon père a cet effet sur presque tout le monde, l'informa-t-il. Il essaie toujours d'être bon.

— J'espère que nous essayons tous, répondit-elle avec un sourire nerveux.

— Oui, parce que nous pensons ainsi accroître nos mérites. Mais lui, essaie d'être bon avec les gens parce qu'il les aime ; ils le démasquent et s'en offensent ou s'en effraient.

— C'est bête de leur part, dit Lucy en dépit d'une sympathie secrète. Je pense qu'une bonne action, faite avec tact…

— Avec tact !

Il hocha une tête dédaigneuse. Apparemment, elle avait mal répondu. Elle regarda le singulier garçon arpenter la chapelle. Pour un homme jeune, il avait des traits rudes, durement taillés et même, tant que l'ombre ne les gagnait pas, âpres. Voilés, ils atteignaient à la tendresse. Lucy devait revoir cet homme à Rome, sur un plafond de la Sixtine, où il porte une charge de glands. Sain, athlétique, il n'en donnait pas moins une impression de grisaille tragique, de crépuscule, qui pouvait bien ne trouver sa solution que dans la nuit. Il n'était pas dans le naturel de Lucy de se complaire à de telles subtilités. Née du silence et d'une émotion inconnue, celle-ci s'évanouit quand le retour de Mr Emerson fit rentrer la jeune fille dans cet univers de conversation rapide qui lui était seul familier.

— On vous a rabroué ? demanda paisiblement le fils.

— Nous avons gâté le plaisir de je ne sais combien de personnes. Ils ne reviendront pas.

« … don de sympathie naturelle… appréhension instantanée du bien chez autrui… intuition de la fraternité humaine… » Des fragments, flottant dans l'air, de la conférence sur saint François leur parvenaient en contournant la cloison de la chapelle.

— Ne gâtons pas maintenant le vôtre, poursuivit Mr Emerson, tourné vers Lucy. Avez-vous regardé ces saints ?

— Oui, répondit Lucy, ils sont exquis. Savez-vous quelle est, de ces dalles, celle que Ruskin a louée ?

Il ne le savait pas et proposa de deviner. George, au soulagement de Lucy, ayant refusé, de bouger, elle et le vieil homme errèrent, non sans agrément, dans Santa Croce qui, pour ressembler à une grange, n'en a pas moins amassé dans ses murs de riches et belles moissons. Il y avait d'autres distractions encore : les mendiants qu'on évite et les guides qu'on esquive en fuyant derrière un pilier, la vieille dame avec son chien en laisse et, çà et là, un prêtre gagnant modestement l'autel où il dira sa messe, à travers des groupes de touristes. Mr Emerson, cependant, n'était qu'à demi intéressé. Du conférencier dont il croyait avoir gâté le succès, son regard anxieux se portait vers son fils :

— Pourquoi regarde-t-il cette fresque ? demanda-t-il inquiet. Je n'y vois rien pour ma part.

— J'aime Giotto, murmura-t-elle ; on dit des choses si magnifiques sur ses valeurs tactiles. Pourtant je préfère, mettons, les bébés de Della Robbia.

— Vous avez bien raison. Un bébé vaut une douzaine de saints. Mon bébé à moi vaut tout le paradis ; pourtant c'est en enfer qu'il vit, à ce que je peux voir.

Lucy eut de nouveau le sentiment d'une incorrection.

— En enfer, répéta-t-il. Il est malheureux.

— Mon Dieu ! fit Lucy.

— Comment peut-il se sentir malheureux quand il est fort et vivant ? Que peut-on lui donner de plus ? Et pensez comme il a été élevé, libre de l'ignorance et de la superstition qui conduisent les hommes à se haïr les uns les autres au nom de Dieu. Avec une telle éducation, pensais-je, il grandirait heureux, forcément.

Lucy n'était pas docteur en théologie : « Voilà, songea-t-elle pourtant, un vieux bonhomme aussi dépourvu de sens qu'irréligieux. »

Elle eut aussi le sentiment que sa mère n'aimerait pas beaucoup la voir converser avec ce genre de personnage, et que Charlotte aurait aussi son mot à dire.

« Q'allons-nous en faire ? demanda-t-il. Il vient passer ses vacances en Italie et se conduit – comme vous voyez – comme ce petit enfant qui aurait dû jouer et qui s'est meurtri contre une tombe. Hein ? Vous avez dit ? »

Lucy n'avait rien suggéré.

Brusquement, il reprit :

« Ne prenez pas cette affaire stupidement. Je ne vous demande pas de vous amouracher de mon garçon, mais je pense vraiment que vous devriez essayer de le comprendre. Vous êtes plus proche de lui par votre âge et, si vous vous laissez aller, je suis sûr que vous êtes raisonnable. Vous pourriez m'aider. Il a connu si peu de femmes et vous avez le temps. Vous resterez ici plusieurs semaines, je suppose ? Mais laissez-vous aller. Vous avez une tendance à vous créer des embarras, si j'en juge d'après hier soir. Laissez-vous aller. Tirez des profondeurs ces pensées que vous ne comprenez pas pour les étaler au soleil et en connaître le sens. En comprenant George vous apprendrez peut-être à vous comprendre. Ce sera bon pour tous deux. »

À cet extraordinaire discours Lucy ne trouva pas de réponse.

— Je sais seulement ce qui ne va pas pour lui ; je ne sais pas pourquoi.

— Et qu'est-ce donc ? demanda Lucy avec la crainte de quelque histoire torturante.

— Le vieil ennui. Les choses ne cadrent pas.

— Quelles choses ?

— Les choses de l'univers. C'est tout à fait vrai, elles ne cadrent pas.

— Oh ! Mr Emerson, que voulez-vous dire ?

Sans changer de voix, si bien que la jeune fille fut un instant sans comprendre qu'il citait des vers, il dit :

De loin, de l'aube et de la nuit,
Du ciel que parcourent les douze vents,
La vie, pour me créer, de ce côté,
Souffla, et me voici.

George et moi savons tous deux cela, mais pourquoi en éprouve-t-il de l'angoisse ? Nous venons du vent et nous retournerons au vent, nous le savons, la vie n'étant peut-être qu'un nœud, un enchevêtrement, un défaut dans la fluidité universelle. Mais pourquoi en serions-nous malheureux ? Aimons-nous plutôt les uns les autres, travaillons, réjouissons-nous. Je ne crois pas à la tristesse de ce monde.

Miss Honeychurch approuva.

« Ramenez-donc mon garçon à notre pensée commune. Faites-lui comprendre qu'à côté de l'éternel il existe un Oui – un Oui transitoire, sans doute, mais un Oui. »

Soudain, elle éclata de rire – et comment ne pas rire ? Ce jeune homme mélancolique sous prétexte que l'univers ne cadre pas et que la vie est un nœud ou un souffle, ou un Oui, ou l'on ne sait quoi !

— Pardonnez-moi, s'écria-t-elle. Vous allez me juger insensible, mais – mais…

Elle prit un air respectable :

— Votre fils, ma foi, doit manquer d'occupation. N'a-t-il pas quelque marotte ? J'ai mes propres ennuis mais je les oublie d'ordinaire au piano. Quant à mon frère, sa collection de timbres lui a fait un bien immense. L'Italie ennuie peut-être votre fils. Vous devriez essayer les Alpes ou les Lacs.

Le visage du vieil homme s'attrista et, doucement, il la toucha de la main. La jeune fille ne s'en inquiéta point ; elle crut avoir fait impression sur lui par ses conseils et s'imagina qu'il l'en remerciait. À dire vrai, il ne l'inquiétait plus à aucun titre. Elle le considérait maintenant comme un brave homme, mais stupide. Spirituellement, elle était sûre et gonflée d'elle-même comme esthétiquement naguère, avant d'avoir perdu son Baedeker. Quant au cher George, qui revenait vers eux en enjambant les dalles, elle le jugeait aussi pitoyable qu'absurde. Avançant son visage dans la pénombre il prononça :

— Miss Bartlett !

— Oh ! là ! là, fit la jeune fille, son assurance soudain perdue et, toute la vie surgissant encore dans une nouvelle perspective :

— Où ? Où ?

— Dans la nef.

— Je comprends ! Ce sont les vieilles petites Miss Alan, bonnes langues, qui ont dû…

Elle se maîtrisa.

— Pauvre fille ! explosa Mr Emerson. Pauvre fille !

L'exclamation correspondait trop bien aux propres sentiments de Lucy pour qu'elle pût la laisser passer.

— Pauvre fille ? J'avoue ne pas très bien saisir cette remarque. Je me trouve très fortunée, au contraire, je vous assure. Mon bonheur est parfait et je m'amuse follement. Ne perdez pas votre temps, je vous prie, à vous apitoyer sur mon compte. Ce monde est assez riche en malheurs, n'est-il pas vrai, sans en inventer de nouveaux. Au revoir et merci infiniment pour vos bontés l'un et l'autre. Tiens, voici en effet ma cousine qui s'avance. Quelle matinée délicieuse ! Santa Croce est vraiment une merveille !

Elle rejoignit sa cousine.

3. Musique, violettes et lettre E

Il suffisait à Lucy – elle qui trouvait plutôt chaotique la vie quotidienne – d'ouvrir un piano pour pénétrer dans un univers plus solide. Elle cessait alors d'être soit respectueuse, soit condescendante, soit la révoltée, soit l'esclave. Le royaume de la musique n'est pas de ce monde ; il s'ouvre même pour celui que l'éducation, l'intelligence et la culture ont également rejeté. L'homme que rien ne distingue joue et, sans effort, monte vers l'Empyrée. Cependant nous nous émerveillons de cette fuite pensant que nous pourrions bien adorer et aimer celui qui s'évade ainsi, s'il consentait seulement à traduire ses visions en mots humains, en actions humaines ses expériences. Ne le peut-il pas ? À coup sûr il ne le fait pas, ou très rarement. Lucy ne l'avait jamais fait.

Son jeu n'avait rien d'éblouissant ; elle n'égrenait nullement ses traits en rangs de perles et ne frappait pas plus de notes justes qu'il n'est convenable à une fille de son âge et de sa situation. Lucy n'était pas davantage la jeune personne passionnée qui, par les soirs d'été, joue si tragiquement devant une fenêtre ouverte. La passion, certes, était bien là, mais difficilement nommable ; elle glissait entre ce qu'on étiquette amour, haine ou jalousie, échappait à ce mobilier ordinaire de la peinture sentimentale. Quant au tragique – Lucy n'était tragique que dans la mesure où elle était grande et se plaisait à jeter son jeu du côté de la Victoire. Victoire de qui et sur quoi ? C'est plus que nos mots quotidiens n'en peuvent dire. Que certaines sonates de Beethoven soient écrites tragiquement, nul ne le niera ; cependant elles peuvent, au gré de l'exécutant, désespérer ou triompher : Lucy avait opté pour le triomphe.

Un après-midi de pluie diluvienne lui offrit, dans la pension Bertolini, l'occasion de faire ce qui lui plaisait vraiment : après le déjeuner elle ouvrit le petit piano qu'ornait une draperie. Quelques personnes s'attardèrent et louèrent son talent mais, n'obtenant pas de réponse, les auditeurs regagnèrent leur chambre pour y écrire leur journal ou y faire la sieste. Lucy ne prêta pas plus d'attention à Mr Emerson cherchant son fils qu'à Miss Bartlett cherchant Miss Lavish ou qu'à Miss Lavish cherchant son porte-cigarettes. Comme tout véritable exécutant, le simple frôlement du clavier l'enivrait ; les touches étaient des doigts qui caressaient les siens et le contact, par-delà le son, comblait son désir.

Mr Beebe cependant, demeuré inaperçu dans l'embrasure d'une fenêtre, réfléchissait à la présence de cet élément irrationnel chez Miss Honeychurch et retrouvait dans sa mémoire les circonstances où il l'avait noté pour la première fois. C'était à Tunbridge Wells, au cours d'un de ces divertissements que les classes dominantes offrent parfois à leurs inférieurs. Devant l'auditoire respectueux qui occupait les sièges, les dames et les messieurs « bien » de la paroisse, sous les auspices du vicaire, chantaient, ou récitaient, ou imitaient le bruit d'un bouchon de champagne. Au programme figurait : « Miss Honeychurch. Piano. Beethoven. » Quel Beethoven serait-ce ? Mr Beebe hésitait entre *Adélaïde* et la marche des *Ruines d'Athènes* quand les premières mesures de l'*Opus* III vinrent jeter le trouble dans sa placidité. Pendant toute l'introduction son esprit demeura en suspens, car c'est seulement lorsque le *tempo* s'accélère que l'on peut juger des intentions de l'exécutant. Mais le grondement, déjà, du thème initial l'avertit d'événements extraordinaires ; dans les grands accords messagers de la conclusion, il perçut le martellement de la victoire. L'exécution se limita au premier mouvement. Mr Beebe en fut heureux : il n'aurait pu prêter grande attention aux sinueux entrelacs de la mesure à neuf-seize. Dans les applaudissements qui suivirent, toujours respectueux, Mr Beebe fut le premier à frapper du pied : c'était tout ce qu'on pouvait faire.

— Qui est-ce ? demanda-t-il ensuite au vicaire.

— La cousine d'un de mes paroissiens. Son choix d'un morceau n'a pas été heureux à mon sens.

Beethoven s'adresse d'ordinaire si directement et si simplement au cœur, qu'il faut une véritable perversité pour aller choisir dans son œuvre cette page au moins inquiétante.

— Présentez-moi.

— Elle en sera très heureuse. Elle et Miss Bartlett débordent de louanges pour votre sermon.

— Mon sermon ! cria Mr Beebe, pourquoi, diable, l'a-t-elle écouté ?

Pourquoi ? Il le comprit après la présentation, car Miss Honeychurch descendue de son tabouret n'était plus qu'une jeune fille aux cheveux abondants et sombres, avec un teint pâle et de fort jolis traits encore enfantins. Elle adorait les concerts, elle adorait rester chez sa cousine, elle adorait le café glacé et les meringues. Mr Beebe ne douta pas qu'elle adorât aussi son sermon. Avant de quitter Tunbridge Wells, cependant, il avait fait au vicaire une remarque qu'il répéta aujourd'hui à la jeune fille elle-même quand, fermant le petit piano, elle s'avança vers lui d'un air vague.

— Si jamais Miss Honeychurch s'avisait de vivre comme elle joue, ce serait fort intéressant à la fois pour elle et pour nous.

Lucy, aussitôt, rentra dans la vie quotidienne.

— Oh ! comme c'est drôle ! Quelqu'un a précisément dit la même chose à maman ; elle a répondu qu'elle comptait sur moi pour ne pas vivre un duo.

— Mrs Honeychurch n'aime-t-elle pas la musique ?

— Elle ne la déteste pas, mais tout enthousiasme la choque en général et elle me trouve sotte sur ce point. Elle pense – je n'arrive pas à savoir ce qu'elle pense. Un jour, voyez-vous, j'ai dit que je préférais mon jeu à tout autre. Elle ne me l'a jamais pardonné. Naturellement, je ne voulais pas dire que je jouais bien, mais simplement que…

— Naturellement, reprit-il. Pourquoi se souciait-elle d'expliquer ?

— La musique… commença Lucy avec l'intention d'exprimer une idée générale. Elle ne put rien achever et considéra avec des yeux vides une Italie trempée. La pluie désorganise la vie du Sud : le plus gracieux des peuples s'était mué en masses informes de hardes. La rue et la rivière étaient jaune sale, le pont gris sale, violet sale les collines. Quelque part, ces dernières recélaient dans leurs plis Miss Bartlett et Miss Lavish qui avaient choisi cet après-midi pour visiter la Torre del Gallo.

— Eh bien, la musique… ? demanda Mr Beebe.

— La pauvre Charlotte va être trempée, répondit Lucy.

Rien ne ressemblait plus à Miss Bartlett que cette expédition : elle allait en revenir glacée, épuisée, affamée et angélique avec une robe perdue, un Baedeker en bouillie et le chatouillement d'une toux dans la gorge. Un de ces jours, par contre, où le monde entier chante, où l'air vous coule dans la bouche comme du vin, elle refuserait de bouger du salon : était-ce à une vieille loque comme elle d'accompagner une jeune fille vigoureuse ?

— Miss Lavish a dévoyé votre cousine dans l'espoir, je suppose, de rencontrer sous l'eau la véritable Italie.

— Miss Lavish est si originale ! murmura Lucy.

Telle était l'opinion consacrée, le suprême chef-d'œuvre de la pension Bertolini en matière de définition. Miss Lavish est si originale ! Mr Beebe nourrissait in petto quelque doute sur ce point mais on n'eût pas manqué de l'attribuer à l'étroitesse d'esprit d'un clergyman. Pour cette raison, donc, et quelques autres, il demeurait en paix.

— Est-il vrai, poursuivit Lucy sur un ton de crainte religieuse, est-il vrai que Miss Lavish écrit un livre ?

— On le dit, en effet.

— Et sur quel sujet ?

— Ce sera, répliqua Mr Beebe, un roman sur l'Italie moderne. Si vous voulez en savoir davantage, permettez-moi de vous renvoyer à Miss Catharine Alan qui se sert elle-même admirablement des mots, mieux que quiconque à ma connaissance.

— Je préférerais que Miss Lavish m'en parlât elle-même, repartit la jeune fille. Nous avons commencé par une grande amitié. Mais, à mon sens, elle n'aurait pas dû s'enfuir avec mon Baedeker, l'autre matin, à Santa Croce. Charlotte, me retrouvant pratiquement seule, s'est montrée fort ennuyée et je n'ai pu m'empêcher d'en reporter quelque chose sur Miss Lavish.

— Elles deux, en tout cas, se sont réconciliées.

Il était toujours intéressé par ces éclosions soudaines d'amitié entre femmes aussi dissemblables. Miss Bartlett et Miss Lavish ne se quittaient plus maintenant, Lucy jouant les troisièmes rôles. Pour Miss Lavish, le pasteur croyait la comprendre ; en Miss Bartlett, par contre, pouvaient se révéler des profondeurs d'étrangeté sinon de sens. Allait-elle, sous l'influence de l'Italie, abandonner les voies qu'il lui avait assignées à Tunbridge Wells, celles du chaperon collet monté ? Toute sa vie il avait étudié les vieilles filles respectables, elles étaient sa spécialité, et sa profession lui avait fourni pour ce travail des matériaux abondants. Les jeunes filles comme Lucy étaient charmantes à regarder, mais certains motifs profonds imposaient à Mr Beebe une réserve plutôt froide envers l'autre sexe et il préférait être intéressé plus que captivé sur ce point.

Pour la troisième fois Lucy dit que la pauvre Charlotte serait trempée. L'Arno gonflé effaçait sur ses rives les ornières des petites charrettes. Au sud-ouest, pourtant, apparaissait une brume jaunâtre qui pouvait annoncer du mieux si elle n'annonçait pas du pire. Lucy, pour inspecter le ciel, ouvrit la fenêtre. Un souffle d'air froid s'engouffra dans la pièce, arrachant un cri plaintif à Miss Catharine Alan qui, au même instant, entrait par la porte.

« Oh ! ma chère Miss Honeychurch, vous allez prendre froid et enrhumer en outre Mr Beebe. Qui croirait que c'est là l'Italie ? Ma sœur est en train de couver sa bouillotte. Aucun confort, aucune précaution convenable. »

Elle obliqua vers eux et s'assit avec l'absence de naturel qui la saisissait toujours quand elle entrait dans une pièce où se trouvait un homme seul ou un homme et une femme en tête-à-tête.

« De ma chambre, Miss Honeychurch, j'ai pu apprécier votre jeu magnifique, encore que la porte fût close. Fermer les portes, en vérité, c'est bien nécessaire. Personne dans ce pays n'a le moindre respect de l'intimité et c'est contagieux. »

Lucy répondit comme il convenait. Mr Beebe, pour sa part, ne put que taire sa propre aventure à Modène où la femme de chambre, faisant irruption et le surprenant dans son bain, s'était exclamée : « *Fa niente, sono vecchia.* » Il se contenta donc d'approuver :

« Absolument d'accord avec Miss Alan. Les Italiens sont des gens fort désagréables. Ils fourrent le nez partout, voient tout et savent avant nous ce que nous voulons. Nous sommes à leur merci. Ils lisent nos pensées, ils prévoient nos désirs. Du cocher de fiacre à Giotto, ils nous retournent comme un gant, révélant ce que nous cachons. Je leur en veux personnellement.

Et pourtant, dans le tréfonds de leur cœur – comme ils sont superficiels ! Ils n'ont aucune idée de la vie intellectuelle. La Signora Bertolini avait bien raison, l'autre jour, quand elle me confiait : "Oh ! Mr Beebe, si vous saviez l'mauvais sang que je m'fais avec l'éducation des enfants ! Pas moyen d'laisser ma petite Victoria enseignée par un âne d'Italien qui n'sait rien de rien !" »

Incapable de suivre, Miss Alan perçut cependant qu'on se moquait d'elle avec gentillesse. Sa sœur avait été quelque peu déçue par Mr Beebe : elle attendait mieux d'un clergyman chauve à moustaches rousses. Comment imaginer, en effet, que la tolérance, la sympathie et l'humour pouvaient loger à cette enseigne militante ?

Dans les frétillements de Miss Alan, cependant, persistait une obliquité. La cause en fut à la fin révélée lorsque, du siège où elle était assise, fut mis au jour un porte-cigarettes en bronze où un semis de turquoises traçait les initiales E. L.

— Cet objet appartient à Lavish, dit le pasteur. Un bon garçon, ce Lavish, mais je préférerais le voir fumer la pipe.

— Oh ! Mr Beebe ! s'écria Miss Alan partagée entre le respect et l'envie de rire. C'est épouvantable, sans doute, qu'elle fume ainsi, mais peut-être moins que vous ne le pensez. Le désespoir l'y a conduite après que l'œuvre de toute sa vie eut été détruite dans un glissement de terrain. Cette circonstance rend sûrement la chose plus excusable.

— Quelle œuvre ? demanda Lucy.

Satisfait de lui-même, Mr Beebe se renversa dans un fauteuil et Miss Alan rapporta ce qui suit :

« Il s'agit d'un roman et, d'après ce que j'ai pu savoir, pas très recommandable. Il est triste de voir une personne douée mal user de ses dons. C'est d'ailleurs, je dois le dire, ce qui arrive presque toujours. Quoi qu'il en soit, elle avait laissé le manuscrit presque achevé dans la grotte du Calvaire, à l'hôtel Capuccini, à Amalfi, pour s'en aller chercher un peu d'encre. Elle dit : "Puis-je avoir un peu d'encre, s'il vous plaît ?" Mais vous savez – les Italiens ! Pendant ce temps, la grotte s'est éboulée dans un grand fracas sur la plage. Et le plus triste, c'est qu'elle ne peut se souvenir de ce qu'elle avait écrit. La pauvre créature fut très malade après ce coup et ne résista pas à la tentation des cigarettes. C'est un grand secret, mais je suis heureuse de dire qu'elle écrit un autre roman. Elle a confié l'autre jour à Teresa et à Miss Pole qu'elle tenait maintenant sa couleur locale (le sujet du roman sera l'Italie moderne ; l'autre était historique) mais qu'elle attendait une idée pour se mettre en train. À la recherche d'une inspiration, elle a d'abord essayé de Perugia, puis elle est venue ici – ceci ne doit être révélé à aucun prix. Et elle garde tant de gaieté malgré tout ! Je ne puis m'empêcher de croire qu'il existe en chacun quelque chose d'admirable, même si l'on n'approuve pas son attitude. »

La charité de Miss Alan affleurait toujours ainsi contre son propre jugement. De délicates bouffées sentimentales parfumaient ses remarques discontinues, leur conférant une beauté un peu étrange comme dans un bois délabré d'automne surgissent parfois des odeurs évocatrices du printemps. Elle eut le sentiment d'avoir fait trop de concessions et, vite, se hâta de présenter ses excuses pour tant de tolérance.

« Il n'en reste pas moins qu'elle se montre… je n'oserais pas dire trop peu féminine, quoique sa conduite ait été fort étrange à l'arrivée des Emerson. »

Mr Beebe sourit : Miss Alan fonçait dans le récit d'une anecdote qu'elle serait bien incapable d'achever en présence d'un gentleman.

— Je ne sais si vous avez remarqué, Miss Honeychurch, que Miss Pole, la demoiselle aux grands cheveux plutôt jaunes, prend de la limonade. Ce vieux Mr Emerson qui dit les choses d'une façon très…

La mâchoire de Miss Alan retomba. Elle se tut. Mr Beebe, inépuisable en expédients sociaux, sortit pour commander le thé et Miss Alan poursuivit, pour la seule jeune fille, en un murmure précipité :

— … l'estomac. Il a carrément parlé à Miss Pole de son estomac – danger d'acidité. C'est ce qu'il appelle être bon, et peut-être en avait-il l'intention. Je dois confesser que je me suis oubliée jusqu'à éclater de rire :

ce fut si brusque ! Comme le remarqua fort bien Teresa, il n'y avait pas là de quoi rire. Mais, pour en revenir à Miss Lavish, elle fut positivement *attirée* par cette façon de parler tout haut de l'E… ; elle dit même qu'elle aimait le langage direct et le contact avec des pensées de tous les niveaux. Les Emerson, à son avis, étaient des voyageurs de commerce (son expression fut même « commis voyageurs ») et, pendant tout le dîner, elle s'efforça de démontrer que l'Angleterre, notre grande et chère patrie, était uniquement fondée sur le commerce. Teresa en fut contrariée au point de quitter la table avant le fromage et de déclarer ce faisant : « Voici l'homme, Miss Lavish, qui vous répondra mieux que je ne saurais le faire », l'index pointé vers ce magnifique portrait de Lord Tennyson. Alors Miss Lavish répliqua : « Peuh ! les débuts du règne ! » Non, mais – imaginez ! « Peuh ! les débuts du règne ! » Ma sœur était partie ; je me sentis le devoir de prendre la parole et dis : « Je suis des débuts du règne ; je ne supporterai pas, en tout cas, la moindre insinuation contre notre Reine bien-aimée. » C'était affreux. Je rappelai à Miss Lavish comment notre Reine s'était rendue en Irlande contre son gré ; je puis dire que je lui fermai la bouche. Elle ne répondit rien. Malheureusement voilà Mr Emerson qui, ayant entendu mes dernières phrases, lance de sa grosse voix : « Très bien, très bien. Cette visite en Irlande fait honneur à la brave femme. » La brave femme ! Je raconte très mal, mais vous imaginez dans quelle inextricable situation nous nous trouvions, et tout cela pourquoi ? Pour avoir parlé de l'E… Mais ce n'est pas tout. Après le repas, Miss Lavish vint me trouver et me dit exactement : « Miss Alan, je vais au fumoir parler avec ces deux messieurs charmants. Venez donc aussi. » Il va sans dire que je refusai une invitation aussi incongrue. Elle eut alors l'impertinence de me dire que cela m'élargirait les idées. Elle avait quatre frères, ajouta-t-elle, tous sortis de l'université sauf un qui servait dans l'armée, et ses quatre frères se faisaient un devoir de parler avec les voyageurs de commerce.

— Permettez-moi de compléter l'histoire, fit Mr Beebe, de retour. Miss Lavish ayant fait la même proposition à Miss Pole, à moi-même, à tout le monde, déclara finalement : « J'irai seule. » Elle y alla seule. Au bout de cinq minutes elle revint, silencieusement, déploya un tapis vert et commença une patience.

— Que s'était-il passé ? s'écria Lucy.

— On n'en sait rien. On ne le saura jamais. Miss Lavish n'osera jamais le dire et Mr Emerson ne juge pas qu'il vaille la peine d'en parler.

— Mr Beebe, ce Mr Emerson est-il « bien » ou non ? Je voudrais tant le savoir !

Mr Beebe rit :

— Décidez vous-même, conseilla-t-il.

— Non, c'est vraiment si difficile ! Il dit parfois de telles sottises, et voilà que je ne lui en veux pas. Votre avis, Miss Alan. Est-il « bien » ?

La petite dame secoua la tête avec un soupir de désapprobation. Cette conversation amusait Mr Beebe. Voulant piquer au jeu la vieille demoiselle, il dit :

— À mon avis, Miss Alan, vous êtes tenue de le classer dans la catégorie des gens « bien » après cette histoire de violettes.

— De violettes ? Ah ! mon Dieu ! Qui vous a parlé des violettes ? Tout se sait à une vitesse… ! Une pension est un nid de commérages. Non, je ne peux oublier leur conduite envers Mr Eager à Santa Croce. Ma pauvre Miss Honeychurch ! C'est franchement trop ! Non, je suis complètement retournée. Je n'aime pas, mais pas du tout, les Emerson. Ils ne sont *pas* des gens « bien ».

Mr Beebe sourit machinalement. Pour introduire les Emerson dans la pension Bertolini, il avait fait un effort courtois. L'effort avait échoué. Il demeurait presque seul à leur témoigner quelque amitié. Miss Lavish, qui représentait l'élément intellectuel, leur était ouvertement hostile et voici que les deux Miss Alan, zélatrices de la bonne éducation, se rangeaient à ses côtés. Miss Bartlett, douloureusement obligée, allait se montrer à peine polie. Tout différent était le cas de Lucy. La jeune fille avait vaguement rapporté au pasteur son aventure à Santa Croce et, derrière le voile de vague, Mr Beebe devinait une curieuse tentative, concertée peut-être de la part des deux hommes, pour s'annexer Lucy, pour lui montrer le monde de leur point de vue étrange, pour l'intéresser à leurs tristesses et à leurs joies propres. Or, ceci n'allait plus. On ne pouvait souhaiter voir une jeune fille se faire le champion de leur cause : mieux valait que la tentative échouât. Après tout, le pasteur ne savait rien de ces hommes ; joies et tristesses de pension sont des événements sans importance et Lucy devait devenir son ouaille.

Tout en considérant l'état du ciel, la jeune fille finit par déclarer qu'elle trouvait les Emerson « bien ». Non qu'elle les vît maintenant le moins du monde – elles avaient même changé de place à table.

— Mais ne pleurent-ils pas toujours pour que vous sortiez avec eux, ma chère enfant ? s'enquit avec insistance la vieille demoiselle.

— Ils n'ont essayé qu'une fois. La démarche n'a pas plu à Charlotte qui leur a répondu – poliment, bien sûr !

— Très sage de sa part. Ils ne nous comprennent pas. Qu'ils se remettent à leur niveau.

Mr Beebe sentit les Emerson « coulés ». Avaient-ils jamais eu l'intention de conquérir une place dans la bonne société ? Ils y avaient renoncé en tout cas, et le père était devenu presque aussi silencieux que le fils. Le pasteur caressa le projet de leur offrir, avant leur départ, une journée de divertissement – une excursion, par exemple, avec Lucy bien chaperonnée, pour faire preuve de générosité à leur égard. Mr Beebe avait peu de plaisirs aussi grands que celui d'alimenter autrui en souvenirs agréables.

Toutefois, pendant qu'ils bavardaient de la sorte, l'après-midi s'était approché de sa fin. L'air était plus brillant, les arbres, les collines avaient pris des teintes plus pures et l'Arno, perdant sa massivité boueuse, commençait à scintiller. Quelques traînées d'un bleu vert apparurent dans les nuages, quelques taches d'une lumière humide s'étendirent sur la terre et, soudain, la façade lavée de San Miniato s'illumina dans le soleil déclinant.

— Trop tard pour sortir, dit Miss Alan sur un ton soulagé, tous les musées sont fermés.

— Je crois que je vais sortir, dit Lucy. Je veux faire le tour de la ville en tramway, sur la plate-forme, à côté du conducteur.

Les deux autres prirent un air grave. Mr Beebe, qui se sentait responsable en l'absence de Miss Bartlett, risqua :

— J'irais avec vous volontiers. Malheureusement je dois écrire des lettres. Si vous désirez sortir seule, ne seriez-vous pas mieux à pied ?

— Vous savez, mon enfant, les Italiens… dit Miss Alan.

— Je vais peut-être en rencontrer un qui me révèle à moi-même.

Mais la désapprobation persistait et la jeune fille concéda à Mr Beebe qu'elle se bornerait à une petite promenade sans quitter les rues fréquentées par les touristes.

— Franchement, elle n'aurait pas dû sortir, dit Mr Beebe (il regardait avec Miss Alan la jeune fille par la fenêtre), et elle le sait. J'attribue cela à trop de Beethoven.

4. Quatrième chapitre

Mr Beebe voyait juste. Lucy n'avait jamais une conscience plus claire de ses désirs qu'à l'instant où elle quittait le piano. Aussi était-elle, cet après-midi, demeurée également étrangère à l'esprit du clergyman et aux pépiements suggestifs de Miss Alan. La conversation l'ennuyait. Elle voulait du grand et avait pensé le rencontrer sur la plate-forme d'un tram balayée par le vent.

Le projet devait être abandonné : soit ! Les dames, paraît-il, ne font pas cela. Pourquoi ? Pourquoi les dames font-elles si peu de ce qui est grand ? Charlotte le lui avait expliqué un jour. Les dames n'étaient pas inférieures aux hommes, elles étaient différentes. Leur mission paraissait d'inspirer des œuvres plutôt que d'en accomplir elles-mêmes. Indirectement, par son tact et une réputation sans tache, une femme peut accomplir beaucoup. Qu'elle se jette dans la mêlée, aussitôt la voici blâmée, méprisée, et, en fin de compte ignorée. Des poèmes ont illustré cette thèse.

Cette dame moyenâgeuse est vraiment à peu près immortelle. Morts sont les dragons, morts les preux

– elle s'attarde et flotte toujours dans nos brumes, châtelaine de maint château, reine encore de chants multiples au début de l'ère victorienne. Il est doux de la protéger entre deux affaires, doux de lui rendre hommage quand elle nous a fait cuire un bon dîner. Mais, hélas ! l'angélique créature dégénère. Dans son cœur aussi se sont élevés d'étranges désirs. Elle aussi s'est enamourée de la violence des vents, des vastes horizons, du déroulement des mers glauques. Elle s'est éveillée au royaume de ce monde ; elle l'a vu croulant de richesses, de beautés, de tumultes – étincelante croûte planétaire qui emprisonne le feu central et roule sans fin vers des cieux en fuite. Les hommes, inspirés, disent-ils, par leur dame, se promènent gaiement sur cette surface et y jouissent des rencontres les plus savoureuses, non parce qu'ils sont mâles mais parce qu'ils sont vivants. La châtelaine aussi voudrait bien, avant que le rideau ne tombe, dépouillant son auguste « Éternel Féminin », promener son moi éphémère.

Lucy ne posait pas à la dame médiévale – idéal vers lequel elle se sentait simplement contrainte de lever les yeux aux moments graves. Elle n'avait pas non plus de révolte systématique. De temps à autre une interdiction l'ennuyait plus particulièrement et elle l'enfreignait, en le regrettant peut-être. Elle se sentait, cet après-midi, plus rétive que d'ordinaire, avec le désir profond de faire quelque chose que ses protecteurs désapprouveraient. Ne pouvant monter dans un tram, elle se dirigea vers la boutique d'Alinari.

Ce fut pour y acheter une reproduction de la « Naissance de Vénus ». Un tableau si charmant ! Dommage que Vénus le gâte : ainsi avait parlé Miss Bartlett pour dissuader Lucy de cet achat (en art, évidemment, le dommage venait du nu). Aux Botticelli s'ajoutèrent coup sur coup la « Tempesta » de Giorgione, l'« Idolino », quelques fresques de la Sixtine et l'« Apoxyomenos ». Un peu calmée, elle choisit encore le « Couronnement » de Fra Angelico, l'« Ascension de saint Jean » de Giotto, quelques *Bambini* de Della Robbia et quelques Madones de Guido Reni. Car son goût était catholique et son approbation embrassait sans critique l'universalité des noms fameux.

Sept lires, presque, de dépense : et pourtant les grilles de la liberté ne paraissaient pas encore ouvertes. Lucy eut conscience de son propre mécontentement – une conscience nouvelle pour elle. Le monde, songea-t-elle, est sûrement plein de belles choses : il suffisait de les rencontrer. Miss Honeychurch avait bien raison de voir d'un mauvais œil une musique qui, selon sa propre expression, lui laissait toujours une fille à la fois susceptible, acariâtre et perdue dans les nuages.

« Rien ne m'arrive jamais, à moi », pensa Lucy en pénétrant dans la Piazza Signoria et en jetant sur ses merveilles, maintenant familières, un regard nonchalant.

Le grand carré était plongé dans l'ombre ; le soleil avait reparu trop tard pour l'éclairer. Neptune déjà, s'estompait dans le crépuscule, mi-dieu mi-spectre, et sa fontaine éclaboussait rêveusement du même jet les satyres et les humains paressant aux bords de sa vasque. La Loggia béait, grotte à triple ouverture d'où le peuple des dieux, qui la hantent, fantômatiques mais immortels, abaissent leurs regards sur les apparitions et les disparitions des hommes. C'était l'heure d'irréalité – c'est-à-dire l'heure où l'étrange se fait réel. Une personne plus âgée, à un tel moment et en un tel lieu, jugeant l'aventure suffisante, s'en fût peut-être contentée. Lucy désirait davantage. Avec une convoitise pensive elle fixa son regard sur la tour du palais qui émergeait de l'ombre inférieure comme un pilier d'or rugueux. Ce n'était plus, semblait-il, une tour : la terre cessait de porter ce trésor hors d'atteinte qui palpitait dans un ciel calme. Son éclat hypnotisa la jeune fille. Il dansait encore devant ses yeux lorsque, abaissant son regard vers le sol, elle se disposa à rentrer.

Soudain quelque chose arriva.

Deux Italiens, au pied de la Loggia, se chamaillaient pour une dette. « *Cinque lire* ! avaient-ils crié, *cinque lire* ! » Les poings se levèrent et l'un des hommes reçut un coup léger à la poitrine. Il fronça les sourcils, se pencha vers Lucy d'un air intéressé, comme s'il avait à lui transmettre un message important. À l'instant où ses lèvres s'ouvrirent pour le faire, un flot rouge en jaillit qui ruissela sur son menton mal rasé.

Ce fut tout. Une foule surgit du crépuscule. Cachant à la jeune fille cet homme extraordinaire, elle l'emporta vers la fontaine. Lucy vit alors que George Emerson était là aussi, à quelques pas d'elle, et la regardait à travers l'espace qu'occupait l'Italien un moment auparavant. Étrange – qu'il la regardât à travers quelque chose. À l'instant même où elle l'aperçut il devint flou ; le palais devint flou aussi, se balança au-dessus d'elle, tomba vers elle doucement, lentement, sans bruit, entraînant le ciel avec lui.

Elle pensa : « Oh ! qu'ai-je fait ? »

— Oh ! qu'ai-je fait ? murmura-t-elle en rouvrant les yeux.

George Emerson la regardait toujours, mais à travers rien. Elle s'était plainte de monotonie et, soudain, un homme était poignardé, un autre la tenait dans ses bras.

Ils étaient assis sur des marches, sous les arcades des Uffizzi. Il fallait qu'il l'eût portée. Il se leva quand elle eut parlé et s'épousseta les genoux. Elle répéta :

— Oh ! qu'ai-je fait ?

— Vous avez perdu connaissance.

— Je… je suis confuse.

— Comment vous sentez-vous ?

— Tout à fait bien, parfaitement bien.

Elle se mit à hocher la tête en souriant.

— Dans ce cas, rentrons. Il n'y a plus aucune raison de rester là.

Il lui tendit la main pour l'aider à se relever. Elle feignit de ne pas voir le geste. Les cris de la fontaine – ils n'avaient jamais cessé – résonnaient vainement, le monde entier paraissait pâle, vidé de son sens primitif.

— Oh ! merci infiniment de votre bonté ! J'aurais pu me faire du mal en tombant évanouie. Mais je suis bien maintenant, je puis rentrer seule, merci.

Il garda la main tendue.

— Mes photos ! s'exclama-t-elle soudain.

— Quelles photos ?

— J'avais acheté quelques reproductions chez Alinari. J'ai dû les laisser tomber, là, sur la place.

Elle le regarda avec une attention prudente :

— Aurez-vous encore la bonté d'aller me les chercher ?

Il eut encore la bonté. Il avait à peine tourné le dos qu'avec la précaution rusée des fous elle se leva et enfila les arcades vers l'Arno.

— Miss Honeychurch !

Elle s'arrêta, la main sur le cœur.

— Restez assise. Vous n'êtes pas assez remise pour rentrer seule.

— Si, je le puis. Merci beaucoup.

— Non, non, vous seriez partie franchement si vous le pouviez.

— Mais j'aimerais mieux…

— Dans ce cas je n'irai pas chercher vos photos.

— J'aimerais mieux être seule.

Il dit impérieusement :

— L'homme est mort – l'homme est probablement mort ; asseyez-vous pour reprendre des forces.

Déconcertée, elle obéit.

— Et ne bougez plus jusqu'à mon retour.

Dans le lointain elle aperçut des êtres en cagoule noire comme on en voit en rêve. La tour du palais n'était plus éclairée par le jour déclinant, elle s'était jointe à la terre. Sur quel ton parler à Mr Emerson quand il reviendrait de la place pleine d'ombre ? De nouveau la pensée revint : « Oh ! qu'ai-je fait ? » – avec le sentiment d'avoir, comme l'homme qui mourait à cet instant, franchi on ne sait quelle frontière spirituelle.

Il revint et elle parla du meurtre. Assez bizarrement le sujet lui parut facile. Elle parla du caractère italien, bavarda presque sur le fait divers qui l'avait fait s'évanouir un instant auparavant. Physiquement forte, elle eut bientôt surmonté l'horreur du sang. Elle se mit debout par ses propres moyens et, malgré de drôles d'ailes palpitantes à l'intérieur, descendit d'un pas presque assuré vers l'Arno. Là, un cocher leur fit signe ; ils refusèrent.

— Ainsi, dites-vous, le meurtrier a tenté de l'embrasser – quels gens étranges, ces Italiens ! – et s'est livré ensuite à la police ? Mr Beebe me disait que les

Italiens savent tout : pour moi, je les juge plutôt enfantins. Hier, au Pitti où nous nous trouvions, ma cousine et moi… Qu'était-ce donc ?

Il venait de jeter quelque chose dans le fleuve.

— Qu'avez-vous jeté ?

— Des choses qui m'embarrassaient, dit-il avec brusquerie.

— Mr Emerson !

— Quoi ?

— Où sont mes photos ?

Il se tut.

— Ce sont mes photos, je crois, que vous venez de jeter.

— Je ne savais plus qu'en faire, cria-t-il avec la voix d'un enfant angoissé.

Pour la première fois elle eut un élan d'affection vers lui.

— Elles étaient couvertes de sang. Là ! Je suis content de vous l'avoir dit. Tout au long de cette conversation je me demandais ce qu'il fallait en faire.

Il pointa le doigt vers l'aval :

— Parties !

L'eau tourbillonnait sous le pont.

— Elles me préoccupaient tellement, et l'on est tellement idiot, que la meilleure solution, semble-t-il, était encore qu'elles aillent à la mer – enfin, je ne sais pas ; peut-être veux-je seulement dire qu'elles me faisaient peur.

L'enfant, soudain, se raidit en homme :

— Il est arrivé quelque chose de terrible ; je dois voir l'événement en face, sans me laisser prendre à des équivoques. L'événement n'est pas précisément la mort de quelqu'un.

Lucy eut l'intuition qu'elle devait l'arrêter.

— Quelque chose est arrivé, répéta-t-il, et je veux savoir quoi.

— Mr Emerson !

Il se tourna vers elle, les sourcils froncés, comme si elle venait d'interrompre en lui une recherche abstraite.

— Je veux vous demander quelque chose avant d'entrer.

Ils étaient tout près de la pension. Elle s'arrêta et s'accouda au parapet. Il fit de même. L'identité dans l'attitude a parfois un effet de magie ; c'est une des causes, au moins, de notre croyance en l'éternelle camaraderie ; elle changea ses coudes de place avant de dire :

— Je me suis conduite de façon ridicule.

Lui poursuivait ses propres pensées.

— Jamais, de toute ma vie, je n'ai éprouvé une telle honte. Je ne sais ce qui m'a prise.

— J'ai manqué m'évanouir moi-même, dit-il.

Elle sentit, pourtant, que son attitude le repoussait.

— Enfin, je vous dois mille excuses.

— Oh ! ce n'est rien !

— Bref (c'est là que je voulais en venir), vous connaissez la stupidité des bavardages – particulièrement chez les femmes. – Je crains, vous comprenez ?

— Mais... je crains de ne pas comprendre.

— Eh bien, je voudrais que vous ne racontiez à personne cette histoire stupide.

— Cette histoire ? Bon, bon, ça va.

— Merci bien. Et puis, je vous prie...

Elle ne put achever sa demande. La rivière bouillonnait sous eux, presque noire dans la nuit tombante. Il y avait jeté ses photos et lui avait dit ensuite crûment pourquoi. Elle comprit soudain qu'il était vain de demander à un tel homme des sentiments chevaleresques. Certes, il ne lui nuirait en rien par des bavardages ; on pouvait lui faire confiance, il était intelligent, et même bon ; plus encore, il pouvait avoir de l'estime pour elle. Mais le sentiment chevaleresque lui manquait ; aucune adoration craintive ne modifierait ses pensées plus que sa conduite. Inutile de lui dire « et puis je vous prie... » avec l'espoir qu'il complétera lui-même la phrase et détournera ses yeux d'une nudité peureuse tel le chevalier de ce tableau magnifique. Il l'avait tenue dans ses bras et s'en souvenait, exactement comme il se souvenait du sang sur les photos qu'elle avait achetées chez Alinari. Le fait n'était pas exactement qu'un homme fût mort, quelque chose était arrivé aux vivants : ils avaient atteint le point où le caractère a son mot à dire et où l'Enfance s'engage sur le chemin bifurquant de la Jeunesse.

— Enfin, merci bien, répéta-t-elle. Comme ces choses arrivent vite ! Après quoi, on revient à sa vieille vie.

— Pas moi.

Anxieuse, elle l'interrogea.

La réponse fut énigmatique :

— J'aurai probablement envie de vivre.

— Mais pourquoi, Mr Emerson ? Que voulez-vous dire ?

— Je dis que j'aurai envie de vivre.

Les coudes au parapet elle considéra l'Arno dont le grondement évoquait à son oreille une mélodie inattendue.

5. Possibilité d'une agréable sortie

C'était un axiome dans la famille qu'« avec Charlotte Bartlett on ne savait jamais comment les choses allaient tourner ». L'aventure de Lucy la trouva raisonnable et charmante à souhait : elle se contenta de la version abrégée qu'en fournit la jeune fille et rendit à la courtoisie de Mr George Emerson l'hommage convenable. Elle et Miss Lavish avaient eu aussi leur aventure. Elles avaient été arrêtées à la douane où de jeunes fonctionnaires, impudents et apparemment désœuvrés, avaient eu la prétention de fouiller leurs réticules à la recherche de provisions. L'incident aurait pu être des plus désagréables sans Miss Lavish qui, par bonheur, était à la hauteur de toutes les situations.

Ainsi, pour le bien comme pour le mal, Lucy se retrouva seule devant son problème. Aucun de ses amis ne l'avait aperçue sur la place ou sur le quai. Mr Beebe, à vrai dire, devant les yeux un peu effarouchés de Lucy pendant le dîner, répéta in petto sa remarque : « Trop de Beethoven ». Mais il plaça pour la jeune fille l'aventure dans le futur et non, déjà, dans le passé. Une telle solitude oppressa Lucy. Elle avait l'habitude de voir ses pensées confirmées ou, au moins, contredites par autrui ; elle jugea terrible cette incertitude où rien ne vous assure qu'on pense bien ou mal.

Au petit déjeuner, dès le lendemain, elle engagea une action décisive. Elle avait à choisir entre deux plans. Mr Beebe devait monter à pied à la Torre del Gallo en compagnie des Emerson et de quelques dames américaines – Miss Bartlett et Miss Honeychurch désiraient-elles se joindre à eux ? Charlotte, personnellement, déclina l'offre ; elle avait précisément fait cette excursion l'après-midi précédent sous la pluie. Pour Lucy, par contre, admirable ! Lucy détestait courir les magasins, changer de l'argent, retirer des lettres – tous devoirs fastidieux qu'il lui faudrait pourtant accomplir ce matin mais qu'elle pouvait fort bien accomplir seule.

— Non, non, Charlotte ! s'écria la jeune fille avec une chaleur sincère. Mr Beebe est trop bon mais, à coup sûr, c'est vous que j'accompagnerai. Je préfère de beaucoup.

— Eh bien, soit, chérie, dit Miss Bartlett, et la faible rougeur de plaisir qui apparut sur son visage fit soudain s'empourprer de honte celui de Lucy. « Abominable, comme toujours, pensa-t-elle, ma conduite envers Charlotte ! » Mais tout allait changer. Elle serait parfaite ce matin.

La jeune fille glissa donc son bras sous celui de sa cousine et toutes deux partirent sur le Lung'Arno.

Par l'élan, la robe, la voix, le fleuve aujourd'hui était léonin. Afin de le mieux voir, Miss Bartlett insista pour s'accouder au parapet, après quoi elle fit sa remarque habituelle :

— Quel dommage que Freddy et votre mère ne voient pas cela avec nous !

Lucy, par contre, ne tenait pas en place : assommante, vraiment, cette Charlotte d'aller s'installer juste à l'endroit de la veille !

— Regardez, Lucia ! Oh ! vous cherchez des yeux le groupe qui monte à la Torre del Gallo. J'avais bien peur, en effet, que vous ne regrettiez votre choix.

Si sérieux qu'eût été le choix, Lucy ne s'en repentait pas. Un bric-à-brac, cette journée d'hier – une de ces drôles d'histoires qu'on aurait de la peine à mettre noir sur blanc ; elle n'en avait pas moins le sentiment que Charlotte et ses courses valaient mieux pour elle aujourd'hui que George Emerson et le sommet de la Torre del Gallo. Puisqu'elle ne pouvait débrouiller cette complication, la prudence commandait de ne plus s'y laisser prendre. Elle pouvait donc sincèrement protester contre les insinuations de Miss Bartlett.

Pourtant, l'acteur principal évité, le décor n'en demeurait pas moins. Or, voici que Charlotte, avec la complaisance du destin, conduisait Lucy de la rivière à la Piazza Signoria. Comment prévoir que des pierres, une loggia, une fontaine, la tour d'un palais pussent être lourdes d'un tel sens ? Un instant elle sut ce que sont les fantômes.

Le lieu du crime était occupé non par un fantôme mais par Miss Lavish, un journal à la main. Elle les héla, transportée. L'horrible événement lui avait donné une idée : aucun doute, on pouvait en tirer un livre.

— Oh ! permettez-moi de vous féliciter, dit Miss Bartlett. Après votre désespoir d'hier, quelle bonne fortune.

— Ah ! Miss Honeychurch, venez donc par ici. J'ai de la chance : vous allez me dire absolument tout ce que vous avez vu depuis le commencement.

Lucy piqua le sol de son ombrelle.

— Mais peut-être préférez-vous n'en point parler ?

— Pardonnez-moi, si vous pouvez vous en passer, je préférerais, en effet.

Les deux aînées échangèrent un regard qui n'avait rien de désapprobateur ; la profondeur des sentiments convient à une jeune fille.

— C'est moi qu'il faut pardonner, dit Miss Lavish. Nous autres, vieux chevaux de retour en littérature, sommes des créatures sans pudeur. Le cœur humain n'a pas de secret, j'imagine, où nous ne soyons tentés de risquer un œil.

À grands pas allègres elle partit vers la fontaine, en revint et se livra à quelques calculs réalistes. Depuis huit heures, elle était sur la Piazza, dit-elle, à recueillir des matériaux – la plupart inutilisables à vrai dire : mais tel était le jeu, il fallait toujours adapter. Les deux hommes s'étaient disputés pour un billet de cinq lires. Elle allait remplacer les cinq lires par une jeune personne, ce qui renforcerait la couleur tragique tout en fournissant une excellente intrigue.

— Comment s'appelle l'héroïne ? demanda Miss Bartlett.

— Léonora, répondit Miss Lavish.

Son propre nom était Eleanor.

— Une jeune fille « bien », j'espère ?

Il serait tenu compte du vœu.

— Et quelle est l'intrigue ?

Amour, meurtre, rapt et vengeance, telle était l'intrigue.

Intarissables, les détails jaillirent tandis que la fontaine éclaboussait les satyres dans le soleil du matin.

— Vous me pardonnerez, j'espère, de vous avoir si longuement ennuyées, conclut Miss Lavish. Un auditoire vraiment sympathique est une tentation irrésistible. Je ne vous ai, naturellement, qu'ébauché les grandes lignes. Il y aura pas mal de couleur locale, avec des descriptions de Florence et des environs, et je compte introduire aussi quelques personnages humoristiques. D'ailleurs je vous avertis par avance, je compte me montrer impitoyable pour les touristes britanniques.

— Oh ! la méchante ! cria Miss Bartlett. Je suis sûre que vous pensez aux Emerson.

Miss Lavish eut un sourire machiavélique.

— En Italie, je le confesse, ma sympathie ne va pas à mes compatriotes. Ce sont les Italiens jusqu'ici négligés qui m'attirent et c'est leur vie que je voudrais peindre dans la mesure de mes moyens. Car, je le répète et j'insiste, ayant d'ailleurs toujours vigoureusement soutenu cette opinion, une tragédie comme celle d'hier n'est pas rendue moins tragique par l'humble extraction de ses personnages.

Un silence convenable suivit la conclusion de Miss Lavish. Enfin les deux cousines, après avoir souhaité bonne chance aux travaux de l'auteur, traversèrent lentement la place.

— Voilà juste ce que j'appelle une femme intelligente, dit Miss Bartlett. La vérité de sa dernière remarque m'a particulièrement frappée. Le roman devrait être des plus émouvants.

Lucy approuva. Son grand but, pour l'instant, était de ne pas figurer dans ce livre. Elle avait ce matin des perceptions curieusement aiguës et le sentiment d'avoir été mise à l'épreuve par Miss Lavish pour un personnage d'ingénue.

— Elle est émancipée, mais seulement dans le meilleur sens du terme, poursuivit lentement Miss Bartlett. Il faudrait un esprit superficiel pour en être choqué. Nous avons eu hier une longue conversation ; elle croit aux valeurs de justice, de vérité, d'intérêt humain. Elle m'a dit aussi avoir une haute opinion des destinées de la femme... Mr Eager ! Quelle chance ! L'agréable surprise !

— Pas pour moi, répliqua suavement le chapelain, car voici un bon bout de temps que je vous surveille, vous et Miss Honeychurch.

— Nous bavardions avec Miss Lavish.

Un pli se forma sur son front.

— J'ai vu. Ah ! vraiment ! *Andate via ! Sono occupato !*

La dernière remarque s'adressait à un marchand de panoramas photographiques qui s'avançait avec un sourire courtois.

— Je voudrais risquer une petite suggestion. Seriez-vous disposées, vous et Miss Honeychurch, à prendre part, cette semaine, à une excursion en voiture que j'organise – une excursion dans les collines. Nous pourrions monter par Fiesole et revenir par Settignano. Il existe un point sur cette route où nous pourrions descendre de voiture pour une promenade d'une heure au flanc de la colline. La vue sur Florence, de là, est admirable, incomparablement plus belle que celle, rebattue, de Fiesole. C'est précisément le point de vue qu'Alessio Baldovinetti aime tant introduire dans ses tableaux. Cet homme avait un sens incontestable du paysage. Incontestable. Mais qui s'y intéresse aujourd'hui ? Ah ! ce monde nous est trop présent, comme dit Wordsworth.

Miss Bartlett ignorait tout d'Alessio Baldovinetti mais savait par contre que Mr Eager n'était pas un chapelain ordinaire. Il appartenait à cette colonie d'Anglais qui, résidant à Florence, en avaient fait leur fief. Il fréquentait les gens qui ne sortent jamais avec un Baedeker, ont adopté la sieste après le déjeuner, font des excursions que les pensions de famille ignorent et voient s'ouvrir devant eux, par autorisation particulière, les galeries fermées au grand public. Vivant dans une retraite raffinée, les uns en appartements meublés, d'autres dans des villas Renaissance sur la pente de Fiesole, ils lisent, écrivent, étudient, échangent des idées, acquérant ainsi cette intime connaissance, ou plutôt cette intuition de Florence refusée aux porteurs de billets Cook.

Flatteuse, donc, l'invitation du chapelain qui, demeuré souvent l'unique lien entre ses deux catégories d'ouailles, avait pour coutume avouée d'offrir à quelques transhumants élus et à eux seuls, deux ou trois heures de pâturage dans la prairie des permanents. Quant au thé dans une villa Renaissance, rien, certes n'en avait été dit pour l'instant. Mais supposez qu'on en arrivât là – quelle joie, alors, pour Lucy !

Quelques jours auparavant tel eût été, en effet, le sentiment de la jeune fille. Mais une perspective différente groupait maintenant à ses yeux les joies de l'existence. Une excursion dans les collines avec

Mr Eager et Miss Bartlett, culminât-elle même en un thé initiatique, n'était plus désormais le plus grand des bonheurs. Aux extases de Charlotte, la jeune fille ne fit donc que vaguement écho. À l'annonce, pourtant, que Mr Beebe serait des leurs, la sincérité de ses remerciements s'accusa.

— Ce sera donc une *partie carrée*, dit le chapelain. En ces jours de tumulte et de trouble nous avons grand besoin des champs et de leur message de pureté ! *Andate via ! Andate presto, presto !* Ah ! si belle que soit la ville, c'est la ville encore !

Elles approuvèrent.

— Ne m'a-t-on pas dit que cette place même fut hier la scène de la plus ignoble tragédie ? Pour qui chérit la Florence de Dante et de Savonarole, il y a dans cette profanation je ne sais quoi de sinistre – de sinistre et d'humiliant à la fois.

— Humiliant, vous pouvez le dire, ajouta Miss Bartlett. Miss Honeychurch passait par hasard à ce moment-là. Elle peut à peine supporter d'en parler.

Charlotte jeta vers la jeune fille un regard de fierté.

— Comment se fait-il que vous vous soyez trouvée là ? s'inquiéta paternellement le chapelain.

La question fit s'évaporer tout le libéralisme récent de Miss Bartlett.

— Ne la blâmez pas, je vous prie, Mr Eager, je suis seule coupable, je l'avais laissée sans chaperon.

— Vous étiez donc seule ici, Miss Honeychurch ?

L'accent, tout en exprimant un reproche plein de sympathie, laissait entendre que quelques détails atroces ne seraient pas les malvenus. Avec une expression funèbre il pencha son visage élégant et hâlé pour saisir au vol la réponse.

— En fait.

— Une personne de la pension nous l'a ramenée, dit Miss Bartlett cachant astucieusement le sexe de l'ange sauveur.

— Ce dut être pour elle aussi une terrible expérience. J'espère que vous n'étiez ni l'une ni l'autre – enfin, que la chose ne s'est pas passée dans votre proximité immédiate.

De toutes les impressions qui frappaient aujourd'hui la jeune fille, la moins remarquable n'était pas le vampirisme des gens respectables, leur soif mordillante du sang. George Emerson avait gardé à l'événement son étrange pureté.

— Il est mort, je crois, près de la fontaine, se contenta-t-elle de répondre.

— Et vous et votre amie…

— … étions là-bas au pied de la loggia.

— Bien des choses ont dû vous être épargnées. Vous n'avez rien vu, je suppose, des illustrations qu'une presse immonde… Cet individu constitue vraiment un fléau public ; il sait que je demeure à Florence, il le sait, et n'en persiste pas moins à me harceler pour me vendre ses abominables photographies.

Le vendeur de dépliants, à coup sûr, était l'allié de Lucy : éternelle alliance de l'Italie avec la jeunesse. Par une irruption soudaine, face à Mr Eager et à Miss Bartlett, il venait de nouer leurs bras d'un long ruban brillant d'églises, de tableaux et de paysages.

— C'en est trop, cette fois ! s'écria le chapelain.

D'une tape sèche il frappa l'un des anges de Fra Angelico. L'ange se déchira. Un hurlement jaillit du vendeur. Le dépliant avait apparemment plus de valeur qu'on ne le supposait.

— J'achèterais volontiers… commença Miss Bartlett.

— Ignorez-le ! fit sèchement Mr Eager.

Et tous trois quittèrent la place d'un pas rapide.

Mais on n'ignore pas un Italien, et moins encore un Italien qui a quelque sujet de plainte. La mystérieuse persécution de celui-ci envers Mr Eager se fit acharnement. L'air retentit de ses menaces et de ses lamentations. Il prit Lucy pour juge : n'allait-elle pas intercéder ? Il était pauvre – ses charges de famille – l'impôt sur le pain… Il attendit, il glapit, il fut dédommagé, il fut mécontent, il ne les laissa partir enfin qu'après avoir absolument vidé leur esprit de toute pensée, agréable ou désagréable.

On passa ensuite aux courses. Guidées par le chapelain, les deux cousines choisirent un lot important et hideux de présents et de souvenirs : petits cadres dont le tarabiscotage paraissait modelé dans une pâtisserie dorée ; autres petits cadres plus austères posés sur chevalet et sculptés en plein chêne ; sous-main et Dante, tous deux en vélin ; broches en mosaïques bon marché que les domestiques, pour Noël, jugeraient authentiques ; épingles, pots, petites assiettes héraldiques, reproductions sépia, Eros et Psyché en albâtre et saint Pierre pour faire pendant. Le tout eût moins coûté à Londres.

Cette matinée « réussie » ne laissait à la jeune fille aucune impression agréable. Miss Lavish et Mr Eager l'avaient vaguement effrayée tous deux (pourquoi ?). Par une suite étrange de cette peur, elle avait cessé de les respecter. Elle doutait maintenant que Miss Lavish fût une grande artiste ; elle doutait que la valeur spirituelle et la culture de Mr Eager fussent aussi hautes qu'elle l'avait supposé tout d'abord. Sa pierre de touche avait changé et la nouvelle épreuve ne leur était pas favorable. Quant à Charlotte – eh bien, quant à Charlotte, le résultat restait le même. On pouvait se montrer gentil à son égard, on ne pouvait pas l'aimer.

— C'est le fils d'un ouvrier. Je le tiens de bonne source. Lui-même, dans sa jeunesse, était un mécanicien quelconque, puis il s'est mis à écrire dans la presse socialiste. Je l'ai rencontré à Brixton.

Ils parlaient des Emerson.

— Avec quelle facilité les gens s'élèvent maintenant ! soupira Miss Bartlett en caressant des doigts une Tour Penchée de Pise.

— En général, répliqua Mr Eager, on n'éprouve que sympathie pour ces réussites. Désir de s'éduquer et de monter dans l'échelle sociale – il y a là quelque chose de pas complètement méprisable. On verrait volontiers certains de ces ouvriers sortir de chez eux pour un voyage à Florence – si peu capables qu'ils soient d'en profiter.

— Est-il encore journaliste ? demanda Miss Bartlett.

— Non, il a fait un mariage avantageux.

La remarque, proférée sur un ton significatif, s'acheva en soupir.

— Oh ! Il a donc une femme ?

— Morte, Miss Bartlett, morte. Je me demande – oui, je me demande comment il a l'effronterie de me regarder en face, comment il ose se classer parmi mes connaissances. Il habitait, voici longtemps, dans ma paroisse, à Londres. L'autre jour dans Santa Croce où il accompagnait Miss Honeychurch, je l'ai bien remis à sa place. Mais qu'il prenne garde : je pourrais faire plus que lui infliger un affront !

Lucy rougit :

— Quoi ? cria-t-elle.

— Le démasquer ! siffla Mr Eager.

Il voulut changer de sujet ; mais en marquant un point de dramaturge il venait d'éveiller chez son auditoire plus d'intérêt qu'il n'eût voulu. Miss Bartlett débordait d'une curiosité très naturelle. Lucy, bien qu'elle désirât ne jamais revoir les Emerson, n'était pas disposée à les condamner sans un mot.

— Voulez-vous dire, demanda-t-elle qu'il est un homme sans religion ? Nous le savions déjà.

— Lucy, ma chérie… intervint Miss Bartlett avec quelque reproche pour la perspicacité de sa cousine.

— Je serais étonné que vous sachiez tout. Ne parlons pas du fils – un enfant innocent à cette époque. Dieu sait ce que son éducation et son hérédité ont pu en faire !

— Peut-être, hasarda Miss Bartlett, s'agit-il d'une chose qu'il vaudrait mieux pour nous ne pas entendre ?

— Tout juste, dit Mr Eager, s'il faut parler clairement. Je n'ajouterai rien.

Pour la première fois l'intime révolte de Lucy jaillit en mots – pour la première fois de sa vie.

— Vous en avez très peu dit.

La réponse fut glaciale.

— J'avais l'intention d'en dire très peu, en effet.

Il lança vers la jeune fille un regard indigné qui se heurta à une indignation égale. Quittant le comptoir du magasin, elle s'était tournée vers lui ; sa poitrine se soulevait rapidement. Il considéra ses sourcils et le subit durcissement de ses lèvres. Qu'elle mît ainsi sa parole en doute, c'était intolérable.

— Il s'agit d'un meurtre, si vous voulez le savoir, cria-t-il furieux. Cet individu a tué sa femme.

— Comment ? répliqua-t-elle.

— Pratiquement, il l'a tuée. Ce fameux jour à Santa Croce – ont-ils dit quelque chose contre moi ?

— Pas un mot, Mr Eager – pas un seul mot.

— Ah ! j'aurais cru à quelque calomnie de leur part. C'est donc, je suppose, sous l'influence de leur seul charme personnel que vous prenez leur défense ?

— Je ne prends pas leur défense, dit Lucy. (Perdant courage, elle retombait dans son chaos.) Ils ne me sont rien.

— Comment avez-vous pu croire qu'elle les défendait ? dit Miss Bartlett que cette scène désagréable avait mise en déroute. Le vendeur écoutait peut-être.

— Elle y parviendra difficilement. Car cet homme a tué sa femme à la face de Dieu.

Dieu arrivait à point ; de toute évidence, pourtant, le chapelain tentait de justifier une affirmation téméraire. Le silence qui suivit aurait pu être impressionnant : il ne fut qu'embarrassé. Miss Bartlett, enfin, se hâta d'acheter la Tour Penchée et prit les devants pour regagner la rue.

Le pasteur sortit sa montre.

— Je dois vous quitter, fit-il, les paupières baissées.

Miss Bartlett le remercia de ses bontés et, avec enthousiasme, parla de l'excursion prochaine.

— L'excursion aura-t-elle lieu vraiment ?

Lucy fut rappelée aux bonnes manières et un déploiement de politesse rasséréna Mr Eager qui repartit, content de soi.

— Flûte pour l'excursion ! s'exclama la jeune fille aussitôt disparu le chapelain. Nous avions projeté exactement la même avec Mr Beebe sans tant d'embarras. Pourquoi nous inviter avec des façons si absurdes ? Nous pouvions aussi bien l'inviter nous-mêmes. Nous payons chacun notre écot.

Cette dernière remarque suscita chez Miss Bartlett, déjà prête à se lamenter sur les Emerson, un train de pensées inattendues.

— S'il en est bien ainsi, chérie – si l'excursion que Mr Beebe et nous devons faire avec Mr Eager est bien la même que celle où nous accompagnons Mr Beebe, alors j'entrevois un fameux gâchis !

— Pourquoi donc ?

— Parce que Mr Beebe invite Eleanor Lavish.

— Ceci implique une seconde voiture.

— Et le pire, c'est que Mr Eager n'aime pas Eleanor et qu'elle le sait. Il faut dire la vérité, elle est trop libre pour lui.

Elles se trouvaient maintenant dans la salle des journaux de la banque anglaise. Lucy, debout près de la table centrale, regardait sans les voir les numéros de *Punch* et du *Graphic*. Des questions bouillonnaient en elle qu'il lui fallait sinon résoudre du moins formuler clairement. Le monde connu s'était dissous et voici qu'émergeait Florence, ville magique, où les gens pensaient et faisaient des choses extraordinaires. Meurtre, accusation de meurtre, jeune fille s'abandonnant aux bras d'un homme ou en insultant un autre – étaient-ce là les incidents banals de la vie florentine ? La beauté avouée de cette ville contenait-elle davantage : le pouvoir de susciter les passions bonnes ou mauvaises et de les porter rapidement à leur terme ?

Heureuse Charlotte, sans cesse troublée de choses dénuées d'importance mais inconsciente du reste ! Admirablement experte dans l'art délicat de prévoir « où cela pourrait mener », elle semblait perdre ce but de vue quand on le touchait de la main. Dans un coin, à cet instant, et toute contractée sur elle-même, elle tentait d'extraire sa lettre de crédit du sac-mangeoire en fine toile qu'elle portait toujours à son cou, au creux d'une chaste retraite : la seule façon sûre, lui avait-on dit, de porter son argent en Italie, la mise en perce ne devant avoir lieu qu'entre les quatre murs d'une banque britannique.

— Que Mr Beebe, murmura-t-elle en poursuivant ses fouilles tâtonnantes, ait oublié d'avertir Mr Eager ou que Mr Eager ait oublié lui-même de nous en parler, ou que tous deux enfin fussent convenus ensemble d'écarter Eleanor (ce qui serait à peine correct de leur part) nous, en tout cas, devons être prêtes. C'est vous qui êtes vraiment invitée. Je ne le suis que par surcroît. Vous monterez donc avec ces messieurs tandis que moi et Eleanor suivrons derrière. Une voiture à un seul cheval suffira pour nous, mais malgré tout, comme c'est difficile.

— Ah ! certes, oui ! approuva la jeune fille avec une gravité qui avait le son de la sympathie.

— Qu'en pensez-vous ? demanda Miss Bartlett, toute rouge de sa lutte et reboutonnant son corsage.

— Je ne sais ce que je pense ni ce que je veux.

— Oh ! ma chère Lucy ! j'espère que Florence ne vous ennuie pas : un mot, vous le savez, et je vous emmène demain au bout du monde.

— Merci, Charlotte, dit Lucy pesant l'offre.

Il y avait des lettres pour elle à la poste – l'une de son frère gorgée d'athlétisme et de biologie, une autre de sa mère, exquise, comme seules les lettres de sa mère pouvaient l'être. Les crocus qu'on avait semés pour jaunes sortaient puce ; la nouvelle femme de chambre avait arrosé les fougères avec l'essence de limonade ; l'esthétique de Summer Street était ruinée par quelques cottages un peu écartés brisant du même coup le cœur de Sir Harry Otway. La jeune fille se souvint de la vie agréable et libre de chez elle, où elle avait le droit de tout faire et où jamais rien n'arrivait. La route montant à travers les bois de pins, le salon luisant, la vue sur le Sussex Weald – tous ces tableaux défilaient devant elle, colorés et nets, mais émouvants comme ceux d'un musée familier que le voyageur retrouve après maintes expériences.

— Quelles nouvelles ? demanda Miss Bartlett.

— Mrs Vyse et son fils sont partis pour Rome.

Lucy donnait la nouvelle qui l'intéressait le moins.

— Connaissez-vous les Vyse ?

— Oh ! ne retournons pas par là. Nous n'aurons jamais trop vu cette chère Piazza Signoria.

— Des gens charmants, ces Vyse. Et si intelligents ! Le type, pour moi, des gens intelligents. N'avez-vous pas hâte d'être à Rome ?

— J'en meurs d'envie.

La Piazza Signoria est trop pierreuse pour avoir de l'éclat. On n'y trouve ni herbe, ni fleurs, ni fresques, ni murs de marbre étincelants, ni taches reposantes de briques rouges. Par un singulier hasard (à moins que nous ne croyions à un génie des lieux présidant à leur ordonnance) les statues rompant cette austérité n'évoquent pas l'innocence enfantine ou la gloire des jeunes étonnements mais la conscience d'une maturité achevée. Persée, Judith, Hercule, Thusnelda ont fait ou souffert quelque chose ; sans doute sont-ils immortels, mais c'est après l'expérience et non avant que l'immortalité leur est venue. En ce lieu, aussi bien que dans une solitude naturelle, le héros pourrait rencontrer une déesse ou l'héroïne un dieu.

— Charlotte, une idée ! cria la jeune fille. Que diriez-vous si nous filions demain pour Rome, droit à l'hôtel des Vyse ? Car je sais maintenant ce que je veux. J'en ai assez de Florence. Vous me mèneriez au bout du monde, avez-vous dit ? Eh bien, faites-le ! Faites-le !

Miss Bartlett répondit avec une égale vivacité :

— Drôle de fille ! Et qu'adviendrait-il de votre excursion dans les collines ?

Côte à côte elles traversèrent la place magnifiquement décharnée en riant d'une idée si peu pratique.

6. Le révérend Arthur Beebe, le révérend Cuthbert Eager, Mr Emerson, Mr George Emerson, Miss Éléanor Lavish, Miss Charlotte Bartlett et Miss Honeychurch s'en vont dans des voitures voir un paysage : les voituriers sont italiens

Pour les conduire à Fiesole, en ce jour mémorable, Phaéton en personne était sur le siège. Jeune dieu d'irresponsabilité et de flamme, il fouettait en casse-cou, pour leur faire gravir la côte pierreuse, les chevaux de son maître. Mr Beebe le reconnut sur-le-champ. Ayant franchi intact siècles de Foi et siècles de Doute, il demeurait Phaéton en Toscane, cocher, et ce fut Perséphone, rencontrée en chemin, qu'il demanda la permission de faire monter auprès de lui, sa sœur, affirma-t-il – une Perséphone grande, mince et pâle qui, retournant avec le printemps chez sa mère, voilait encore ses yeux contre la nouveauté du jour. Mr Eager éleva des objections : dangereux précédent, dit-il, et gare à l'imposture ! Mais les dames intercédèrent et, l'énormité de la faveur bien établie, la déesse fut autorisée à grimper auprès du dieu.

Sans tarder, Phaéton lui passa la rêne gauche au-dessus de la tête, donc le bras autour de la taille. Elle n'y vit pas d'inconvénient. Mr Eager voyageait à reculons : n'apercevant rien de cette indécence, il poursuivait sa conversation avec Lucy. Les deux autres occupants de la voiture étaient le vieux Mr Emerson et Miss Lavish. Car un terrible événement était survenu : Mr Beebe, sans consulter Mr Eager, avait doublé le nombre des départs. Miss Bartlett et Miss Lavish avaient bien passé la matinée à supputer les dispositions possibles, mais à l'instant critique, quand s'avancèrent les voitures, elles avaient perdu la tête et Miss Lavish était montée avec Lucy tandis que Miss Bartlett, George Emerson et Mr Beebe s'installaient dans la seconde voiture.

Quel coup pour le pauvre chapelain, cette transformation de sa partie carrée ! Le thé dans une villa Renaissance, en admettant qu'il en eût nourri le dessein, était désormais impossible. Lucy et Miss Bartlett ne manquaient pas d'un certain style et Mr Beebe, bien que peu sûr, était homme d'esprit. Mais une romancière de pacotille et un journaliste qui avait assassiné sa femme à la face de Dieu – non, jamais ces gens-là ne pénétreraient dans une villa sur son introduction.

Lucy, élégamment habillée de blanc, roide et nerveuse, surveillait ces divers éléments explosifs, attentive à Mr Eager, prête à réprimer Miss Lavish et l'œil sur le vieux Mr Emerson. Par bonheur ces deux-là dormaient, grâce à un abondant déjeuner et à l'atmosphère assoupissante du printemps. La jeune fille voyait en cette expédition l'œuvre du destin. Elle eût sans cela réussi à éviter George Emerson. Ouvertement, il avait montré son désir de maintenir entre eux l'intimité acquise. Elle s'était dérobée – non qu'il lui déplût, mais elle jugeait encore obscur ce qu'elle le soupçonnait de trouver clair : et ceci l'effrayait.

L'événement réel, quel qu'il fût, avait eu lieu en effet, non au pied de la Loggia mais au bord du fleuve. Une conduite insensée devant la mort était pardonnable. Discuter cette conduite, passer de la discussion au silence et, par le silence, à la sympathie, telle était l'erreur, imputable non plus au choc de la surprise, mais à l'inclination de la personnalité tout entière. Il y avait, pensa-t-elle, quelque chose de réellement blâmable dans cette contemplation conjointe du fleuve nocturne, dans cette impulsion commune qui les avait fait revenir tous deux à la pension sans un regard et sans une parole. Ce sentiment de faute avait été d'abord léger : elle avait presque accepté de se joindre au groupe montant à la Torre del Gallo. Mais chaque fois qu'elle évitait George elle sentait plus impérieuse l'obligation de l'éviter encore dans l'avenir. Et voici que l'ironie céleste, prenant pour agents sa cousine et deux clergymen, lui interdisait de quitter Florence avant d'avoir fait avec George une promenade dans les collines.

Mr Eager, cependant, l'entretenait de la façon la plus civile ; leur petite brouille s'était dissipée.

— Ainsi, Miss Honeychurch, vous voyagez ? Vous faites des études d'art ?

— Oh ! mon Dieu non ! pas du tout !

— Des études sur la nature humaine, peut-être ? intervint Miss Lavish, comme moi ?

— Oh non ! je suis ici en simple touriste.

— Vraiment ? fit Mr Eager, vraiment ? Pardonnez-moi, mais nous qui sommes fixés à Florence, considérons parfois avec une certaine pitié ces pauvres touristes que vous êtes, passés de main en main comme une marchandise, de Venise à Florence, de Florence à Rome, entassés en troupeau dans des pensions et ne voyant rien qu'entre les œillères du Baedeker, avec la seule angoisse de « faire » cette ville avant de passer à la suivante. Le résultat est qu'ils mêlent tout : cités, rivières, palais, en un fouillis inextricable. Vous savez, la jeune fille du *Punch* : « Dis papa, qu'est-ce que c'est que nous « avons vu à Rome ? » À quoi le père répond : « Rome ? Mais parbleu, c'est l'endroit où nous avons vu “le chien jaune” ! » Voilà nos voyages. Ah ! Ah ! Ah !

— Tout à fait d'accord, dit Miss Lavish qui avait tenté plusieurs fois d'interrompre cette mordante satire. L'esprit étroit et superficiel du touriste anglais ne constitue rien de moins qu'une menace.

— Exact. En revanche, dans la colonie anglaise de Florence – et elle est très considérable – bien que tous ne soient pas également... quelques-uns par exemple sont ici pour leur commerce... on compte un grand nombre d'intellectuels. Lady Helen Laverstock travaille en ce moment sur Fra Angelico. Je mentionne son nom parce que nous dépassons précisément sa villa, à gauche. Non, vous ne pourriez la voir qu'en vous dressant – non, ne vous dressez pas, vous tomberiez. Elle est très fière de cette haie impénétrable. La retraite à l'intérieur est parfaite. On s'y croirait six siècles en arrière. D'après certains critiques, son jardin aurait été la scène du *Décaméron*, ce qui lui donne, n'est-il pas vrai, un charme de plus.

— Diable oui ! s'écria Miss Lavish. Où place-t-on, dites-moi, la scène de ce merveilleux septième jour ?

Mr Eager poursuivit sans répondre : à droite, vivait M. Quelque-Chose-Untel, un Américain du meilleur type (si rare d'ailleurs !) et la demeure des Quelqu'un-d'Autre se dressait plus bas, sur la pente de la colline.

— Vous avez lu, sans aucun doute, les monographies qu'elle publie dans les *Études médiévales* ? Quant à lui, il travaille sur *Gemistus Pletho*. Quelquefois, en prenant le thé dans leur parc, j'écoute grincer derrière le mur les trams bondés de touristes, de poussiéreux, suants et stupides touristes qui s'en vont « faire » Fiesole en une heure pour pouvoir dire qu'ils sont passés là, et l'idée me vient, l'idée, l'idée qu'ils n'ont pas la moindre idée de ce qu'ils frôlent.

Là-haut, cependant, sur le siège, les deux silhouettes mythologiques se divertissaient ignominieusement. Lucy eut un sursaut d'envie. En admettant qu'ils eussent le désir de se mal conduire, quelle chance de pouvoir le faire ! Dans tout le groupe, ils étaient probablement les seuls à jouir de l'excursion. Secouée de cahots à rendre l'âme, la voiture traversa Piazza de Fiesole et enfila la route de Settignano.

— *Piano, piano !* conseilla Mr Eager avec un geste élégant de la main au-dessus de sa tête.

— *Va bene, signore, va bene, va bene !* chantonna le cocher ; et de nouveau il fouetta ses bêtes.

Une controverse s'engagea entre Mr Eager et Miss Lavish sur Alessio Baldovinetti. Fallait-il le compter parmi les sources de la Renaissance ou parmi ses manifestations ? Cependant la seconde voiture était laissée en arrière. L'allure s'accéléra, atteignit le galop. Du coup, la masse de Mr Emerson se trouva projetée contre Mr Eager avec la régularité d'un bélier.

— *Piano, piano !* répéta le chapelain, levant vers Lucy un regard de martyr.

Une exceptionnelle embardée le fit soudain se tourner, furieux, sur son siège. C'était l'instant précis où Phaéton qui, depuis longtemps déjà, tentait d'embrasser Perséphone, venait d'arriver à ses fins.

Une petite scène s'ensuivit que Miss Bartlett devait qualifier plus tard de fort désagréable. Les chevaux furent arrêtés et les amoureux, ayant reçu l'ordre de dénouer, sur l'heure, leurs liens divers, se virent condamnés l'un à perdre son pourboire, l'autre à descendre immédiatement.

— Mais c'est ma sœur ! dit Phaéton, tournant vers eux des yeux d'imploration.

— Vous mentez ! condescendit à répondre Mr Eager.

Phaéton baissa la tête, frappé non par le fond mais par la forme d'une telle accusation. Sur quoi Mr Emerson, éveillé par l'arrêt de la voiture, déclara qu'à aucun prix on ne devait séparer les amoureux et tapota le dos des délinquants pour manifester son approbation. Miss Lavish, sans vouloir s'allier avec lui, sentit de son devoir de soutenir la cause « bohème ».

— Pour ma part, cria-t-elle, je suis disposée à les laisser vivre, mais sans espoir d'être soutenue. Toute ma vie, j'ai bravé les préjugés. Pour une aventure, c'est une aventure.

— Nous ne devons pas céder, dit Mr Eager. J'ai vu dès le début qu'il nous mettait à l'épreuve. Il nous traite comme des touristes Cook.

— Mais non, voyons, fit Miss Lavish avec une ardeur visiblement déclinante.

Cependant la seconde voiture les avait rejoints et le raisonnable Mr Beebe cria qu'après ce premier avertissement le couple allait sûrement se bien tenir.

— Laissez-les donc tranquilles ! plaida Mr Emerson à qui le chapelain n'en imposait pas. Rencontrons-nous si souvent le bonheur qu'il faille le faire descendre du siège où il s'est perché ? Être conduits par des amoureux est un sort que les rois nous envieraient. Les séparer ? Je ne sais rien, pour moi, qui ressemble plus à un sacrilège.

La voix de Miss Bartlett monta : une foule commençait à se rassembler, avertit-elle.

Mr Eager, qui souffrait davantage de voir contrarier son éloquence que sa volonté, était résolu à se faire entendre. Il tint au cocher un nouveau discours. L'italien, dans la bouche des Italiens a le chant profond d'une rivière jalonnée çà et là de cataractes et de roches inattendues pour se garder de toute monotonie. Des lèvres de Mr Eager, il jaillissait surtout avec le sifflement aigre d'une fontaine, toujours plus haut, toujours plus rapide, toujours plus aigu : soudain le robinet se fermait net.

— *Signorina !* dit l'homme à Lucy après l'arrêt des grandes eaux. (Pourquoi Lucy ?)

— *Signorina !* reprit Perséphone avec la richesse de son contralto. Elle montra du doigt l'autre voiture. (Pourquoi ?)

Un instant les deux jeunes filles se dévisagèrent. Puis Perséphone descendit du siège.

— Enfin la victoire ! dit Mr Eager en frappant dans ses mains quand les voitures repartirent.

— La victoire ? dit Mr Emerson. Non, la défaite. Vous avez séparé deux gens heureux.

Mr Eager ferma les yeux. Il devait accepter d'être assis à côté de Mr Emerson, il ne lui parlerait pas. Mais l'autre, ragaillardi par sa sieste, reprit le sujet avec chaleur. Il enjoignit à Lucy de lui donner raison ; il héla George à son secours.

— Nous avons voulu acheter ce que l'argent n'achète pas. Nous payons cet homme pour nous conduire : il le fait. Nous n'avons aucun droit sur son âme.

Miss Lavish parut contrariée : Mr Emerson qu'elle avait classé comme typiquement britannique, se permettait de mentir à son personnage.

— Il nous conduisait mal, dit-elle, il nous ballottait.

— Je ne trouve pas. J'étais aussi bien que dans mon lit. Ah ! Ah ! maintenant il nous ballotte. Quoi d'étonnant ? Il aimerait nous jeter dans le fossé, et il a diablement raison. D'ailleurs, si j'étais superstitieux, j'aurais peur aussi de la jeune fille. On ne gagne rien à faire souffrir la jeunesse. Avez-vous jamais entendu parler de Laurent de Médicis ?

Miss Lavish se hérissa :

— C'est plus que probable. S'agit-il de Laurent le Magnifique, de Laurent duc d'Urbino ou de Laurent surnommé Lorenzino à cause de sa petite taille ?

— Dieu sait ! Et peut-être sait-il, en effet, puisqu'il s'agit de Lorenzo le poète. Il a écrit – je l'ai appris hier – le vers suivant : « N'allez pas vous battre contre le printemps ! »

Mr Eager ne put résister à l'occasion ainsi offerte de montrer son érudition :

— *Non fate guerra al Maggio*, murmura-t-il. La traduction correcte serait : « Ne guerroyez pas avec Mai. »

— Le fait est que nous venons de guerroyer avec lui. Regardez.

Il montra du doigt, à travers les arbres en fleur, le Val d'Arno, très loin au-dessous d'eux.

— Cinquante milles de printemps, et nous sommes montés ici pour les admirer. Croyez-vous qu'il y ait la moindre différence entre le printemps dans la nature et le printemps chez l'homme ? Nous allons sans cesse, pourtant, louant l'un et condamnant l'autre pour son indécence, honteux de cette œuvre éternelle que la même loi achève en tous deux.

Cette thèse ne reçut aucun encouragement. Soudain, Mr Eager arrêta les voitures et en groupa les occupants pour la promenade convenue sur la colline. Entre eux et les hauteurs de Fiesole un creux se dessinait comme un immense amphithéâtre avec l'étagement de ses terrasses embrumées d'oliviers ; la route qui en suivait encore la courbe piquait de là vers le promontoire qui s'avançait vers la plaine. C'était ce promontoire inculte, humide, tapissé d'arbustes avec quelques arbres çà et là qui, presque cinq siècles auparavant, avait séduit Alessio Baldovinetti. Ce dernier, maître laborieux mais plutôt obscur, y avait grimpé un jour, par souci professionnel peut-être et peut-être pour le plaisir de grimper. De là-haut il avait aperçu ce paysage du Val d'Arno avec Florence au loin qu'il avait introduite plus tard, sans beaucoup d'effet, dans son œuvre. Mais où s'était-il placé exactement ? Telle était la question que Mr Eager espérait résoudre maintenant. Miss Lavish partageait son enthousiasme : tout ce qui est problématique avait pour elle une attirance naturelle.

Mais il est malaisé d'emporter dans sa tête les tableaux d'Alessio Baldovinetti, même si l'on a pris la précaution de les regarder avant le départ. D'ailleurs, la brume dans la vallée rendait la question moins facile encore. Le groupe entier sautilla de touffe en touffe, partagé entre le désir de ne pas se diviser et la nécessité de chercher des directions différentes. Finalement, des sous-groupes se formèrent. Lucy s'accrocha à Miss Bartlett et à Miss Lavish cependant que les Emerson revenaient engager avec les cochers une conversation laborieuse ; les deux pasteurs furent laissés ensemble : sans doute avaient-ils des sujets communs d'entretien.

Miss Bartlett et Miss Lavish eurent bientôt jeté le masque. Dans ce *mezzo voce* maintenant familier à Lucy, elles traitèrent, non d'Alessio Baldovinetti, mais de l'excursion elle-même. Miss Bartlett avait interrogé George Emerson sur sa profession. « Les chemins de fer », avait-il répondu. Quel regret, maintenant ! Si elle avait pu prévoir une telle réponse, jamais elle n'aurait posé la question. Par bonheur, Mr Beebe avait habilement détourné la conversation : elle espérait que le jeune homme n'avait pas été trop froissé par sa demande.

— Les chemins de fer ! suffoqua Miss Lavish, oh ! vous allez me faire mourir ! Mais naturellement, c'étaient les chemins de fer !

Elle ne put réprimer sa gaieté :

— Il est l'image même d'un porteur du… du South-Eastern.

— Eleanor, tenez-vous tranquille !

Elle tira la manche de sa trop exubérante compagne :

— Chut ! Ils vont nous entendre – les Emerson.

— Tant pis. Impossible de m'arrêter sur ma pente fatale. Un porteur…

— Eleanor !

— Aucune importance, intervint Lucy. Les Emerson n'entendront pas. S'ils entendaient, d'ailleurs, cela les laisserait indifférents.

Cette remarque ne parut pas du goût de Miss Lavish.

— Miss Honeychurch nous écoute donc ? dit-elle avec aigreur. Hou ! Hou, la méchante ! Allez-vous-en !

— Lucy, vous devriez être auprès de Mr Eager.

— Je ne puis les retrouver maintenant, et d'ailleurs je n'en ai pas la moindre envie.

— Mr Eager va s'en offenser. C'est votre excursion.

— Je préférerais, s'il vous plaît, rester avec vous.

— Non, elle a raison, déclara Miss Lavish, cela ressemble à une fête scolaire, garçons d'un côté, filles de l'autre. Il faut nous laisser, Lucy. Nous avons à traiter d'affaires éminentes que vos oreilles ne sauraient entendre.

La jeune fille s'entêta. Plus son séjour à Florence approchait de sa fin, plus elle se sentait seulement à l'aise au milieu d'indifférents. Telle était Miss Lavish ; telle aussi, pour l'instant, Charlotte. Elle regretta d'avoir attiré l'attention ; ses deux compagnes, également ennuyées par sa remarque, paraissaient résolues à se débarrasser d'elle.

— Comme c'est fatigant, dit Miss Bartlett. Je voudrais tant que Freddy et votre mère fussent ici !

L'altruisme, chez Miss Bartlett, avait complètement usurpé les fonctions de l'enthousiasme. Lucy ne regardait pas non plus le paysage : elle ne retrouverait de plaisir qu'une fois en sécurité à Rome.

— Asseyez-vous donc, Miss Lavish, et considérez ma prévoyance.

Avec des sourires multipliés elle mit au jour deux de ces carrés imperméables dont le rôle est de protéger contre l'humidité de l'herbe ou le froid des degrés de marbre l'économie du touriste. Elle s'assit sur le premier ; qui s'assiérait sur l'autre ?

— Lucy, sans le moindre doute, Lucy. La terre est assez bonne pour moi. En vérité, voilà des années que je n'ai pas souffert de rhumatismes. Si je les sens monter je me dresserai. Que penserait votre mère si je vous permettais de vous asseoir en robe de toile blanche sur un sol humide ?

Elle se laissa tomber lourdement, juste au point où l'herbe paraissait particulièrement trempée.

— Nous voilà délicieusement installées ; même si ma robe est plus mince, cela marquera moins sur le brun. Asseyez-vous, chérie. Vous pensez trop aux autres et craignez toujours trop de vous mettre en avant.

Elle se racla la gorge.

— N'ayez crainte, ce n'est pas un rhume : une toux minuscule qui me poursuit d'ailleurs depuis trois jours, sans aucun rapport avec le fait d'être assise ici.

La situation ne comportait plus qu'une issue : cinq minutes plus tard, Lucy partait en quête de Mr Beebe et de Mr Eager, vaincue par le carré imperméable.

Elle s'adressa aux cochers. Vautrés dans les voitures, ils en parfumaient les coussins au cigare. Le mécréant osseux, noir de soleil, se leva pour la saluer avec la courtoisie d'un hôte et la familiarité d'un parent.

— *Dove ?* prononça Lucy après bien des recherches inquiètes.

Le visage de l'homme s'éclaira. Il savait où, naturellement. Pas très loin d'ici. Son bras balaya les trois quarts de l'horizon. Il lui fallait seulement réfléchir :

où ! Il posa sur son front le bout de ses doigts et les projeta ensuite vers la jeune fille, perlés apparemment d'une sueur de savoir.

Il paraissait indispensable d'ajouter quelque chose. Quel était donc le mot italien pour clergymen ?

— *Dove buoni uomini ?* dit-elle enfin.

Bon ? Insuffisante épithète pour des êtres aussi nobles ! Il montra son cigare.

— *Uno... più... picolo*, ajouta-t-elle, ce qui impliquait : « Le cigare vous a-t-il été donné par Mr Beebe, le plus petit des deux hommes bons ? »

Elle avait, comme toujours, frappé juste. Il attacha son cheval à un arbre, lui enjoignit par un coup de pied de se tenir tranquille, épousseta le coussin, débroussailla sa chevelure, remodela son chapeau, encouragea sa moustache et, en moins d'un quart de minute, se représenta, prêt à lui servir de guide. Les Italiens ont un sens inné du chemin. La terre entière paraît s'étendre devant eux non pas comme une carte mais comme un échiquier ; où nous voyons seulement les carrés, ils ne cessent de suivre le mouvement des pièces. N'importe qui trouve un endroit ; trouver quelqu'un est sûrement un don de Dieu.

Il ne s'arrêta qu'une fois pour cueillir à la jeune fille de larges violettes bleutées. Elle le remercia avec un plaisir sincère. Aux côtés de cet homme du peuple le monde était direct et beau. Pour la première fois elle ressentit l'influence du printemps. Le bras de l'homme balaya gracieusement l'horizon ; les violettes, comme tout le reste, étaient ici en abondance ; voulait-elle les voir ?

— *Ma buoni uomini.*

Il s'inclina. Certainement. Les hommes bons d'abord, les violettes ensuite. D'un pas alerte ils avancèrent dans le taillis de plus en plus épais. Le bord du promontoire était maintenant tout proche et l'ample paysage rôdait à leur entour, mais morcelé par le réseau brun des branchages. Sans oublier un instant son cigare, il gardait courbés pour elle les rameaux flexibles. Elle jouissait de son évasion hors de la grisaille : nul pas, nulle branche, ne lui demeuraient indifférents.

— Qu'est-ce donc ?

Loin derrière eux une voix avait retenti. Celle de Mr Eager ? Il leva les épaules. L'ignorance d'un Italien est parfois plus remarquable que son savoir. En vain elle essaya de lui faire comprendre qu'ils avaient peut-être manqué les clergymen. Le paysage se composait enfin ; Lucy pouvait distinguer la rivière, la plaine dorée, d'autres collines.

— *Eccolo !* s'écria-t-il.

Au même instant, le terrain céda et la jeune fille, avec un cri de surprise, se trouva dévalant hors du taillis. Lumière et beauté l'enveloppèrent. Elle était précipitée sur une terrasse à ciel ouvert, tapissée de violettes d'un bout à l'autre.

— Courage ! lui cria son compagnon qui la surplombait maintenant de six pieds. Courage et amour !

Elle ne répondit rien. De ses pieds la pente plongeait dans le paysage et des ruisseaux, des torrents, des cataractes de violettes y coulaient, irriguant de bleu la colline, tourbillonnant au pied des arbres, se rassemblant en étangs dans les creux et couvrant toute l'herbe d'une écume azurée. Nulle part pourtant cette profusion n'égalait celle de la terrasse ; là était le puits jaillissant, l'originelle source d'où la beauté se répandait pour aller arroser la terre.

Debout sur son bord, comme un nageur qui se prépare, la jeune fille aperçut l'homme bon. Mais ce n'était pas l'homme bon attendu, et il était seul.

Au bruit des pas George s'était tourné. Un instant il la contempla comme si elle tombait du ciel. Il vit sur son visage le rayonnement de la joie ; il vit les vagues de fleurs bleues battre contre sa robe. La voûte du taillis se ferma au-dessus d'eux ; il avança rapidement et l'embrassa.

Avant qu'elle pût parler, avant même qu'elle pût rien éprouver, une voix appela : « Lucy ! Lucy ! Lucy ! » Le silence vivant venait d'être brisé par Miss Bartlett, silhouette brune sur le paysage.

7. Ils retournent

Pendant tout l'après-midi, du haut en bas de la colline, s'étaient succédé les péripéties d'un jeu compliqué. Lucy fut lente à en découvrir la nature exacte ainsi que la façon dont s'étaient divisés les joueurs. Le regard interrogateur de Mr Eager retrouvé se heurta, chez Charlotte, à un bavardage aussi abondant que futile. Mr Emerson cherchait toujours son fils ; on lui indiqua vaguement où il le trouverait. Mr Beebe, spectateur neutre excité par le jeu, reçut l'ordre d'effectuer le rassemblement pour le retour. Sur l'ensemble planait un sentiment de confusion effarée et tâtonnante. Pan était passé mari eux – non le grand Pan enterré depuis vingt siècles, mais le petit dieu Pan qui préside aux contretemps sociaux et aux pique-niques ratés. Mr Beebe, ayant soigneusement perdu tout le monde, avait solitairement consommé les biscuits et le thé de son panier-surprise. Miss Lavish avait perdu Miss Bartlett. Lucy avait perdu Mr Eager. Mr Emerson avait perdu George. Miss Bartlett avait perdu un carré imperméable. Phaéton avait perdu la partie.

Il l'avait perdue, oui indéniablement. Remonté sur son siège, frissonnant et le col de sa veste relevé, il prophétisa l'approche imminente du mauvais temps.

— Partons, dit-il, le *signorino* a décidé de revenir à pied.

— De si loin ? Il en a pour des heures, intervint Mr Beebe.

— Je le croirais. Je l'ai averti que c'était peu sage.

Le regard de l'Italien fuyait : peut-être se sentait-il particulièrement mortifié de sa défaite. Lui seul avait joué la partie avec ruse, y engageant tout son instinct, et non, comme les autres, quelques miettes d'intelligence. Lui seul avait eu de l'affaire et du dénouement qu'il lui souhaitait, une divination exacte. Lui seul avait fidèlement interprété le message transmis voici cinq jours par le mourant à la jeune fille. Perséphone eût compris aussi, elle qui passa dans la tombe la moitié de son existence. Mais ces Anglais comprenaient lentement, trop tard peut-être.

Les intuitions d'un voiturier, si justes soient-elles, affectent rarement la vie de ceux qui le paient. Le plus compétent des adversaires de Miss Bartlett était de beaucoup le moins dangereux. Une fois de retour dans la ville, lui, sa science et son intuition cesseraient d'inquiéter ces dames. L'histoire était évidemment désagréable ; Charlotte avait aperçu dans le taillis sa tête noire ; il pourrait en faire au cabaret des gorges chaudes. Mais quoi de commun, somme toute, entre le cabaret et nous ? Les vraies menaces naissent dans le salon. C'est donc au salon que réfléchissait Miss Bartlett au cours de la descente vers le soleil mourant. Lucy était assise auprès d'elle ; Mr Eager, en face, cherchait son regard : il soupçonnait vaguement quelque chose. Tous parlaient d'Alessio Baldovinetti.

Soudain, l'ombre et la pluie surgirent à la fois. Les deux dames se blottirent sous une ombrelle inefficace. Un éclair jaillit, de la première voiture partit le cri aigu de Miss Lavish. Au second éclair Lucy cria à son tour. Mr Eager, professionnellement, la sermonna.

— Courage, Miss Honeychurch, courage et foi. J'oserais presque dire qu'il y a dans cette horreur des éléments quelque chose de blasphématoire. Pouvons-nous supposer sérieusement que ces nuages assemblés et cet immense déploiement de forces électriques ont été tirés du néant dans le seul dessein de nous supprimer vous ou moi ?

— Non – bien sûr.

— Même du point de vue scientifique pur, nos chances de n'être pas frappés sont écrasantes. Les couteaux d'acier, seuls objets qui pourraient attirer le courant, se trouvent dans l'autre voiture. En tout cas nous risquons infiniment moins que si nous allions à pied. Courage, donc, courage et foi.

Sous la couverture de voyage, Lucy sentit la main de sa cousine presser tendrement la sienne. Notre désir d'un geste amical est tel, parfois, que nous ne regardons ni à son sens exact ni au prix qu'il faudra le payer plus tard. Par l'opportunité d'un petit effort musculaire, Miss Bartlett gagna beaucoup plus qu'elle ne l'eût fait par des heures de prêche et d'interrogatoire.

Elle renouvela son geste quand, soudain, la voiture s'arrêta aux faubourgs de Florence.

— Mr Eager ! appelait Mr Beebe, nous avons besoin de vos secours. Voulez-vous nous servir d'interprète ?

— George ! criait Mr Emerson. Demandez à votre cocher quel chemin a pris George. Il peut s'être perdu. Il peut être mort.

— Allez, Mr Eager, dit Miss Bartlett. Non, ne demandez rien à notre cocher, c'est inutile. Allez secourir ce pauvre Mr Beebe ; il a presque perdu l'esprit.

— Il est peut-être mort ! se lamenta le vieil homme. Il est peut-être mort.

— Caractéristique, remarqua le chapelain en descendant de voiture. Face à face avec la réalité ces gens-là s'effondrent invariablement.

— Que sait-il ? demanda Lucy aussitôt que les cousines se trouvèrent seules. Jusqu'à quel point sait-il ?

— Mr Eager ne sait rien, chérie. Mais… elle désigna le cocher – lui, sait tout. Chérie, ne vaudrait-il pas mieux que nous… ? que je… ? (Elle sortit sa bourse.)

Terrible, une compromission avec ces gens de bas étage. Il a tout vu.

Elle tapota de son Baedeker le dos de Phaéton :

— *Silenzio* ! dit-elle, offrant une lire.

— *Va bene*, répondit-il en l'acceptant.

Pour lui cette fin de journée en valait une autre. Mais Lucy, fille de mortels, en conçut quelque désappointement.

Tout à coup, en avant, une explosion retentit. La foudre venait de frapper le fil aérien du tram, fracassant l'un des grands pylônes. Sans cet arrêt sur la route l'accident eût pu les atteindre. Tous voulurent croire au miracle. Des flots d'amour et de sincérité jaillirent, qui pouvaient enrichir leur existence entière. Tous sautèrent des voitures pour s'embrasser. Il était aussi exaltant de pardonner les offenses d'autrui que de sentir pardonnées les siennes. Un instant ils conçurent l'immensité des bontés possibles.

Les aînés se reprirent vite. Au plus fort de leur émotion ils n'avaient pas cessé de la savoir humaine ou de mauvais ton. Miss Lavish calcula que de toute façon ils eussent échappé Mr Eager marmonna une prière tiède. Mais les voituriers, par contre, pendant des kilomètres d'ombre, et de boue, répandirent leur âme dans le sein des dryades et des bienheureux ; Lucy, cependant, répandait la sienne dans celui de sa cousine.

— Charlotte, ma chère Charlotte, embrassez-moi. Vous seule pouvez me comprendre. Vous m'aviez bien avertie du danger. Mais je croyais – je croyais à un développement intérieur.

— Ne pleurez pas, ma chérie. Prenez votre temps.

— Je me suis montrée sotte et têtue – pire que vous ne croyez, bien pire. Un jour, près du fleuve… Oh ! mais il n'est pas mort – il ne peut pas être mort, n'est-ce pas ? »

Cette pensée troubla son repentir. En fait, le plus gros de l'orage avait suivi la route ; ayant vu le danger de près, elle n'imaginait pas qu'il pût être loin pour un autre.

— J'espère fermement que non. En tout cas, nos prières lui sont acquises.

— Je crois vraiment qu'il… je pense qu'il a été surpris cette fois ; je l'ai été moi-même l'autre jour. Mais aujourd'hui ce ne fut pas ma faute ; je vous demande instamment de le croire. J'ai simplement glissé dans ces violettes. Non, je veux dire toute la vérité : ce fut un peu ma faute. J'avais des pensées absurdes. Voyez-vous, le ciel était doré, la terre toute bleue, et il m'est apparu un instant comme un personnage de livre.

— De livre ?

— Oui, les héros, les dieux, tout le fatras dont les jeunes filles rêvent à l'école.

— Et ensuite ?

— Mais Charlotte, vous savez bien ce qui est arrivé ensuite.

Miss Bartlett garda le silence. En vérité, il lui restait quelque chose à apprendre. Non sans intuition, elle attira tendrement la jeune fille contre elle. Pendant tout le retour Lucy fut secouée de profonds soupirs qu'elle ne pouvait réprimer.

— Je veux dire toute la vérité, murmura-t-elle. C'est si difficile de dire toute la vérité !

— Soyez sans inquiétude, chérie. Attendez que le calme vous revienne. Nous en reparlerons avant de nous coucher, dans ma chambre.

L'arrivée dans la ville les trouva les mains jointes. Avec une pénible surprise, la jeune fille constata alors que presque toute émotion avait disparu chez les autres, comme une marée qui recule. L'orage fini, Mr Emerson pensait à son fils avec plus de confiance. Mr Beebe avait retrouvé sa bonne humeur. Mr Eager, déjà, remettait Miss Lavish à sa place. Charlotte restait la seule sur qui compter – Charlotte dont l'apparence extérieure cachait tant d'intuition et de tendresse.

Pendant toute la soirée, les délices d'une proche confession causèrent presque du bonheur à la jeune fille. Elle pensait moins à l'événement réel qu'à la façon dont elle devait le décrire. Sursauts de courage, élans de joie déraisonnable, mystérieuse révolte – toutes ses sensations devaient être minutieusement offertes au jugement de sa cousine. Ensemble, et dans une absolue confiance, elles démêleraient et interpréteraient les signes.

— Enfin, pensa-t-elle, je verrai clair en moi-même. Je ne serai plus troublée par ces choses qui naissent de rien et signifient je ne sais quoi.

Miss Alan lui demanda de se mettre au piano. Elle refusa avec véhémence. La musique lui apparaissait comme un jeu puéril. Elle demeura tout près de Charlotte qui, avec une louable patience, écoutait une histoire de bagages perdus.

Le récit achevé, Charlotte enchaîna : elle aussi avait eu son histoire de bagages. Ces atermoiements mirent Lucy hors d'elle-même. En vain elle essaya de bloquer le récit ou, au moins, de l'accélérer. Ce fut seulement tard dans la soirée que Miss Bartlett, ayant recouvré ses valises, put dire sur son ton habituel de doux reproche :

— Eh bien, chérie, pour moi en tout cas le marchand de sable est passé. Venez dans ma chambre, je donnerai un bon coup de brosse à vos cheveux.

La porte close, non sans solennité et la chaise avancée pour la jeune fille, Miss Bartlett dit :

— Et maintenant, que faire ?

La question prit Lucy à l'improviste. L'idée qu'elle eût à faire quoi que ce fût ne lui était pas venue à l'esprit. Un étalage minutieux de ses émotions, voilà tout ce qu'elle escomptait.

— Que faire ? La décision, chérie, n'appartient qu'à vous.

La pluie ruisselait sur les vitres noires, la grande pièce était humide et froide. Une seule bougie brûlait sur la commode et sa flamme qui vacillait tout près de la toque de Miss Bartlett projetait sur la porte au verrou poussé des ombres baroques et monstrueuses. Un train passa dans la nuit en grondant. Quoique ses yeux fussent secs depuis longtemps, la jeune fille se sentit envahie d'une tristesse inexplicable. Elle éleva son regard vers le plafond : griffons blêmes et bassons vagues n'y étaient plus que les fantômes de la joie.

— Voilà presque quatre heures qu'il pleut, dit-elle enfin.

Miss Bartlett ignora cette remarque.

— Que ferez-vous pour qu'il se taise ?

— Qui ? le cocher ?

— Mais non, ma chère enfant, Mr George Emerson.

Lucy se mit à arpenter la pièce.

— Je ne comprends pas, dit-elle enfin.

Elle comprenait fort bien mais n'avait plus aucune envie de dire toute la vérité.

— Comment l'empêcherez-vous de jaser ?

— Jaser ? J'ai le sentiment qu'il ne fera jamais cela.

— Je veux bien aussi le juger charitablement. Mais par malheur j'ai déjà rencontré ce genre d'hommes. Ils gardent rarement leurs exploits pour eux.

— Leurs exploits ? cria Lucy sous le choc de l'horrible pluriel.

— Ma pauvre enfant, avez-vous cru que c'était là son coup d'essai ? Venez ici, écoutez-moi. Je ne fonde mon jugement que sur ses propres paroles. Vous souvient-il du jour où, discutant avec Miss Alan, il a déclaré que dans l'amour d'une personne on trouvait des motifs nouveaux d'en aimer d'autres ?

— Oui, dit Lucy : elle avait goûté l'argument naguère.

— Je ne suis pas prude et il n'y a pas de quoi lui jeter la pierre, mais son manque total de raffinement saute aux yeux. Mettons, si vous voulez, sa conduite au compte d'une hérédité et d'une éducation déplorables. Mais cela ne nous avance en rien pour notre propre question. Que faire ?

Soudain une idée jaillit dans le cerveau de Lucy : conçue plus tôt et assimilée, elle aurait pu emporter la victoire.

— Je me propose de lui parler, dit-elle.

Miss Bartlett poussa un cri de frayeur sincère.

— Voyez-vous, Charlotte, je n'oublierai jamais votre bonté. Mais… comme vous l'avez dit vous-même, c'est mon affaire – mon affaire et la sienne.

— Et vous allez l'*implorer*, le *supplier* de se taire ?

— Certainement non. Il n'y aurait d'ailleurs aucune difficulté. Quoi qu'on lui demande il répond oui ou non et c'est fini. J'ai eu peur de lui. Maintenant plus du tout.

— Mais c'est nous qui avons peur pour vous. Vous êtes si jeune et inexpérimentée. Vous avez vécu jusqu'ici environnée de gens si délicats que vous ne pouvez comprendre ce que sont certains hommes – le plaisir brutal qu'ils peuvent trouver à outrager une femme quand toutes les autres groupées ne la protègent pas résolument. Cet après-midi, par exemple, si je n'étais pas survenue, que serait-il arrivé ?

— Je ne puis le penser, dit gravement Lucy.

Quelque chose dans sa voix fit répéter à Miss Bartlett sa question sur un ton plus accentué.

— Que serait-il arrivé si je n'étais pas survenue ?

— Je ne puis le penser, répéta Lucy.

— À son outrage, comment auriez-vous répondu ?

— Je n'ai pas eu le temps d'y songer. Vous êtes venue.

— Certes, mais maintenant ne me direz-vous pas ce que vous auriez fait ?

— J'aurais…

Lucy se secoua et interrompit sa phrase. Remontant vers la fenêtre ruisselante, elle fouilla l'ombre des yeux. Elle était incapable de dire ce qu'elle aurait fait.

— Quittez la fenêtre, chérie, dit Miss Bartlett, on va vous voir de la route.

Lucy obéit. Elle était au pouvoir de sa cousine. Ayant admis dès l'origine cette position humiliante, il lui devenait impossible de moduler hors du ton primitif. La suggestion qu'elle devait parler à George et régler l'affaire avec lui tomba : personne n'y fit plus allusion.

Miss Bartlett se mit à geindre :

— Ah ! si nous avions un homme, un vrai ! Nous ne sommes que des femmes, vous et moi. Aucun espoir du côté de Mr Beebe. Il y a bien Mr Eager, mais vous n'avez pas confiance en lui. Ah ! si votre frère… Il est jeune, certes, mais un outrage infligé à sa sœur le ferait, j'en suis sûre, se battre comme un lion. Dieu merci, toute chevalerie n'est pas morte. Il reste quelques hommes qui gardent le respect de la femme.

Tout en parlant elle quittait ses bagues – un grand nombre de bagues – et les alignait sur une pelote à épingles. Puis, soufflant dans ses gants :

— Nous serons bousculées pour attraper le train du matin, mais il faut essayer.

— Quel train ?

— Le train pour Rome.

Elle considéra ses gants d'un œil critique. La jeune fille accepta l'annonce aussi simplement qu'on la lui donnait.

— Quand part le train pour Rome ?

— À huit heures.

— La Signora Bertolini n'y comprendra rien.

— Tant pis, dit Miss Bartlett peu soucieuse d'avouer qu'elle avait déjà averti la Signora.

— Elle nous fera payer pour une semaine entière.

— C'est probable. Mais nous aurons beaucoup plus de confort à l'hôtel des Vyse. Le thé n'y est-il pas gratuit ?

— Oui, mais on paie un supplément pour le vin.

Après cette remarque, Lucy, immobile, se tut. Charlotte, devant ses yeux las, s'enflait démesurément comme un spectre de cauchemar.

Elles commencèrent le tri de leurs effets : il n'y avait pas de temps à perdre si l'on voulait attraper le train de Rome. Ainsi admonestée, la jeune fille se mit à circuler d'une pièce à l'autre, plus consciente dans ses va-et-vient de l'incommodité à faire ses valises à la lumière d'une bougie que d'une souffrance plus subtile. Charlotte, pratique mais maladroite, s'était agenouillée devant une malle vide, essayant d'en paver le fond avec des livres de dimensions et d'épaisseurs diverses. Elle poussa deux ou trois soupirs : la position courbée lui faisait mal au dos et, malgré toute sa diplomatie, elle se sentait vieillir. La jeune fille qui passait la porte à cet instant l'entendit ; une émotion la souleva, un de ces élans dont elle ne percevait jamais la cause. Elle eut simplement la certitude que la bougie brûlerait mieux, que les valises seraient plus faciles à faire et le monde entier plus heureux si elle pouvait donner et recevoir quelque amour humain. Elle avait déjà connu cet élan, mais jamais aussi fort qu'en ce jour. S'agenouillant auprès de sa cousine, elle la prit dans ses bras.

Miss Bartlett lui rendit cet embrassement avec une tendre chaleur. Ce n'était pas, pourtant, une femme stupide et elle savait parfaitement que Lucy ne l'aimait pas, mais avait besoin d'elle pour l'aimer. Ainsi ce fut sur un ton lourd de sens pour l'avenir qu'elle dit après un long silence :

— Ma chère Lucy, comment me pardonnerez-vous jamais ?

Lucy se retrouva aussitôt sur ses gardes : une amère expérience lui avait appris ce que signifiait un pardon accordé à Charlotte. Son émotion tiédit ; elle relâcha son étreinte et dit :

— Ma chère Charlotte, qu'entendez-vous par là ? Comme si j'avais rien à vous pardonner !

— Vous avez beaucoup, au contraire, et j'ai beaucoup à me pardonner moi-même. Je sais combien je puis vous froisser à chaque instant.

— Mais non !...

Miss Bartlett se lança dans son rôle des rôles ; la martyre prématurément vieillie :

— Ah ! certes, je sens bien que notre voyage commun n'est pas la réussite que j'avais espérée. J'aurais pu le prévoir, d'ailleurs. Il vous fallait une compagne plus jeune, plus forte, plus en sympathie avec vous. Je ne suis qu'une vieille personne ennuyeuse et démodée, juste bonne à faire et défaire vos valises.

— Je vous en prie...

— Il est vrai qu'ayant rencontré des gens plus à votre goût vous pouviez fréquemment me laisser au logis : c'était ma seule consolation. Sans doute avais-je sur la conduite d'une femme mes pauvres idées personnelles ; j'espère ne pas vous les avoir imposées plus qu'il n'était nécessaire. En tout cas, vous avez réglé à votre idée cette histoire de chambre.

— Il ne faut pas parler ainsi, dit doucement Lucy.

Elle s'accrochait encore à l'espoir d'une tendresse totale entre elle et Charlotte. Silencieusement, elles continuèrent à empiler leurs effets.

— Je n'ai réussi en rien, reprit Charlotte engagée dans un corps à corps avec les courroies d'une malle (celle de Lucy, non la sienne). Je n'ai pas réussi à vous rendre heureuse ; je n'ai pas réussi à remplir mes devoirs envers votre mère. Votre mère si généreuse envers moi ; jamais je ne supporterai de la revoir après ce désastre.

— Maman comprendra. Vous n'êtes pour rien dans cet ennui qui n'a rien, non plus, d'un désastre.

— J'y suis pour tout et c'est un désastre. Elle ne me pardonnera jamais, avec raison. Quel droit avais-je, par exemple, de me lier avec Miss Lavish ?

— Tous les droits.

— Quand j'étais là seulement pour vous. Je vous ai froissée – mais pourquoi le nier ? Je vous ai négligée aussi. Votre mère ne le verra pas moins clairement que moi quand vous la mettrez au courant.

— Pourquoi la mettre au courant ? demanda Lucy, poussée par le lâche désir d'une détente.

— Mais vous lui racontez tout, n'est-ce pas ?

— Je pense que oui, d'ordinaire.

— Je n'ose pas rompre cette confiance. Elle a quelque chose de sacré. À moins que vous ne sentiez vous-même la vérité impossible à dire.

La jeune fille refusa de descendre aussi bas.

— Je lui aurais tout dit, naturellement. Mais pour vous éviter un blâme quelconque je promets de n'en rien faire. Très volontiers j'accepte de n'en parler ni à elle ni à qui que ce soit.

D'un seul coup, sur cette promesse, l'interminable entretien cessa. Prestement, Miss Bartlett becqueta Lucy sur les deux joues, lui souhaita une bonne nuit et la renvoya dans sa chambre.

Un moment, dans l'esprit de la jeune fille, l'angoisse première s'effaça à l'arrière-plan. En apparence au moins, George n'avait cessé de se conduire en gamin mal élevé ; peut-être, en fin de compte, s'arrêterait-on à cette opinion. Pour l'instant, Lucy se refusait à le condamner ou à l'absoudre ; elle suspendait son verdict. À la minute où elle allait le juger, Miss Bartlett était intervenue et Miss Bartlett dominait depuis ; Miss Bartlett qu'à ce moment même, par une lézarde dans la cloison, on pouvait entendre soupirer ; Miss Bartlett qui, elle, ne s'était montrée ni docile, ni humble, ni inconséquente. Elle avait travaillé en grande artiste. Pendant un certain temps, pendant des années à vrai dire, elle n'avait rien révélé ; mais voici qu'à la fin surgissait devant le regard de Lucy le portrait achevé d'un monde sans joie ni amour, où la jeunesse se ruait à sa perte en attendant les assagissements – pauvre monde honteux de soi que ses précautions et ses garde-fous protégeaient peut-être du mal sans lui procurer aucun bien à en juger d'après l'état des personnes d'expérience.

Lucy souffrait de l'injustice la plus douloureuse que ce monde ait jamais inventée : diplomatiquement, on avait exploité sa franchise, sa faim de sympathie et de tendresse. Une telle injustice n'est pas aisément oubliée. Jamais plus Lucy ne devait s'abandonner sans une prudente considération des rebuffades possibles. Les conséquences pour l'âme ainsi meurtrie peuvent être désastreuses.

La sonnette d'entrée tinta ; Lucy se précipita pour ouvrir les persiennes. Avant même d'y parvenir elle hésita, se détourna, souffla la bougie. Ainsi elle aperçut bien, sous la pluie, une silhouette d'homme et l'homme leva bien les yeux vers elle, mais sans la voir.

Pour regagner sa chambre, il devait passer devant la porte de la jeune fille. Elle était encore habillée. Il lui suffisait, pensa-t-elle, de se glisser dans le couloir pour lui annoncer qu'elle serait partie avant son lever et que leurs extraordinaires relations avaient pris fin.

Qu'eût-elle osé ? On ne le saura jamais. À l'instant critique ce fut Miss Bartlett qui ouvrit sa porte sur le couloir. Sa voix prononça :

— Je voudrais vous dire un mot dans le salon, Mr Emerson, s'il vous plaît.

Bientôt leurs pas revinrent et Miss Bartlett dit :

— Bonsoir Mr Emerson.

La seule réponse fut sa respiration lourde et lasse ; le chaperon avait fait son travail.

Lucy cria :

— Ce n'est pas vrai ! Tout ça ne peut pas être vrai. Je ne veux plus qu'on me farcisse la tête d'histoires. Je veux cesser d'être une enfant, vite.

Miss Bartlett cogna contre la cloison :

— Mettez-vous au lit immédiatement. Vous avez besoin de tout votre temps de sommeil.

Au matin, elles partirent pour Rome.

Deuxième partie

8. Médiéval

On avait tiré les rideaux devant la fenêtre dans le salon de Windy Corner car le tapis neuf méritait d'être protégé contre le soleil d'août. C'étaient de lourds rideaux descendant presque jusqu'à terre ; il n'en filtrait qu'une lumière étouffée et chatoyante. Un poète – mais aucun poète n'était présent – aurait pu citer le vers sur « La vie avec son dôme aux transparents vitraux » ; il aurait pu encore comparer les rideaux à des vannes abaissées contre les insoutenables marées célestes. Au-dehors, l'infini de splendeur prodigué ; au-dedans, une gloire encore visible mais réduite à ce qu'en peuvent supporter les yeux humains.

Deux personnages sympathiques étaient assis dans la pièce. L'un d'eux, absorbé dans l'étude d'un petit manuel d'anatomie, consultait parfois du regard un os voisin posé sur le piano. De temps à autre il bondissait dans son fauteuil, soufflant dans ses joues et grognant, car le jour était chaud, les caractères d'imprimerie minuscules et l'ossature humaine épouvantable. Par-dessus le marché, sa mère, écrivant une lettre, lui proposait à haute voix chaque nouvelle phrase. À tout instant d'ailleurs elle quittait sa chaise pour aller entrebâiller les rideaux (des ruisseaux de lumière giclaient sur le tapis) et répétait invariablement :

— Ils sont toujours là !

— Où ne sont-ils pas ? dit le garçon, qui était Freddy, le frère de Lucy. C'est à vomir, ma parole !

— Grand Dieu ! Quitte mon salon dans ce cas ! s'exclama Mrs Honeychurch qui nourrissait l'espoir de guérir ses enfants de leurs exagérations argotiques en les prenant au pied de la lettre.

Freddy demeura sans mouvement ni réponse.

— Je crois que la situation mûrit, observa-t-elle, soucieuse d'avoir l'opinion de son fils s'il était possible de l'obtenir sans se mettre à genoux.

— Il se ferait temps.

— Je suis contente que Cecil renouvelle sa demande.

— C'est la troisième fois qu'il y va, pas vrai ?

— Freddy, je te trouve malveillant.

— Je n'en avais pas l'intention. (Il ajouta :) Mais franchement je pense que Lucy aurait dû se débarrasser de ce poids en Italie. Je ne sais pas comment les filles procèdent, mais il est impossible qu'elle ait dit non convenablement, sans quoi elle n'aurait pas besoin de le redire. Cette histoire – comment dire ? – me cause un drôle de malaise.

— Un malaise, chéri ? Voilà qui est intéressant !

— Je me sens… peu importe.

Il se replongea dans son livre.

— Écoute un peu ce que je viens d'écrire à Mrs Vyse. Je dis : « Chère Mrs Vyse… »

— Oui maman, vous me l'avez déjà lue. Une chic lettre.

— Je dis : « Chère Mrs Vyse, Cecil vient de me demander mon autorisation sur ce que vous savez. Je serai ravie si Lucy consent. Mais… » (Elle interrompit sa lecture.) J'ai bien ri de voir Cecil me demander une permission quelconque. Lui qui parlait toujours contre les préjugés… plus de parents, etc. Le moment venu, il ne peut plus se passer de moi.

— Ni de moi.

— De toi ?

Freddy confirma de la tête.

— Que veux-tu dire ?

— Il m'a demandé aussi la permission.

Elle s'exclama :

— Drôle d'idée de sa part !

— Pourquoi ? demanda le fils et hoir. Pourquoi ne demanderait-on pas ma permission ?

— Comme si tu avais des lumières sur Lucy, les jeunes filles ou quoi que ce soit ! Et qu'as-tu dit ?

— J'ai dit : « Prenez-la, laissez-la, ce n'est pas mon affaire. »

— Secourable réponse !

La sienne, cependant, quoique plus correctement formulée, avait-elle tendu à autre chose ?

— L'embêtant, commença Freddy, c'est que… De nouveau il piqua dans son livre, trop farouche pour dire ce qui était embêtant. Mrs Honeychurch revint à la fenêtre.

— Viens donc, Freddy. Ils sont encore là !

— Je ne vois pas l'utilité de les espionner comme vous faites.

— Les espionner ? Est-ce que je n'ai pas le droit de regarder par ma fenêtre ?

Elle retourna pourtant à sa table, se contentant de remarquer en passant près de son fils :

— Toujours à la page 322 ?

Freddy poussa un grognement et tourna deux feuillets d'un coup. Il y eut un court instant de silence. Tout près, au-delà des rideaux, on entendit le murmure étouffé d'une longue conversation qui n'avait jamais cessé.

— L'embêtant, c'est que j'ai mis les pieds dans le plat, avec Cecil, d'une manière effroyable. (Il avala nerveusement.) Non content de la « permission » que je lui ai bel et bien donnée (c'est-à-dire que je lui ai dit : « Ça m'est égal ») non content de ça, donc, il a voulu savoir si je ne perdais pas la tête de joie. Pratiquement il a posé la question ainsi : le mariage qu'il offrait, n'était-ce pas un bonheur inouï pour Lucy en particulier et Windy Corner en général ? Et il a exigé une réponse – sous le prétexte qu'elle renforcerait sa position.

— J'espère, chéri, que tu as pesé tes paroles ?

— J'ai répondu : « Non ! » dit le garçon, les dents serrées. Là ! Vous pouvez bondir ! Je n'y peux plus rien – il fallait que je le dise. Il fallait que je dise non. Il n'aurait jamais dû me le demander.

— Cet enfant est ridicule ! clama la mère. Le voyez-vous qui joue au petit saint avec sa sincérité ? Mais tout cela n'est qu'un orgueil abominable ! Imagines-tu un instant qu'un homme comme Cecil va prendre au sérieux quoi que ce soit qui sorte de ta bouche ? J'espère qu'il t'a donné une bonne correction. Tu oses dire non ?

— Oh ! maman, tenez-vous tranquille ! Il me fallait dire non et je ne pouvais pas dire oui. J'ai essayé de rire ensuite pour faire croire à une plaisanterie et comme Cecil a ri aussi, il n'y avait peut-être pas de mal. N'empêche que j'ai le sentiment d'avoir mis les pieds dans le plat. Je vous en prie, maman, un peu de silence et de paix pour le pauvre travailleur.

— Non, dit Mrs Honeychurch avec l'air de quelqu'un qui a mûrement pesé la question, je ne me tairai pas. Tu sais ce qui s'est passé entre eux à Rome, tu sais pourquoi il est ici et, délibérément, tu l'outrages pour le chasser de *ma* maison.

— Pas du tout, plaida-t-il. Je lui ai simplement laissé voir qu'il ne me plaisait pas. Je ne l'ai pas en horreur mais il ne me plaît pas. Ce qui m'ennuie, c'est qu'il va le dire à Lucy.

Il jeta vers les rideaux un regard lugubre.

— Eh bien, moi, il me plaît, dit Mrs Honeychurch. Je connais sa mère, il est bon, il est intelligent, il est riche, il est d'excellente famille… Oh ! inutile de ruer contre le piano ! Il est d'excellente famille – je le répéterai si tu le désires : il est d'excellente famille.

Elle s'arrêta pour récapituler son panégyrique. Son visage pourtant n'était pas satisfait. Elle ajouta :

— Il est très bien élevé.

— Moi aussi il m'a plu… jusqu'à ce jour. Ce qui me chiffonne, je pense, c'est de le voir gâter la première semaine que Lucy passe à la maison ; c'est aussi une parole de Mr Beebe qui ignorait tout.

— Mr Beebe ? fit sa mère qui essayait de cacher son intérêt. Je ne vois pas ce que vient faire ici Mr Beebe.

— Vous connaissez son genre de remarques dont on ne sait jamais exactement ce qu'elles signifient ? Il a dit : « Mr Vyse est un célibataire idéal. » Avec beaucoup d'astuce je lui ai demandé ce qu'il entendait par là. Il m'a répondu : « Oh ! il est comme moi, mieux à l'écart. » Je n'ai rien pu en tirer de plus, mais cela m'a donné à penser. Depuis que Cecil fait la cour à Lucy il est moins bien, ou plutôt… je ne sais pas m'exprimer.

— Tu ne sais jamais, chéri. Moi, je sais. Tu es jaloux de Cecil parce qu'il pourrait bien désormais empêcher Lucy de te tricoter des cravates de soie.

L'explication paraissait plausible et Freddy tenta de l'accepter. À l'arrière-plan de son esprit, pourtant, rôdait toujours une vague méfiance. Que reprochait-il exactement à Cecil ? Ses compliments excessifs pour vos prouesses athlétiques ? Pas très sûr… Sa manie de vous faire parler à sa manière au lieu de vous laisser parler à la vôtre (ce qui est bien fatigant) ? Pas très sûr non plus. Cecil, au fond, était un de ces types qui ne mettront jamais la casquette d'un autre. Réflexions profondes ! Freddy, sans s'en douter, refoula ses propres pensées. Il devait être jaloux, songea-t-il : détesterait-il quelqu'un, sans cela, pour des raisons aussi frivoles ?

— Ton avis ? dit sa mère. « Chère Mrs Vyse, Cecil vient juste de demander mon autorisation sur ce que vous savez. Je serai ravie si Lucy consent. » Là, j'ajoute par-dessus : « Et je le lui ai dit : (il faudra que je récrive la lettre) – et je le lui ai dit, mais Lucy paraissait fort incertaine et nous sommes à une époque où les jeunes gens doivent décider eux-mêmes. » J'ai mis cela pour ne pas paraître vieux jeu à Mrs Vyse. Elle est de ces gens qui vont aux conférences et veulent se cultiver. Avec ça, un centimètre de duvet sous les lits et, sur les commutateurs, à l'endroit où l'on tourne, la marque sale des doigts des domestiques. Elle tient cet appartement d'une façon abominable…

— Supposons que Lucy épouse Cecil, prendrait-elle un appartement ou une maison à la campagne ?

— Pas d'interruption aussi stupide ! Où en étais-je ? Ah ! oui. « Nous sommes à une époque où les jeunes gens doivent décider eux-mêmes. Je sais que votre fils plaît à Lucy parce qu'elle me dit tout et m'a écrit de Rome lorsque Cecil lui fit sa première demande. » Non, je vais barrer cette fin de phrase, elle a l'air trop protecteur. Je m'arrête à « parce qu'elle me dit tout » ou bien faut-il barrer encore cela ?

— Barrez encore, dit Freddy.

Mrs Honeychurch décida de le laisser.

— Alors, voilà l'ensemble : « Chère Mrs Vyse. Cecil vient juste de me demander mon autorisation sur ce que vous savez ; je serai ravie si Lucy consent et je le lui ai dit, mais Lucy paraît fort incertaine et nous sommes à une époque où les jeunes gens doivent décider eux-mêmes. Je sais que votre fils plaît à Lucy parce qu'elle me dit tout, mais je ne sais pas… »

— Attention ! cria Freddy.

Les rideaux s'écartèrent.

Le premier geste de Cecil marqua quelque irritation. Il ne pouvait supporter chez les Honeychurch cette habitude de rester dans l'obscurité pour protéger les meubles. Instinctivement, il donna aux rideaux une secousse qui les fit glisser sur leurs tringles. La lumière entra. Par la porte-fenêtre une terrasse apparut, semblable à celles de nombreuses villas, avec des arbres de chaque côté, un petit banc rustique et deux corbeilles de fleurs. Mais le paysage au-delà transfigurait cette banalité, Windy Corner, en effet, était bâti sur la chaîne de collines dominant le Sussex Weald. Lucy, qui occupait encore le petit banc, semblait assise au bord de quelque tapis magique suspendu dans les airs au-dessus d'un monde parfait.

Cecil entra.

Sa tardive apparition dans notre histoire nous impose de le décrire. Il était médiéval. Tout pareil à une statue gothique. Élégant et de haute taille, avec des épaules qu'un effort volontaire semblait carrer, il portait la tête un peu inclinée de façon à élever son regard au-dessus de l'horizon normal ; il ressemblait à ces saints aristocratiques qui veillent sous le porche des cathédrales françaises. Cultivé, riche en dons et sans tare physique, il n'en vivait pas moins sous la griffe de certain démon que le monde moderne nomme conscience narcissique de soi et que le Moyen Âge, dans sa vision moins nette, connaissait sous l'appellation d'ascétisme. Le célibat était inscrit dans la statue gothique comme, dans une statue grecque, l'achèvement voluptueux. C'était peut-être là ce qu'avait voulu exprimer Mr Beebe. Et Freddy qui ignorait l'histoire de l'art n'entendait peut-être rien d'autre quand il se déclarait incapable d'imaginer Cecil coiffant la casquette d'autrui.

Abandonnant sa lettre sur la table, Mrs Honeychurch s'avança vers son jeune ami :

— Cecil, s'écria-t-elle, oh ! Cecil, dites-moi !

— *I promessi sposi*, annonça-t-il.

Le regard fixé sur lui, ils attendirent.

— Elle a consenti, reprit-il, et au son de la chose dite en anglais un sourire de joie apparut sur son visage qui s'humanisa.

— Je suis bien heureuse, dit Mrs Honeychurch cependant que Freddy tendait une main jaunie par les acides.

Tous deux auraient voulu connaître aussi l'italien car nos phrases d'approbation ou de surprise sont si galvaudées dans de menues occasions que nous craignons de les employer dans les grandes. Nous autres Anglais sommes alors contraints de devenir vaguement poétiques ou de trouver refuge dans des réminiscences bibliques.

— Soyez le bienvenu. Vous êtes de la famille, dit Mrs Honeychurch, désignant de la main l'ameublement. Voici, en vérité, un jour d'allégresse ! Je suis sûre que vous rendrez notre chère Lucy heureuse.

— Je l'espère, répliqua le jeune homme, élevant son regard vers le plafond.

— Nous autres mères… minauda Mrs Honeychurch ; soudain elle perçut à quel point elle se montrait affectée, sentimentale, emphatique – tout ce qu'elle détestait au monde. Pourquoi ne pouvait-on prendre l'attitude de Freddy, debout et roide au milieu de la pièce, l'air bourru et presque élégant ?

— Lucy ! appela Cecil, car la conversation fléchissait.

Lucy quitta son banc, traversa la pelouse et entra souriante, comme si elle allait leur proposer une partie de tennis. Puis elle vit le visage de son frère. Ses lèvres s'entrouvrirent et elle étreignit Freddy.

— Calme-toi, dit-il.

— Pas un baiser pour moi ? demanda sa mère.

Lucy l'embrassa à son tour.

— Voulez-vous les emmener au jardin, suggéra Cecil, et mettre Mrs Honeychurch complètement au courant ? Je resterai ici pour annoncer la nouvelle à ma mère.

— Nous suivons Lucy ? demanda Freddy comme s'il prenait des ordres.

— Oui, suivez Lucy.

Ils passèrent au soleil. Cecil les regarda traverser la terrasse et disparaître par l'escalier. Il connaissait leurs habitudes ; ils allaient dévaler la pente, dépasser le massif, le court de tennis, les corbeilles de dahlias pour gagner enfin le jardin potager : c'est là, en présence des pommes de terre et des pois, que le grand événement serait discuté.

Avec un sourire indulgent il alluma une cigarette et repassa dans son esprit les événements qui venaient d'aboutir à une conclusion si heureuse. Voici des années qu'il connaissait Lucy, considérée d'abord comme une jeune fille quelconque, par hasard bonne musicienne. Il n'avait pas oublié son accablement, cet après-midi, à Rome, où elle et sa terrible cousine tombant sur lui du ciel, lui avaient demandé de les conduire à Saint-Pierre. Elle lui était apparue ce jour-là comme une touriste typique – criarde, fruste – amaigrie encore par le voyage. L'Italie, cependant, avait opéré sur la jeune fille une sorte de miracle, elle l'avait mise en lumière et, ce qu'il appréciait davantage encore, elle lui avait donné des ombres. Il n'avait pas tardé à déceler en elle on ne sait quel mystère surprenant. Bientôt elle lui rappela ces femmes de Leonardo, moins aimées pour elles-mêmes que pour le secret qu'elles nous refusent et qui est assurément étranger à cette vie terrestre. Car, comment une femme de Leonardo pourrait-elle nous taire quelque chose d'aussi vulgaire qu'une « histoire » ? De jour en jour Lucy s'épanouit plus merveilleusement.

Cecil, de son côté, était passé à son égard d'une politesse protectrice à un sentiment sinon de passion, du moins de malaise. Déjà, à Rome, il avait laissé entendre à la jeune fille qu'ils étaient faits l'un pour l'autre et s'était montré touché qu'elle n'eût pas rompu tout commerce après cette suggestion. Son refus avait été clair et amical ; elle était ensuite – selon l'horrible cliché – demeurée la même avec lui. Trois mois plus tard, en bordure de l'Italie, sur les pentes fleuries des Alpes, il lui avait franchement adressé une demande dans les formes traditionnelles. Plus que jamais, à cet instant, elle évoqua pour lui un Leonardo ; des rochers fantastiques voilaient son visage hâlé cependant qu'elle l'écoutait à contre-jour, sur un fond de plaines immenses. Ils étaient revenus côte à côte sans que Cecil éprouvât la honte d'être un prétendant repoussé. Ce qui comptait vraiment n'avait pas été ébranlé.

Donc, une fois encore, il avait renouvelé sa demande ; comme toujours amicale et claire, elle avait consenti, sans fournir pour le délai imposé quelque explication réticente ; elle avait simplement dit qu'elle l'aimait et ferait de son mieux pour le rendre heureux. La mère de Cecil aussi serait heureuse ; elle avait conseillé la démarche ; il lui devait un long compte rendu.

Après un coup d'œil jeté sur sa main (quelque produit chimique de Freddy n'y aurait-il pas laissé une trace ?) il s'approcha du bureau et lut : « Chère Mrs Vyse » : suivaient de nombreuses ratures. Il recula sans vouloir lire plus avant et s'installa sur le premier siège venu pour crayonner sa lettre.

Une seconde cigarette lui parut moins délicieuse que la première : que faire pour donner une certaine originalité à ce salon de Windy Corner ? Avec une telle vue, la pièce se devait d'être belle mais il y traînait un relent de Tottenham Court. Il s'imaginait sans effort les camions des galeries Shoolbreed et Maple arrivant à la porte pour y déposer ce fauteuil, ces casiers à livres vernis, ce bureau. Ce dernier meuble lui rappela la lettre de Mrs Honeychurch. Sans désirer la lire – ses intentions ne s'égarant jamais de ce côté-là – Cecil n'en était pas moins préoccupé. S'il faisait l'objet d'une discussion entre Lucy et sa mère, il n'avait qu'à s'en prendre à lui ; il avait demandé l'appui de Mrs Honeychurch pour cette troisième tentative ; le besoin d'être approuvé par les autres, quels qu'ils fussent, l'avait poussé à quémander leur autorisation. Mrs Honeychurch s'était montrée courtoise mais obtuse pour l'essentiel. Quant à Freddy… « Ce n'est qu'un enfant, réfléchit-il. Je représente tout ce qu'il méprise. Pourquoi désirerait-il m'avoir pour beau-frère ? »

On ne pouvait, certes, rien reprocher aux Honeychurch, mais il commençait à comprendre que Lucy était pétrie d'une autre argile. Peut-être même (il ne formula pas très nettement l'idée) devait-il l'introduire aussitôt que possible dans une société mieux faite pour elle.

— Mr Beebe, dit la femme de chambre en introduisant le nouveau recteur de Summer Street.

Lucy en avait fait un tel éloge dans ses lettres de Florence qu'il était aussitôt devenu un ami de la maison. Cecil ne l'accueillit pas sans réserve.

— J'arrive avec l'intention de prendre le thé, Mr Vyse. Pensez-vous que je l'obtiendrai ?

— Je le croirai volontiers. On est également nourri dans cette maison… Pas ce fauteuil, le jeune Honeychurch y a laissé un os.

— Pfui !

— Je sais, dit Cecil, je sais. Et que Mrs Honeychurch accepte cela demeure pour moi un problème.

C'est que Cecil considérait séparément l'os et les meubles des galeries Maple ; il ne s'avisait pas que leur conjonction créait dans la pièce la vie qu'il avait souhaitée.

— Je viens boire du thé et bavarder. Eh bien, il y a du nouveau, j'espère ?

— Du nouveau ? je ne vous comprends pas, dit Cecil. Du nouveau ?

Mr Beebe dont le nouveau était d'une tout autre espèce poursuivit son babillage.

— Je quitte à l'instant Sir Harry Otway ; j'ai donc raison de croire que j'arrive le bon premier. Il vient d'acheter Cissie et Albert à Mr Flack.

— Vraiment ? dit Cecil tâchant de recouvrer ses esprits.

Dans quelle erreur burlesque ne venait-il pas de tomber ! Quelle probabilité y avait-il pour qu'un clergyman, et un gentleman par surcroît, vînt l'entretenir aussi cavalièrement de ses fiançailles ? Une certaine roideur n'en persista pas moins dans son attitude ; il demanda qui pouvaient bien être Cissie et Albert, avec toujours la vague envie de traiter Mr Beebe en rastaquouère.

— Impardonnable ignorance ! Quoi, vous avez passé huit jours à Windy Corner sans avoir le plaisir de rencontrer Cissie et Albert, les deux villas un peu à l'écart, édifiées en un tournemain juste en face de l'église ? Je lancerai Mrs Honeychurch à vos trousses !

— Je suis tout à fait idiot en affaires locales, dit languissamment le jeune homme. Je n'arrive même pas à distinguer un Conseil paroissial d'un Bureau administratif local. Il est possible que les deux noms désignent la même chose ou soient complètement impropres. Je ne vais à la campagne que pour voir mes amis et jouir du paysage. C'est une grande paresse chez moi. L'Italie et Londres sont les deux seuls endroits où j'aie le sentiment de n'être pas seulement toléré.

Désolé du peu de succès obtenu par Cissie et Albert, Mr Beebe résolut de changer de sujet.

— Voyons, Mr Vyse – j'oublie – quelle est donc votre profession ?

— Je n'ai pas de profession, dit Cecil. C'est un autre exemple de ma décadence. Mon attitude à ce sujet, parfaitement indéfendable, est celle-ci : aussi longtemps que je n'empiète pas sur l'existence d'autrui, je pense pouvoir mener la mienne à ma guise. Je sais bien que je devrais gagner de l'argent aux dépens d'autrui ou m'occuper de choses pour lesquelles je n'ai pas le moindre intérêt, mais de quelque façon je n'ai pas encore pu m'y mettre.

— Vous jouissez d'une grande faveur, dit Mr Beebe. La possession du loisir ouvre de merveilleuses perspectives.

L'intonation restait professionnelle ; lui-même, cependant, ne voyait pas comment donner à sa réponse plus de naturel. Il eut le sentiment, nécessairement partagé par tous ceux qu'absorbe un travail régulier, que les autres devaient travailler de même.

— Je suis heureux de votre approbation. Je n'ose pas affronter l'homme saint – par exemple Freddy Honeychurch.

— Freddy est un bon garçon, n'est-ce pas ?

— Admirable. De la race des bons garçons qui ont fait l'Angleterre.

Sa propre attitude étonna Cecil. Pourquoi, et précisément en ce jour des jours, montrait-il tant de mauvaise volonté ? Il tenta de se reprendre en demandant avec effusion à Mr Beebe des nouvelles de sa mère, vieille dame pour laquelle il n'éprouvait aucune affection particulière. Il flatta ensuite le clergyman, louant son esprit libéral et son goût éclairé de la science et de la philosophie.

— Où sont les autres ? demanda enfin Mr Beebe. Je tiens à extorquer mon thé avant le service du soir.

— Anne n'a pas dû les avertir de votre présence. Dans cette maison on a de tels cours sur les domestiques dès le jour de son arrivée ! Anne a, paraît-il, le défaut de vous faire répéter ce qu'elle a parfaitement entendu et de donner des coups de pied aux fauteuils. Mary – je ne me souviens plus des défauts de Mary mais ils sont pendables. Voulez-vous que nous regardions dans le jardin ?

— Je connais les défauts de Mary. Elle laisse le seau à balayures dans l'escalier.

— Le défaut d'Euphémia est qu'elle se refuse, entendez-vous, elle se refuse à hacher menu le gras de rognon.

Tous deux rirent et l'atmosphère se rasséréna.

— Les défauts de Freddy… poursuivit Cecil.

— Ah ! il en a trop. Sa mère seule peut se souvenir des défauts de Freddy. Passez à Miss Honeychurch ; ses défauts à elle ne sont pas innombrables.

— Elle n'en a point, dit le jeune homme avec une gravité sincère.

— Tout à fait d'accord. Elle n'en a point pour l'instant.

— Pour l'instant ?

— Je ne suis nullement cynique. Je pense simplement à ma théorie favorite sur Miss Honeychurch. Est-il logique qu'elle joue si merveilleusement du piano et mène une petite vie si calme ? Je soupçonne qu'un jour viendra où elle vivra comme elle joue, merveilleusement. Les cloisons étanches s'effondreront en elle ; musique et vie se mêleront. Elle se révélera alors héroïquement bonne, héroïquement mauvaise peut-être – peut-être encore trop héroïque pour être dite mauvaise ou bonne.

Cecil jugea son compagnon intéressant.

— Et pour l'instant vous ne la trouvez pas merveilleuse dans la vie ?

— Je dois avouer, ma foi, que je l'ai seulement vue à Tunbridge Wells où elle n'était pas merveilleuse, en effet, et à Florence. Depuis mon arrivée et à Summer Street elle a été absente. Mais vous-même l'avez vue à Rome et dans les Alpes. Oh ! j'oubliais ; vous la connaissiez déjà auparavant, bien sûr. Non, elle n'était pas merveilleuse à Florence non plus, mais là, je m'attendais de jour en jour à une révélation.

— Dans quel sens ?

Les deux hommes arpentaient la terrasse, la conversation leur étant devenue agréable.

— Autant vouloir dire le morceau qu'elle va jouer ensuite. On avait simplement l'impression qu'elle s'était découvert des ailes et entendait bien s'en servir. Je pourrais vous montrer dans mon journal d'Italie un tableau superbe : Miss Honeychurch en cerf-volant et Miss Bartlett tenant la corde. Tableau numéro 2 : la corde casse.

Le croquis figurait en effet dans le journal mais le pasteur l'avait ajouté après coup, quand il avait pris des événements une vue plus esthétique. À l'époque, il avait lui-même tiré sur la corde par petites secousses subreptices.

— Et la corde n'a jamais cassé ?

— Non. J'aurais pu ne pas voir monter Miss Honeychurch mais j'aurais certainement entendu tomber Miss Bartlett.

— Elle vient juste de casser, dit le jeune homme d'une voix profonde et vibrante.

Aussitôt il perçut que de toutes les façons ampoulées, grotesques, déshonorantes d'annoncer ses fiançailles il avait choisi la pire. Il maudit son amour des métaphores ; venait-il de suggérer, vraiment, qu'il était lui-même une étoile et que Lucy avait pris son essor pour l'atteindre ?

— De casser ? Que voulez-vous dire ?

— Je voulais dire, répondit Cecil avec raideur, qu'elle va m'épouser.

Le désappointement du clergyman fut tel qu'il ne put s'empêcher d'en laisser paraître quelque chose dans son intonation.

— Pardonnez-moi, je vous dois des excuses. J'ignorais complètement que vous fussiez si proches l'un de l'autre : je n'aurais pas, sans cela, parlé de façon si cavalière et superficielle. Mr Vyse, vous auriez dû m'arrêter.

Au bas du jardin il aperçut Lucy elle-même ; oui, il était désappointé.

Cecil fit la moue ; il préférait les félicitations aux excuses. Était-ce là le genre de réception que le monde réservait à son acte ? Naturellement il méprisait le monde pris en bloc ; l'homme qui pense ne saurait avoir d'autre réaction ; elle est presque le signe du raffinement. Mais les fragments de ce même monde pris un à un et successivement ne le trouvaient pas moins sensible.

Il pouvait même, de temps à autre, oublier tout raffinement.

— Pardonnez-moi si je vous ai choqué, fit-il sèchement. Je crains que le choix de Lucy n'ait pas votre approbation.

— Ce n'est pas cela. Mais vous auriez dû m'arrêter. Je n'ai en somme connu que très peu Miss Honeychurch, au hasard des circonstances. Je n'aurais peut-être dû en discuter aussi librement avec personne ; certainement pas avec vous.

— Avez-vous le sentiment de vous être montré indiscret ?

Mr Beebe maîtrisa son irritation. En vérité ce Mr Vyse avait l'art de vous placer dans des positions impossibles. Le clergyman se voyait contraint à user des prérogatives de sa profession.

— Non, je n'ai rien dit d'indiscret. J'avais prévu à Florence que l'enfance calme et sans événements de Miss Honeychurch devait prendre fin ; elle a pris fin. J'ai compris obscurément qu'elle pouvait se résoudre à une décision grave. Elle s'y est résolue. Elle a… permettez-moi de vous parler librement puisque j'ai commencé ainsi… elle a appris ce qu'est l'amour : la plus haute leçon, vous diront certains, que nous puissions recevoir en cette vie terrestre.

Enfin il pouvait agiter son chapeau vers le trio maintenant proche. Il n'eut garde d'y manquer.

— Elle l'a appris par vous, ajouta-t-il, toujours professionnel. Le ton était devenu sincère. Veillez de votre part à ce que l'enseignement lui soit profitable.

— *Grazie tante !* lança Cecil qui n'aimait pas les prêches.

— Vous a-t-on dit ? cria Mrs Honeychurch en gravissant péniblement la pente du jardin. Oh ! Mr Beebe, vous a-t-on annoncé la nouvelle ?

Freddy, maintenant jovial, siffla la marche nuptiale. La jeunesse critique rarement le fait accompli.

— Mais oui ! s'écria Mr Beebe.

Il regarda Lucy. En sa présence il ne pouvait plus jouer au pasteur, du moins sans s'en excuser.

— Mrs Honeychurch, je vais faire ce que, suppose-t-on, je fais toujours, bien que je sois d'ordinaire trop timide pour cela. Je veux attirer sur eux toutes les bénédictions du Ciel, graves ou gaies, petites ou grandes. Je leur souhaite d'être toute leur vie suprêmement bons, suprêmement heureux, comme époux et comme parents. Et maintenant, mon thé !

— Vous le réclamez juste à temps, répliqua Mrs Honeychurch. Comment osez-vous être sérieux à Windy Corner ?

Mr Beebe accepta le ton ainsi donné. Plus de bienveillance pesante, plus de tentative pour ennoblir la situation avec le secours de la poésie ou de la Bible. Personne n'osa ou ne put plus longtemps rester sérieux.

Des fiançailles ont un tel pouvoir magique qu'elles réduisent tôt ou tard ceux qui en parlent à cet état d'adoration joyeuse. Loin de l'événement, dans la solitude de leur chambre, Mr Beebe ou même Freddy pourraient retrouver leur esprit critique. Mais en sa présence et en groupe ils ressentaient une exultation sincère. Étrange puissance qui ne force pas seulement les lèvres mais le cœur aussi. On ne saurait guère lui comparer – en rapprochant une grande chose d'une autre – que la puissance sur nous d'un temple étranger à notre propre foi. Tant que nous n'avons pas passé le seuil nous pouvons railler, nier, nous sentir tout au plus vaguement sentimentaux. À l'intérieur, quoique ces saints ou dieux ne soient pas les nôtres, nous devenons de vrais croyants de crainte qu'un vrai croyant ne soit là.

Ainsi à Windy Corner, après les malentendus tâtonnants de cet après-midi, tous ayant recouvré leurs esprits, s'installèrent dans la joie confortable d'une très agréable tea-party. S'ils étaient hypocrites, comme ils n'en savaient rien, leur hypocrisie avait toutes les chances de se figer en vérité. Anne stimula leur entrain par sa façon de déposer chaque assiette comme un cadeau de mariage. Comment n'être pas au moins à la hauteur du sourire qu'elle adressait à la compagnie avant son coup de pied habituel contre la porte du salon ? Mr Beebe gazouillait. Freddy se surpassa en traitant Cecil de « Fiasco » pour « fiancé » selon un jeu de mots traditionnel dans la famille. Mrs Honeychurch, amusante et majestueuse, promettait bien comme belle-mère. Quant à Lucy et à Cecil pour qui le temple avait été bâti, ils prirent leur part du gai rituel sans cesser d'attendre pour cela, comme de vrais croyants doivent le faire, la révélation secrète d'un plus profond sanctuaire de joie.

9. Lucy, œuvre d'art

Quelques jours après la publication des fiançailles, Mrs Honeychurch entraîna Lucy et son Fiasco dans une petite garden-party du voisinage : elle entendait montrer, bien sûr, que sa fille épousait quelqu'un de présentable.

Cecil était plus que présentable, distingué ; on avait plaisir à voir sa silhouette mince se régler sur le pas de Lucy, et son beau visage allongé s'incliner vers la jeune fille quand elle lui adressait la parole. Mrs Honeychurch fut félicitée, inconvenance mondaine, sans doute, qui la charma tout de même. Ainsi, un peu à tort et à travers, Cecil se trouva présenté à une série de vieilles dames sentant leur province.

Le goûter fut marqué par un accident : la robe en soie fleurie de Lucy reçut le café d'une tasse. La jeune fille feignit l'indifférence. Sa mère, ne feignant rien du tout, entraîna Lucy dans la maison où une femme de chambre apitoyée prodigua ses soins à la robe. Cecil, cependant, était demeuré seul avec les douairières. Quand elles le retrouvèrent, après une absence prolongée, il avait perdu de sa courtoisie.

— Assistez-vous souvent à des trucs de ce genre ? demanda-t-il dans la voiture sur le chemin du retour.

— Ma foi, de temps en temps, répondit Lucy qui s'était plutôt amusée.

— La société est-elle caractéristique du lieu ?

— Je le suppose. Qu'en pensez-vous, mère ?

— Très bonne société, dit Mrs Honeychurch distraitement : elle tâchait de retrouver le drapé d'une robe.

Cecil se pencha vers Lucy :

— Pour moi, j'ai trouvé ça du dernier sinistre, épouvantable.

— Je regrette que nous ayons dû vous abandonner comme une épave.

— Non, ceci n'est rien à côté des félicitations. Dégoûtante, cette façon de traiter les fiançailles en domaine public, comme un terrain vague où tout le monde aurait le droit de déposer l'expression de sa vulgarité. Oh ! cette foule de vieilles minaudantes !

— Il faut passer par là, j'imagine. Elles feront moins attention à nous la prochaine fois.

— Non, c'est toute leur attitude, à mon sens, qui est fausse. Des fiançailles sont une affaire privée et devraient être traitées comme telles.

Les minauderies des douairières, cependant, n'étaient fausses que sous l'angle individuel ; elles se justifiaient du point de vue de la race. En elles, l'esprit des générations souriait, accueillant avec joie dans ces fiançailles la promesse d'une vie continuée sur terre. Pour Cecil et Lucy la promesse était autre – celle d'un amour personnel. D'où l'irritation de Cecil et l'approbation de Lucy qui trouvait l'irritation juste.

— Quel ennui ! dit-elle. Pourquoi ne pas avoir filé vers le tennis ?

— Je ne joue pas au tennis – pas en public, du moins. Tant pis pour la bonne société qui perd ainsi le romanesque du fiancé athlétique. Mon romanesque à moi est celui de l'*Inglese italianato.*

— *Inglese italianato ?*

— *È un diavolo incarnato !* Vous connaissez le proverbe ?

Elle l'ignorait. S'appliquait-il, du reste, à un jeune homme ayant paisiblement passé l'hiver à Rome sous l'aile de sa mère ? Depuis ses fiançailles, Cecil affectait un cosmopolitisme de mauvais garçon qu'il était loin de posséder.

— Enfin, dit-il, tant pis si je ne suis pas à leur goût. Il existe entre eux et moi certaines barrières inamovibles qu'il me faut accepter.

— Nous avons tous nos limites, j'imagine, dit la sage Lucy.

— Pardon, elles nous sont quelquefois imposées.

À la remarque de la jeune fille, Cecil avait senti qu'elle ne rendait pas tout à fait justice à sa position.

— Comment ?

— Il existe, n'est-il pas vrai ? une différence entre s'enfermer dans ses propres barrières ou être exclu par les barrières d'autrui.

Elle réfléchit un instant et admit la différence.

— Une différence ? Quelle différence ? s'écria Mrs Honeychurch soudain réveillée. Quelle différence ? Je ne vois pas de différence. Les barrières sont les barrières, surtout si elles se dressent au même endroit.

— Nous parlions de mobiles psychologiques, dit Cecil, agacé par l'interruption.

— Voyez, mon cher Cecil – elle tendit sa robe entre ses genoux et y percha verticalement son porte-cartes. Moi, je suis ici. Windy Corner, là. Le reste représente les autres gens. Très bien, les mobiles psychologiques, mais la barrière se trouve ici.

— Nous ne parlions pas de vraies barrières, dit Lucy en riant.

— Ah ! je comprends, chérie, vous faisiez de la poésie !

Elle se renversa placidement sur les coussins. « Je ne vois pas, songea Cecil, ce que Lucy peut trouver là de drôle. »

— Je connais quelqu'un sans barrières, reprit la jeune fille – Mr Beebe.

— Un pasteur sans barrières serait un pasteur sans défense.

Lucy était lente à suivre les phrases, mais prompte à en flairer le sens. Elle rata l'épigramme mais en saisit le ressort.

— Vous n'aimez pas Mr Beebe ? demanda-t-elle pensive.

— Je n'ai rien dit de tel, s'écria-t-il. Je tiens Mr Beebe, au contraire, pour fort au-dessus de la moyenne. J'ai simplement nié…

Ainsi il s'évada, revint à ses barrières et s'y montra brillant.

— Un clergyman que je déteste, en revanche, dit-elle, pour sympathiser, qui, lui, a des barrières – et quelles barrières ! – c'est Mr Eager, le chapelain de Florence. Il manquait vraiment de sincérité – pas seulement dans ses manières. Snob, avec cela, gonflé de vanité – il pouvait dire des choses atroces.

— Quel genre de choses ?

— Eh bien, il accusait un vieux monsieur, à la pension Bertolini, d'avoir assassiné sa femme.

— Il l'avait peut-être assassinée en effet.

— Non.

— Pourquoi « non » ?

— Parce que j'en suis sûre. C'était un vieil homme très gentil.

Cecil rit : la logique des femmes !

— Au contraire, j'ai voulu tirer la chose au clair. Mr Eager s'est toujours dérobé. Il a préféré rester dans son vague – affirmer que, pratiquement, l'autre avait assassiné sa femme – qu'il l'avait assassinée à la face de Dieu.

— Chut, chérie ! dit Mrs Honeychurch, absente.

— Entendre un pasteur, lui qu'on nous propose en exemple, répandre ainsi des calomnies, c'est intolérable. Mr Eager fut sans doute le grand responsable de la quarantaine où l'on mit le vieil homme. Tout le monde l'accusait d'être vulgaire et rien n'était plus faux.

— Pauvre vieillard ! Comment s'appelait-il ?

— Harris, dit Lucy sans hésitation.

— Espérons que Mr Harris n'a jamais existé, dit sa mère en citant Dickens.

Cecil eut un hochement de tête complice.

— Mr Eager n'est-il pas du type pasteur cultivé ?

— Je n'en sais rien. Je le déteste. Je l'ai entendu faire une conférence sur Giotto. Je le déteste. Rien n'arrive à masquer un fond de mesquinerie. *Je le déteste !*

— Bonté divine, mon enfant ! s'écria Mrs Honeychurch. Ma pauvre tête que tu vas rompre ! Quel motif as-tu pour crier ainsi ? J'interdis à tous deux de détester les clergymen une seconde de plus.

Cecil sourit. La sortie morale de Lucy ne manquait pas, en effet, d'être quelque peu incongrue. Le Leonardo, songea-t-il, était passé sur les plafonds de la Sixtine. Il eut envie de souffler à la jeune fille qu'elle se trompait sur sa vocation ; qu'une femme tire puissance et charme de son mystère plutôt que d'une exhibition d'énergumène. N'est-ce pas, cependant, un signe de vitalité : les lignes en sont déplacées, mais la créature est vivante. Après un instant, donc, Cecil, contemplant avec une certaine approbation le visage rouge et les gestes excités de Lucy, s'abstint de réprimer ce jaillissement de jeunesse.

La nature les environnait. Quel sujet plus simple de conversation, pensa-t-il. Il loua les bois de pins, les profonds étangs de bruyères, la pourpre des feuillages tachant les taillis blessés, la beauté domestiquée de la route et de ses barrières de péage. L'univers naturel ne lui étant pas familier, il commettait de temps à autre une erreur de fait. Mrs Honeychurch eut un retroussis des lèvres lorsqu'il parla des mélèzes toujours verts.

— Je suis un homme fortuné, conclut-il. Une fois à Londres, je me sens incapable de vivre ailleurs. Mais que je vienne à la campagne, et la campagne me donne le même sentiment. Tout compte fait, je crois que les arbres, les oiseaux, le ciel sont ce qu'il y a de plus merveilleux au monde : ainsi, les gens vivant sans cesse au milieu d'eux doivent être les meilleurs. À dire vrai, neuf fois sur dix ils ne semblent rien voir de ce qui les entoure. Hobereaux et paysans forment, à leur façon respective, la plus déprimante des compagnies. Il n'est pas impossible, pourtant, qu'ils aient avec les choses de la terre une sorte de communion tacite qui nous est refusée à nous autres, citadins. Sentez-vous cela, Mrs Honeychurch ?

Mrs Honeychurch sursauta et sourit. Elle n'avait pas écouté. Cecil, coincé sur le siège avant, se sentit de méchante humeur et résolut de ne plus rien dire d'intéressant.

Lucy ne l'avait pas écouté davantage. Le front plissé, elle gardait une mine furieuse – résultat, songea-t-il, d'un excès de vigueur morale. Il était triste de la voir ainsi fermée à la beauté d'un bois en août.

— « Descends, ô jeune fille, de ce sommet lointain », cita-t-il en poussant le genou de Lucy.

Elle rougit de nouveau et dit :

— Quel sommet ?

— *Descends, ô jeune fille, de ce sommet lointain,*
Quel plaisir hante (chantait le berger)
La hauteur, la splendeur des montagnes ?

Suivons le conseil de Mrs Honeychurch et cessons de haïr les clergymen. Quel est ce hameau ?

— Summer Street, naturellement, dit Lucy en se reprenant.

Le bois venait de s'ouvrir sur un triangle de prairie en pente. De jolis cottages en bordaient l'espace sur deux côtés tandis que le troisième et le plus haut était occupé par une église en pierre neuve avec un charmant clocher à bardeaux. La maison de Mr Beebe flanquait l'église ; sa hauteur dépassait à peine celle des cottages. Quelques châteaux épars et à peu de distance se cachaient sous les frondaisons. L'ensemble évoquait plutôt un alpage suisse qu'un saint des saints du monde des loisirs. Sa pureté n'était gâchée que par deux horribles petites villas – celles, précisément, qui avaient disputé la vedette aux fiançailles de Lucy, Sir Harry Otway en ayant acquis la propriété l'après-midi même où Cecil avait acquis celle de la jeune fille.

L'une avait pour nom « Cissie », l'autre, « Albert ». Et toutes deux, non contentes d'arborer ce titre de noblesse sur la grille du jardin en gothiques hachurées, le portaient encore sous le porche, en majuscules soulignant son demi-cercle. « Albert » était habitée. Son jardin, mis à la torture, éclatait de géraniums, de lobélias et de coquillages vernis. Chaste, une dentelle de Nottingham emmaillotait ses petites fenêtres. « Cissie » était à prendre. Trois écriteaux, de trois agences de Dorking, pendillant à sa haie, annonçaient cette peu surprenante vacance. Elle offrait des sentiers déjà herbus et une pelouse-pochette jaune déjà de pissenlits.

— L'endroit est gâché, gémirent automatiquement ces dames. Jamais plus Summer Street ne redeviendra le même.

À l'instant où passait la voiture, la porte de « Cissie » s'ouvrit et un gentleman jaillit de son sein.

— Arrêtez ! cria Mrs Honeychurch en touchant le cocher de son ombrelle. Voilà Sir Harry. Nous allons savoir. Sir Harry, jetez-nous donc tout ça à terre et sans retard !

Sir Harry Otway – qu'il n'est pas utile de décrire – s'avança vers la voiture et dit :

— Mrs Honeychurch, telle était bien mon intention. Mais je ne peux pas, franchement je ne peux pas mettre Miss Flack dehors.

— N'ai-je pas toujours raison ? Il aurait fallu la faire partir avant la signature de l'acte. Est-elle toujours dispensée de loyer, comme au temps de son neveu ?

— Mais que puis-je faire ? (Il baissa la voix.) Une vieille femme, d'une telle vulgarité et presque clouée dans son lit.

— Mettez-la dehors, dit courageusement Cecil.

Sir Harry poussant un soupir, considéra les deux villas d'un œil lugubre. Les avertissements ne lui avaient pas manqué sur les desseins de Mr Flack, et il aurait pu acheter le terrain avant qu'on bâtît. Mais Sir Harry était d'un naturel apathique et négligent. Il avait connu Summer Street depuis trop longtemps pour l'imaginer gâché. Il avait fallu que Mrs Flack posât la première pierre – que dis-je ! il avait fallu l'apparition des briques roses et crème pour faire prendre alarme au Lord. Il avait alors rendu visite à Mr Flack, entrepreneur local – le plus raisonnable et le plus respectueux des hommes. La conversation s'engagea : Mr Flack convint qu'un toit de tuiles eût été plus artistique, mais fit remarquer que l'ardoise était moins chère. Par contre, il crut pouvoir se permettre de ne pas partager l'avis de Sir Harry sur les colonnes corinthiennes qui devaient s'accrocher comme deux sangsues à l'encadrement du bow-window. Pour sa part, il aimait, dit-il, relever une façade par un brin de décoration. Sir Harry suggéra que des colonnes devaient, si possible, jouer un rôle structurel aussi bien que décoratif. Mr Flack répondit qu'en tout cas celles-ci se trouvaient déjà commandées ; d'ailleurs, ajouta-t-il, chacune aurait un chapiteau différent : l'une, avec un dragon dans les feuillages, l'autre, d'un style quasi ionique, la troisième, utilisant les initiales de Mrs Flack – bref, à chacune son originalité. Car il possédait son Ruskin. Il avait donc bâti les villas à sa guise ; il avait même eu le temps, avant que Sir Harry ne les acquît, d'y insérer une tante inamovible.

La vanité d'une opération si blanche emplissait de tristesse le cœur du noble Lord appuyé à la voiture de Mrs Honeychurch. Il avait failli à son devoir envers le hameau et le hameau se gaussait de son seigneur. Sir Harry avait dépensé son argent et Summer Street gardait sa souillure. Que faire maintenant ? Il ne restait qu'à dénicher pour « Cissie » au moins un locataire idéal – tout à fait idéal.

— Le loyer en est ridicule, leur apprit-il, et je suis, pour ma part, un propriétaire accommodant. Mais la difficulté provient des dimensions de la maison : trop grande pour un paysan, elle reste encore trop petite pour le moindre d'entre nous.

Cecil avait hésité. Que mépriser ? Les deux villas ou le mépris de Sir Harry pour elles ? La seconde inclination paraissait la plus prometteuse.

— Vous devriez trouver immédiatement un locataire, dit-il avec malice. La maison serait un vrai paradis pour un employé de banque.

— Voilà ! s'anima Sir Harry. Voilà juste ce que je crains, Mr Vyse. Ce ne sont pas les gens « bien », mais les autres qui vont être attirés. Le service des trains s'est amélioré, malheureusement, et sept kilomètres ne constituent pas un obstacle à notre époque de bicyclettes.

— Ce bureaucrate, remarqua Lucy, serait plein d'énergie.

Cecil, qui avait sa bonne part de malignité médiévale, répliqua que le standard physique des classes moyennes s'améliorait de façon terrifiante. Se divertir ainsi aux dépens d'un voisin inoffensif choqua la jeune fille qui résolut d'arrêter le jeu.

— Une idée, Sir Harry ! s'écria-t-elle. Que diriez-vous de vieilles filles ?

— Ma chère Lucy, ce serait magnifique. Auriez-vous quelqu'un de ce genre ?

— Oui. Deux personnes rencontrées en voyage.

— « Bien » ? se hasarda-t-il à demander.

— Oh ! très bien ! Et sans logis pour le moment. J'ai reçu de leurs nouvelles la semaine dernière. Miss Teresa et Miss Catharine Alan. Franchement je ne plaisante pas. Elles sont exactement ce qui convient. Mr Beebe les connaît aussi. Puis-je leur conseiller de vous écrire ?

— Si vous pouvez ! s'exclama-t-il. Voilà donc une difficulté résolue. Quelle chance ! Et dites-leur bien que je consentirai des conditions exceptionnelles puisque j'épargne les frais d'agence. Oh ! ces agents ! Quel monde abominable ils m'ont adressé ! L'une de ces dames à qui j'ai écrit pour lui demander (avec tact, vous n'en doutez pas) des précisions sur sa condition sociale, m'a répondu qu'elle paierait d'avance. Comme si l'on se préoccupait de tels détails ! D'ailleurs la plupart des renseignements recueillis étaient des moins brillants : le genre filou ou peu respectable. Et la mauvaise foi de tout ce monde ! Allez, cette semaine j'ai vu l'envers de bien des cartes. Et sous les apparences les plus prometteuses, je n'ai trouvé que mauvaise foi, ma chère Lucy, que mauvaise foi !

Elle approuva de la tête.

— Voulez-vous mon avis ? intervint Mrs Honeychurch. N'arrangez rien avec Lucy et ses vieilles filles, « bien », mais ruinées. Je connais le genre. Préservez-moi, mon Dieu, des gens qui ont connu des jours meilleurs ! Leurs souvenirs de famille emplissent la maison d'une odeur de moisi. Rien de plus triste. Un locataire qui monte sur l'échelle sociale me paraît cent fois préférable à un qui descend.

— En effet, je vous suis, acquiesça Sir Harry. Mais, comme vous le dites, c'est bien triste.

— Les Miss Alan sont tout autres, cria Lucy.

— Nullement, nullement, coupa Cecil. Sans les connaître personnellement je crois pouvoir affirmer que Summer Street ne gagnerait rien à leur adjonction.

— Ne l'écoutez pas, Sir Harry, il est fatigant.

— Mais non, c'est moi qui vous fatigue et qui ai le grand tort de faire partager mes soucis à la jeunesse. À vrai dire, je suis bien tracassé et seul. Car Lady Otway se contentera de me répéter – fort justement j'en conviens – qu'on ne saurait être trop prudent en ces sortes d'affaires, sans me prêter pour cela le moindre secours.

— Puis-je donc écrire à mes Miss Alan ?

— Je vous en prie ! s'écria-t-il.

Son regard cependant papillota sous l'exclamation de Mrs Honeychurch.

— Prenez garde, Sir Harry, prenez garde ! Elles ont sûrement des canaris. Or, à travers les barreaux de leur cage, les canaris crachottent leurs graines et les souris arrivent sur-le-champ. En général, d'ailleurs, méfiez-vous de la gent féminine. Ne louez qu'à un homme.

— Oh ! que me dites-vous là… murmura-t-il galamment. (La sagesse d'une telle remarque ne le laissait pourtant pas insensible.)

— Les hommes, poursuivit Mrs Honeychurch, ne médisent pas de leur prochain en prenant du thé. S'ils boivent, on ne les voit plus parce qu'ils s'allongent confortablement pour cuver leur ivresse. S'ils sont vulgaires, ils gardent pour eux seuls la plus grande partie de leur vulgarité qui ne fait pas ainsi tache d'huile. Un homme, je réclame un homme – pourvu qu'il soit propre, bien sûr.

Sir Harry rougit. Ni lui ni Cecil n'avaient goûté les francs compliments adressés à leur sexe. Être distingués des messieurs malpropres ne leur paraissait pas suffisant. Sir Harry fit une suggestion : Mrs Honeychurch, si elle en avait le temps, devrait descendre de voiture et faire elle-même le tour de « Cissie ». Elle accepta, ravie. La nature l'avait destinée à vivre pauvre dans une maison de ce genre. Les arrangements domestiques l'intéressaient toujours et particulièrement sur une petite échelle. Lucy allait suivre sa mère, Cecil la retint.

— Mrs Honeychurch, demanda-t-il, si nous vous laissions rentrer à pied, qu'en diriez-vous ?

— C'est cela, faites, répliqua-t-elle.

L'autorisation avait été donnée de grand cœur. Sir Harry lui-même parut presque heureux de cette séparation. Il tourna vers les fiancés un visage rayonnant de sous-entendus :

— Ah ! cette jeunesse ! Cette jeunesse ! Cette jeunesse ! et se hâta d'ouvrir la porte.

— Le vulgaire intégral ! s'exclama Cecil.

Ils étaient encore à portée de voix.

— Oh ! Cecil !

— C'est plus fort que moi. Ne pas détester cet homme serait indécent.

— Il manque de subtilité mais pas de gentillesse à coup sûr.

— Non, Lucy. Il représente tout ce que la vie provinciale a de mauvais. À Londres, il garderait sa place : il fréquenterait un club d'idiots et sa femme donnerait des dîners d'idiots. Mais ici, en province, il joue au petit dieu avec son titre de noblesse, ses airs protecteurs, son esthétique de bazar, et tout le monde, même votre mère, s'y laisse prendre.

Lucy se sentit découragée.

— Tout cela est vrai, dit-elle pourtant. Seulement – je me demande si cela a tant d'importance.

— Une importance suprême. Sir Harry constitue l'essence de cette garden-party. Seigneur, je me sens d'une humeur exécrable. Comme je souhaite qu'il l'ait, sa locataire vulgaire, si vulgaire qu'il ne puisse manquer de s'en apercevoir. Ah ! ce gentilhomme ! – avec son crâne chauve et son menton fuyant ! mais oublions-le !

Lucy accepta avec empressement. Si l'antipathie de Cecil frappait Sir Harry Otway après Mr Beebe, ceux qu'elle chérissait vraiment demeureraient-ils saufs ? Qui le lui garantissait ? Freddy par exemple

– Freddy qui n'était ni intelligent, ni subtil, ni beau – Cecil n'allait-il pas soudain déclarer indécent de ne pas le détester ? Qui l'en empêchait ? Que répondrait-elle alors ? Elle n'allait pas plus loin que Freddy : il suffisait à son inquiétude. Un seul argument rassurant : Cecil connaissait déjà Freddy et les deux garçons s'étaient toujours bien entendus, sauf, peut-être, ces derniers jours, peut-être encore par accident.

— Prendrons-nous à droite ou à gauche ?

La nature les environnait – quel sujet plus simple de conversation ? avait pensé la jeune fille. Des bois profonds entouraient Summer Street et Lucy s'était arrêtée à la gauche d'un sentier qui s'écartait de la grand-route.

— Existe-t-il deux chemins ?

— Il serait peut-être plus raisonnable de choisir la route avec nos beaux habits.

— Je préfère le sous-bois, dit-il avec cette irritation contenue qu'elle n'avait cessé de remarquer en lui pendant tout l'après-midi. Pourquoi, Lucy, choisissez-vous toujours la route ? Savez-vous que pas une fois depuis nos fiançailles nous n'avons marché ensemble à travers champs ou dans le bois ?

— Vraiment ? Eh bien, le bois ! dit Lucy.

Le ton étrange de Cecil l'avait surprise mais elle était à peu près sûre qu'il s'expliquerait plus tard. Son habitude n'était pas de la laisser dans une incertitude quelconque.

Elle ouvrit la marche dans les pins murmurants et ils n'avaient pas parcouru dix mètres qu'il s'expliquait en effet :

— Je m'étais mis dans la tête – à tort, sans doute – que vous n'étiez à l'aise auprès de moi qu'à l'intérieur d'une pièce.

— D'une pièce ? répéta-t-elle, perdue.

— Oui, tout au plus dans un jardin ou sur une route. Jamais en plein champ, comme ici.

— Oh ! Cecil ! la drôle d'idée ! Je n'ai jamais rien éprouvé de tel. À vous entendre on me croirait du genre poétesse.

— Qui sait ? Vous êtes liée pour moi à un certain type de paysage ; pourquoi ne serais-je pas lié pour vous à une pièce ?

Elle réfléchit un instant et dit :

— Mais savez-vous que vous avez raison ? C'est bien ça, en effet. Je dois être, après tout, une poétesse dans mon genre : quand je pense à vous c'est toujours dans une pièce. Comme c'est drôle !

À la surprise de Lucy il parut contrarié.

— Dans un salon, dites ? Sans vue par la fenêtre ?

— Sans vue, je crois bien. Pourquoi pas ?

— J'aurais préféré, dit-il sur un ton de reproche, être pour vous un personnage de plein air.

De nouveau elle s'étonna :

— Vraiment, Cecil, expliquez-vous.

Il ne s'expliqua pas. Elle écarta donc le sujet « trop difficile pour une femme », dit-elle, et conduisit Cecil plus avant sous les arbres en s'arrêtant de temps à autre aux points où ils se groupaient de façon plus belle ou plus familière. Ce bois entre Summer Street et Windy Corner elle le connaissait depuis qu'elle pouvait marcher seule ; elle avait joué à y perdre Freddy, quand Freddy était un bébé rougeaud. L'Italie n'avait pas diminué son charme.

Soudain ils entrèrent dans une petite clairière au milieu des pins – nouvel alpage minuscule mais solitaire cette fois, avec pour cœur un étang peu profond.

Elle poussa une exclamation :

— Le Lac Sacré !

— Pourquoi ce nom ?

— Je ne sais plus. Il sort probablement d'une lecture. Ce n'est plus guère qu'une flaque maintenant ; mais voyez-vous ce ruisseau qui court au milieu ? Après les grosses pluies il charrie pas mal d'eau qui ne peut s'échapper tout de suite ; l'étang devient alors très grand et très beau. Freddy venait s'y baigner. Il adore ça.

— Et vous ?

La question signifiait : « Adorez-vous ça ? » Mais elle répondit rêveusement :

— Je m'y suis baignée aussi, jusqu'au jour où l'on m'a vue. Ce fut une belle scène à la maison.

Peut-être eût-il été choqué en d'autres circonstances, car il avait des profondeurs de pruderie, mais en cet instant il dut à son culte passager du plein air de trouver ravissante cette admirable simplicité. Il considéra la jeune fille debout au bord de l'étang. Dans ses « beaux habits » elle évoqua pour Cecil quelqu'une de ces fleurs brillantes, sans feuilles sur leur tige, et qui surgissent brusquement d'un monde de verdure.

— Qui vous vit ?

— Charlotte, murmura-t-elle. Charlotte qui habitait chez nous. Charlotte… Charlotte…

— Pauvre petite !

Elle eut un sourire grave. Certain plan qui avait fait hésiter Cecil jusqu'ici lui apparut maintenant réalisable.

— Lucy…

— Oui, je crois qu'il nous faut rentrer, répondit-elle.

— Lucy, je voudrais vous demander quelque chose que je ne vous ai jamais demandé.

Il y avait un tel sérieux dans sa voix qu'elle s'avança vers lui avec une franche gentillesse.

— Quoi, Cecil ?

— Jamais jusqu'ici – même ce jour sur la pelouse où vous avez accepté de m'épouser…

Il devint timide, jetant des regards de part et d'autre pour voir si personne ne les épiait. Son courage avait fui.

— Oui ?

— Jamais jusqu'à cet instant je ne vous ai embrassée.

Elle s'empourpra comme si la proposition avait été faite sans la moindre délicatesse.

— C'est vrai que… non, bégaya-t-elle.

— Je vous le demande donc – puis-je maintenant ?

— Naturellement vous pouvez, Cecil. Vous pouviez auparavant. Je ne peux pas vous sauter au cou, n'est-ce pas ?

En cet instant suprême il n'eut conscience que d'absurdités. Elle avait mal répondu. Maintenant elle soulevait sa voilette d'un geste trop pratique ! En approchant d'elle il eut encore le temps de formuler un vœu : que ne pouvait-il reculer ? Quand il la toucha, son pince-nez d'or, bousculé, s'aplatit entre les deux visages.

Telle fut l'étreinte. Il la considéra avec raison comme ratée. La passion devait se croire irrésistible, oublier politesse, tact et autres fléaux d'une nature raffinée. Par-dessus tout, elle devait aller, sans demander de permission, quand elle avait droit de passage. Pourquoi était-il incapable d'agir comme un paysan, un marin – que dis-je ? comme un calicot l'eût sûrement fait à sa place ? Il réimagina la scène. Lucy était debout, au bord de l'eau ; il s'élançait vers elle et la prenait dans ses bras ; elle le repoussait d'abord, puis cédait et le révérerait toujours dorénavant pour son attitude virile. Car il croyait que les femmes révèrent les hommes pour leur attitude virile.

En silence ils abandonnèrent l'étang après cette unique salutation. Il attendit d'elle une parole révélatrice de ses pensées intimes. Enfin elle parla, et avec la gravité convenable.

— Il s'appelait Emerson, pas Harris.

— Qui ?

— Quel vieil homme ?

— Celui dont je vous ai parlé, pour qui Mr Eager s'est montré si désagréable.

De toutes leurs conversations c'était bien, en effet, la plus intime. Mais l'aurait-il su ?

10. Cecil humoriste

La société à laquelle Cecil se proposait d'arracher Lucy n'était peut-être pas de premier ordre : elle était cependant d'un ordre supérieur à ce que les origines de la jeune fille lui permettaient d'espérer. Son père était un avoué qui, ayant bien fait ses affaires dans le pays, avait bâti Windy Corner par spéculation à l'époque où le district se développait et avait fini par y habiter lui-même après s'être amouraché de son œuvre. Peu de temps après son mariage, l'atmosphère sociale du lieu avait changé. Des maisons neuves avaient surgi dominant la pente rapide au sud, dans les forêts de pins derrière ou, plus au nord, sur la falaise crayeuse. Dans la plupart de ces demeures, plus vastes que Windy Corner, s'établirent des gens qui, provenant non point du district mais de Londres, prirent à tort les Honeychurch pour des débris d'une aristocratie autochtone. Cette situation, si elle effraya le mari, fut acceptée par la femme sans orgueil ni humilité. « Je n'y comprends rien, avait-elle coutume de dire, mais l'attitude de nos voisins est fort heureuse pour l'avenir de nos enfants. » Mrs Honeychurch rendit donc visite à tout le monde ; ses visites lui furent retournées avec enthousiasme, et quand ses voisins s'avisèrent qu'elle n'était pas exactement de leur milieu, elle leur avait déjà plu, et la chose passa comme sans importance. Mr Honeychurch mourut donc avec la satisfaction – que peu d'honnêtes avoués méprisent – de laisser une famille enracinée dans la meilleure des sociétés possibles.

Oui, la meilleure des sociétés possibles. Sans doute la plupart de ces nouveaux venus étaient-ils assez ternes ; Lucy s'en convainquit mieux encore à son retour d'Italie. Jusqu'alors elle avait accepté sans discussion leurs idéaux – leur bénignité confortable, leur religion inexplosive, leur haine des papiers épars, des pelures d'oranges et des culs de bouteilles. Radicale à tout crin, elle avait appris cependant à parler avec horreur de la banlieue. La vie – dans la mesure où elle cherchait à s'en faire une idée, lui apparaissait comme un cercle de gens riches, charmants, ayant les mêmes intérêts et les mêmes ennemis. C'est à l'intérieur de ce cercle qu'on jugeait, qu'on se mariait, qu'on mourait. À l'extérieur, la pauvreté et la vulgarité donnaient un éternel assaut : tel le brouillard de Londres, livrant assaut au bois de pins, se coule par toutes les brèches qu'offrent les collines du Nord. Mais en Italie où quiconque peut, s'il le désire, se chauffer au soleil et à l'égalité des hommes, cette conception de la vie s'était évaporée. L'esprit, les sens de Lucy s'élargirent ; personne, apprit-elle, n'était exclu d'un amour possible : les barrières sociales, inamovibles sans doute, ne sont pourtant pas si hautes qu'on ne puisse les sauter comme l'on dégringole au cœur d'une oliveraie toscane où vous accueille un paysan joyeux. Elle était revenue avec des yeux neufs.

Cecil aussi ; l'Italie, cependant, avait moins aiguisé en lui la tolérance que l'irritation. Devant l'étroitesse d'esprit de la société provinciale, il ne disait pas : « Cela a-t-il tellement d'importance ? » mais, plein de révolte, tentait de lui substituer ce qu'il appelait une société à l'esprit large. Il ne comprenait pas qu'entre la jeune fille et son milieu mille civilités avaient créé, à la longue, le lien sacré d'une tendresse : si Lucy voyait les défauts, son cœur se refusait à un mépris total. Il ne comprenait pas quelque chose de plus important encore, à savoir que si la jeune fille était trop grande pour cette société, elle était trop grande pour toute autre, ayant, en effet, atteint cet état où seules des relations personnelles pouvaient la satisfaire… Lucy était, certes, une révoltée, mais non point dans le sens où il l'entendait ; elle était une révoltée désirant non pas un salon plus vaste, mais l'égalité auprès de l'homme qu'elle aimait. Car l'Italie lui avait offert la plus précieuse des possessions – celle de son âme.

« Bumble puppy » avec Minnie Beebe, la nièce du recteur, treize ans – c'est un jeu ancien et très honorable qui consiste à frapper les balles de tennis haut dans l'air pour les faire rebondir immodérément par-dessus le filet ; quelques-unes vont frapper Mrs Honeychurch, d'autres se perdent. Le manque de clarté de la phrase précédente illustre d'autant mieux l'état d'esprit de Lucy essayant à la fois de jouer et de converser avec Mr Beebe.

— Non, ça n'a pas été tout seul… lui, d'abord… Puis les autres… Pas un qui sache ce qu'il voulait… et tous exigeants.

— Enfin elles viennent, dit Mr Beebe.

— J'ai écrit voici quelques jours à Miss Teresa – elle s'inquiétait du boucher : quand passait-il ? Ma réponse : « Une fois par mois », a dû faire bonne impression. Bref, elles viennent. Leur lettre m'est arrivée ce matin.

— Moi, je vais détester ces Miss Alan ! s'écria Mrs Honeychurch. Comme les vieilles personnes radotent, il faut, paraît-il, les trouver « exquises ». Pour ma part, leurs « si », leurs « mais », leurs « puis » interminables m'exaspèrent. Cette pauvre Lucy – c'est bien fait pour elle, d'ailleurs ! – en devient spectrale.

Mr Beebe considéra le spectre qui bondissait et criait sur le court. Cecil était absent – on ne jouait pas au Bumble puppy en sa présence.

— Enfin, puisqu'elles viennent… Non, Minnie, pas Saturne ! – Saturne était la balle de tennis décousue : quand elle tournoyait, un lambeau de sa peau formait un anneau autour d'elle. Enfin, puisqu'elles viennent, Sir Harry doit les laisser emménager avant le 29 et supprimer la clause sur le blanchiment des plafonds qui leur faisait peur mais introduire celle, normale, sur les dommages.

— Non, ce coup ne compte pas. Je te l'ai dit, pas Saturne !

— Saturne compte pour Bumble puppy, cria Freddy qui arrivait. Ne l'écoute pas, Minnie.

— Saturne ne rebondit pas.

— Saturne rebondit assez.

— Ce n'est pas vrai.

— Eh bien, elle rebondit mieux que le diable blanc.

— Chut, chérie ! dit Mrs Honeychurch.

— Mais regardez, regardez Lucy ! Pendant qu'elle se plaint de Saturne, elle camoufle le diable blanc au creux de sa paume pour le placer au bon moment. Tu as raison, vas-y. Minnie, saute-lui dessus, tape-lui dans les tibias avec ta raquette – dans les tibias !

Lucy roula sur le gazon ; le diable blanc s'échappa de sa main.

— Pardon, dit Mr Beebe après l'avoir ramassé, le nom de cette balle est Vittoria Corombona.

Mais personne ne prit garde à sa rectification.

Freddy possédait à un point suprême l'art de fouetter la fureur des petites filles : en trente secondes il avait transformé la sage Minnie en une bête hurlante. Cecil entendit les cris de sa chambre. Il avait des nouvelles divertissantes à annoncer, mais la crainte d'un mauvais coup l'arrêta. Non qu'il fût lâche : il endurait tout comme un autre les douleurs nécessaires. Mais la violence physique des jeunes lui faisait horreur. Bientôt il se loua de sa réserve. On pleurait, naturellement !

— Voilà un tableau pour les Miss Alan, observa Mr Beebe : Lucy, berçant la petite fille meurtrie, venait à son tour d'être soulevée par son frère.

— Qui sont les Miss Alan ? haleta Freddy.

— Celles qui viennent de louer « Cissie ».

— Comment ? c'est un autre nom que…

Il glissa. Tous roulèrent agréablement sur le gazon. Une pause.

— Quel autre nom ? demanda Lucy, la tête de son frère sur les genoux.

— Alan n'est pas le nom des gens à qui Sir Harry doit louer…

— Ton idiotie, Freddy ! Tu ne sais rien de cette histoire.

— Idiotie toi-même. Je le quitte à l'instant. Il m'a dit : « Hum, Honeychurch ! (Freddy imitait médiocrement.) Hum, hum ! Enfin j'ai découvert les locataires idéaux. » J'ai dit : « Parfait, vieux ! » avec une tape dans le dos.

— Eh bien, tout juste ! Les Miss Alan.

— Tu n'y es pas. C'était plutôt un nom comme Anderson.

— Seigneur ! J'espère qu'il ne s'agit pas d'une nouvelle complication ! s'exclama Mrs Honeychurch. Hein, Lucy, n'ai-je pas toujours raison ? Je t'avais bien dit de ne pas t'en mêler. J'ai toujours raison. Ah ! que je souffre d'avoir aussi souvent raison !

— Mais non ! C'est Freddy qui.complique. Freddy ne sait même pas le nom de ces locataires supposés.

— Si, je le tiens : Emerson.

— Comment ?

— Emerson. Je te parie n'importe quoi.

— Quelle girouette, ce Sir Harry, dit calmement Lucy. Je regrette le mal que je me suis donné.

Elle s'étendit sur le dos et contempla le ciel sans nuage. Mr Beebe, dont l'admiration pour la jeune fille croissait chaque jour, murmura quelques mots à l'oreille de sa nièce : voilà comment on accueillait les petits ennuis !

Le nom des nouveaux locataires, cependant, avait tiré Mrs Honeychurch de l'extase où ses propres dons la jetaient.

— Emerson, Freddy ? Sais-tu de quels Emerson il s'agit ?

— Je ne sais même pas s'il s'agit d'Emerson quelconques, répliqua Freddy qui était démocrate.

Comme sa sœur, comme beaucoup de jeunes, il était sensible à l'idée d'égalité et le fait indiscutable qu'il y a Emerson et Emerson l'ennuyait au-delà de toute mesure.

— J'espère que ce sont des gens convenables. Parfaitement, Lucy, convenables. (La jeune fille s'était de nouveau assise.) Je te vois, va, fixer le bout de ton nez en traitant ta mère de snob. N'empêche qu'il y a des gens convenables et d'autres qui ne le sont pas. Prétendre le contraire est de l'affectation.

— Emerson est un nom assez commun, remarqua Lucy.

Son regard fuit vers les lointains du paysage. Du promontoire où ils se trouvaient elle pouvait voir, tapissées de pins, toute une suite d'ondulations semblables qui dévalaient par degrés vers la plaine. Plus on descendait au bas du jardin, plus éclatait la beauté de ce paysage latéral.

— J'allais tout simplement, Freddy, exprimer l'espoir qu'ils ne fussent pas parents du philosophe Emerson, le plus ennuyeux des hommes. Cela te satisfait-il ?

Freddy grogna :

— Vous aussi serez satisfaite car ils sont amis de Cecil. Ainsi, souligna-t-il, ironiquement, vous et toute la bonne société du voisinage, pourrez les fréquenter sans danger.

— De *Cecil ?* s'exclama Lucy.

— Quelles manières, chérie ! dit placidement Mrs Honeychurch. Lucy, ne crie pas de la sorte. C'est une mauvaise habitude que tu prends.

— Mais est-ce que Cecil…

— Ce sont des amis de Cecil, répéta le garçon. Tout à fait idéaux, par suite. Hem ! Je viens juste de leur télégraphier.

Lucy se remit sur ses pieds.

Le coup était dur. Mr Beebe éprouva pour elle une vive sympathie. Tant qu'elle avait attribué à Sir Harry Otway la responsabilité de ce petit affront à propos des Miss Alan, elle l'avait supporté, songea-t-il, en fille courageuse. Mais elle avait bien le droit de crier un peu en apprenant que son fiancé y était pour quelque chose. En vérité, les taquineries de Mr Vyse dépassaient toujours la mesure : il semblait prendre plaisir à contrarier autrui. Après ce trait de psychologie, le clergyman considéra Miss Honeychurch avec plus que sa bienveillance ordinaire.

Quand elle s'exclama : « Mais voyons, il est impossible que les Emerson de Cecil soient ceux… » Mr Beebe, loin de s'étonner, crut donc qu'une occasion lui était ainsi offerte de détourner habilement la conversation en donnant à la jeune fille le temps de retrouver ses esprits. Et voici comment il détourna la conversation :

— Vous voulez parler des Emerson qui étaient à Florence ? Je serais étonné que ce fussent les mêmes. Il y a probablement loin de ces Emerson-là à des amis de Mr Vyse. Oh ! Mrs Honeychurch, c'étaient de drôles de gens ! Si bizarres ! Nous les aimions, pour notre part, n'est-il pas vrai ?

Il fit appel au témoignage de Lucy :

— la grande scène avec eux fut celle des violettes. Figurez-vous : ils avaient ramassé des violettes et en avaient empli tous les vases dans la chambre de ces Miss Alan, précisément, qui n'habiteront pas la villa « Cissie ». Pauvres petites dames, suprêmement choquées et charmées à la fois par ce geste ! Miss Catharine en fit une de ses histoires favorites. « Ma chère sœur adore les fleurs », commençait-elle. Suivait la description de leur chambre noyée de fleurs, une seule masse de bleu, des violettes dans tous les vases, les pots à eau, partout. L'histoire finissait par cette exclamation : « Quelle incorrection, n'est-ce pas, mais quelle beauté ! Ah ! les choses ne sont pas si simples ! » Ainsi, pour moi, ces Emerson florentins restent liés à des violettes.

— Fiasco t'a eue, cette fois ! remarqua Freddy, sans voir le visage empourpré de sa sœur.

Lucy ne retrouvait pas ses esprits. Mr Beebe en fit la remarque et continua, par suite, à détourner la conversation.

— Les Emerson en question comprenaient le père et le fils – un brave garçon, le fils, plutôt que bon, dirai-je. Pas du tout bête, à mon jugement, mais très enfantin – pessimiste, etc. C'était le père qui nous divertissait : d'une sentimentalité touchante. On l'accusait d'avoir assassiné sa femme.

Certes, jamais, en temps normal, Mr Beebe n'eût rapporté une telle médisance, mais son affairement à secourir et à couvrir Lucy dans sa petite épreuve lui faisait dire un peu n'importe quoi.

— Assassiné sa femme ? dit Mrs Honeychurch. Tu nous quittes, Lucy ? Non, reprenez le Bumble puppy. En vérité cette pension Bertolini devait être un lieu fort étrange : voilà le second assassin qu'on m'y signale. Quelle idée avait eue Charlotte ? Tiens, soit dit en passant, il faudra inviter Charlotte ici.

Mr Beebe ne se souvenait pas d'un autre assassin. Son hôtesse devait faire erreur, suggéra-t-il. À cette apparence de contradiction, elle s'échauffa. Il y avait un second touriste, elle en était sûre, dont on racontait exactement la même histoire. Il s'appelait… Comment s'appelait-il ? Oh ! Dieu ! comment s'appelait-il ? Elle embrassa ses deux genoux pour retrouver le nom. Un personnage de Thackeray. Elle frappa son front de matrone.

Lucy interrogea son frère : Cecil était-il à la maison ?

— Ne pars pas, cria-t-il en essayant de la saisir aux chevilles.

— Il le faut, dit-elle gravement. Ne fais pas la bête. Tu vas toujours trop loin en jouant.

À l'instant où elle quittait le groupe, le cri de victoire de sa mère : « Harris » faisant frissonner l'air tranquille vint appeler à la jeune fille qu'elle avait dit un mensonge et ne l'avait pas rectifié. Mensonge absurde, au surplus, mais qui la secoua nerveusement et provoqua dans son esprit une liaison entre les Emerson amis de Cecil et les deux touristes banalement rencontrés. Jusqu'ici, elle avait naturellement dit la vérité. Elle perçut la nécessité, pour l'avenir, d'être plus vigilante et – absolument sincère : enfin, ne pas mentir, au moins. En hâte et rouge encore de honte, elle remonta la pente du jardin. Un mot de Cecil lui ferait du bien, elle en était sûre.

— Cecil !

— Hello ! cria-t-il en se penchant par la fenêtre du fumoir. (Il paraissait de très bonne humeur.) J'avais espoir que vous viendriez. J'entendais votre bacchanale, mais il y a plus drôle ici. Je viens, moi, oui moi, de remporter une grande victoire dans l'art du comique. George Meredith a raison : la cause de la comédie et celle de la vérité n'en font qu'une ; et je viens ainsi, moi, oui moi, de découvrir des locataires pour la villa « Cissie » en détresse. Ne vous fâchez pas ! Ne vous fâchez pas ! Vous me pardonnerez quand vous saurez tout.

La joie lui donnait beaucoup de charme : les ridicules pressentiments de Lucy s'évanouirent aussitôt.

— Je sais, dit-elle, Freddy nous a raconté. Méchant ! Faut-il vraiment vous pardonner ? Pensez à toute ma peine perdue ! Bien sûr les Miss Alan sont un peu fatigantes et je préfère, au fond, de bons amis à vous. Mais vous n'auriez pas dû me taquiner ainsi.

— Des amis à moi ! (Il éclata de rire.) Mais, Lucy, la plaisanterie commence à peine. Approchez-vous. (Elle demeura immobile.) Savez-vous où j'ai noué mes relations avec ces locataires idéaux ? À la National Gallery, la semaine dernière, quand je suis allé voir ma mère à Londres.

— Drôle d'endroit pour y nouer des relations ! dit-elle nerveusement. Je ne comprends pas très bien.

— Dans la salle de l'École Ombrienne. Des gens tout à fait inconnus. Ils étaient en train d'admirer Luca Signorelli – stupidement, bien sûr ! En tout cas la conversation s'est engagée. J'ai trouvé leur simplicité charmante. Ils étaient allés en Italie.

— Mais, Cecil…

Secoué de gaieté, il poursuivait :

— Au cours de la conversation ils m'ont dit rechercher un cottage à la campagne – le père, pour y vivre, le fils pour venir y passer les week-ends. C'est alors que l'idée m'est venue : la belle occasion de marquer un point sur Sir Harry ! Je pris leur adresse ; un garant à Londres découvrit qu'il ne s'agissait pas tout à fait de bandits – c'était drôle comme tout ! – et écrivit à Sir Harry en faisant état…

— Cecil ! Non, ce n'est pas bien. Je les ai probablement rencontrés déjà…

Il coupa :

— Mais si, c'est bien. N'importe quoi est bien quand il s'agit de châtier un snob. Ce vieux monsieur sera bénéfique à tout le voisinage. Sir Harry est vraiment trop dégoûtant avec ses débris de bonne société. Je me proposais de lui donner une leçon un jour ou l'autre. Non, Lucy, les classes sociales doivent se mêler. Vous en conviendrez bientôt. Se mêler par le mariage et toutes sortes d'autres moyens. Je crois à la démocratie.

— Non, dit-elle sèchement, vous n'y croyez pas ; vous ne savez pas ce que le mot signifie.

Il ouvrit de grands yeux ; une fois encore elle mentait à son type léonardesque.

— Non, vous n'y croyez pas !

Elle offrait un visage inesthétique de virago grincheuse.

— Ce n'est pas bien, Cecil. Je ne puis que vous blâmer, Cecil, vous blâmer absolument. Vous n'aviez aucun droit de détruire ainsi tout ce que j'avais combiné avec les Miss Alan, pour me faire apparaître sous un jour ridicule. Vous appelez cela marquer un point sur Sir Harry, mais vous rendez-vous compte que vous le marquez, ce point, entièrement à mes dépens ? Cela n'est absolument pas loyal de votre part.

Elle le quitta.

« Mauvaise humeur », pensa-t-il, les sourcils levés.

Non, c'était plus que de la mauvaise humeur – du snobisme. Tant qu'elle avait cru les Miss Alan éliminées en faveur d'amis élégants, elle avait accepté très bien la chose. Ces nouveaux locataires pourraient jouer un rôle éducatif : il faudrait seulement supporter le père et faire parler le fils qui ne pipait mot. En hommage à la Muse Comique et à la Vérité réunies, pensa le jeune homme, amenons-les à Windy Corner.

11. Calme très plat chez Mrs Vyse

La Muse de la Comédie était fort capable de veiller seule à ses propres intérêts : elle ne dédaigna pas, pour cela, le concours de Mr Vyse. L'idée d'amener les Emerson à Windy Corner lui ayant paru franchement bonne, elle mena sans accroc les négociations à leur terme. Sir Harry Otway signa le bail, vit Mr Emerson, et en fut dûment désillusionné. Les Miss Alan, dûment outragées, écrivirent à Lucy une lettre fort digne, en la tenant pour responsable de l'échec. Mr Beebe prit ses dispositions pour procurer aux nouveaux venus quelques moments agréables : il conseilla à Mrs Honeychurch d'envoyer Freddy leur rendre visite dès leur arrivée. Notre Muse, en vérité, trouva pour sa comédie une matière si ample qu'elle permit à Mr Harris, criminel du reste anémique, de se faner, de s'effacer et de mourir.

Quant à Lucy (si nous quittons les cieux éclatants pour une terre où il y a des ombres parce qu'il y a des collines) plongée d'abord dans le désespoir, elle décida après un peu de réflexion que la chose n'avait aucune importance. Elle était maintenant fiancée. On imaginait mal, dans ces circonstances, les Emerson lui manquant de respect ; ils étaient donc les bienvenus comme voisins. D'ailleurs quels que fussent les voisins amenés par Cecil, Cecil n'était-il pas bienvenu à les amener ? Cecil était donc le bienvenu en amenant comme voisins les Emerson. Ce raisonnement pourtant, je l'ai dit, exigea quelque réflexion et tel est l'illogisme des jeunes filles que l'événement conserva, pour Lucy, la taille et le sens redoutables que sa raison lui refusait. Par bonheur le temps était venu pour elle de se rendre auprès de Mrs Vyse ; les locataires de la villa « Cissie » emménagèrent donc pendant qu'elle était en sûreté dans un appartement de Londres.

— Cecil, mon aimé, murmura-t-elle le soir de son arrivée en se blottissant contre lui.

Cecil répondit par une égale démonstration ; la flamme nécessaire, comprit-il, s'était allumée en Lucy. Enfin elle avait soif d'égards, comme il sied à une femme, et, parce qu'il était un homme, levait les yeux vers lui.

— Vous m'aimez, bien vrai, mon tout petit ? murmura-t-il.

— Oh ! oui, Cecil, bien vrai ! Je ne vois pas ce que je ferais sans vous.

Plusieurs jours passèrent et une lettre de Miss Bartlett arriva.

Les relations avaient fraîchi entre les deux cousines, qui n'avaient plus correspondu depuis leur séparation, en août. Le froid datait de ce que Charlotte appelait « la fuite vers Rome » et s'était prodigieusement accentué pendant leur séjour dans cette ville. Car une compagnie qui manque simplement d'attrait dans le monde médiéval, devient exaspérante en terre classique. L'altruisme de Charlotte au Forum eût épuisé une bénignité que Lucy ne possédait pas. Un jour, dans les bains de Caracalla, elles doutèrent même qu'il leur fût possible de poursuivre ce voyage. Lucy annonça son intention de se joindre aux Vyse. Mrs Vyse étant une amie de sa mère le projet n'avait rien d'incorrect ; Charlotte répondit qu'elle avait l'habitude d'être abandonnée sans avertissement. À la fin, rien n'arriva mais le froid persista ; pour Lucy, il s'accentua davantage encore quand, ouvrant la lettre qui venait de Windy Corner, elle lut ce qui suit :

Tunbridge Wells,
Septembre.

Ma très chère Lucia,

J'ai enfin de vos nouvelles. Miss Lavish, qui faisait du vélocipède dans vos parages, a craint de vous importuner en vous rendant visite. Ayant crevé près de Summer Street, elle attendait comme une infortunée que son pneu fût réparé, assise dans le charmant cimetière du lieu, quand elle vit, pour son ahurissement, une porte s'ouvrir en face d'elle et livrer passage au jeune Emerson. Son père, dit-il, venait juste de louer la maison.

Lui-même (c'est du moins ce qu'il dit encore) ignorait que vous fussiez sa voisine (?). Il n'offrit pas à Eléanor la moindre tasse de thé. Ma chère Lucy, je suis inquiète et je vous conseille vivement de ne rien cacher à votre mère, à Freddy et à Mr Vyse de sa conduite passée à votre égard : ainsi, ils lui interdiront l'entrée de la maison, etc. Je ne doute pas, d'ailleurs, que vous ne les ayez déjà mis au courant de cette très triste aventure. Mr Vyse est si facile à froisser ! Je me souviens comme je pouvais l'agacer à Rome. Toute cette histoire m'emplit de regrets et je me sentirais mal à l'aise si je ne vous avertissais du danger.

Croyez-moi,

Votre anxieuse et tendre cousine,

CHARLOTTE

Lucy, fort ennuyée, répondit ce qui suit :

Beauchamp
Mansions, S. W.

Ma chère Charlotte,

Merci bien pour votre mise en garde. Après l'incorrection de Mr Emerson dans les collines, vous m'avez fait promettre de n'en rien dire à ma mère, qui vous eût blâmée, dites-vous, de ne pas être restée constamment auprès de moi. J'ai tenu ma promesse et il m'est impossible, maintenant, de revenir sur ce silence. J'ai dit à ma mère et à Cecil que j'avais rencontré les Emerson à

Florence et qu'ils sont des gens respectables, je le crois d'ailleurs vraiment, et je pense que si Mr Emerson n'a pas offert de thé à Miss Lavish, c'est qu'il n'en avait pas lui-même. Elle aurait dû tenter sa chance au presbytère. Je ne puis commencer à faire une histoire au point où en sont les choses ; vous devez comprendre que ce serait trop absurde. Si je me plaignais, les Emerson, en l'apprenant, se donneraient une importance que, précisément, ils n'ont pas. Le père m'est sympathique et j'aurai plaisir à le rencontrer de nouveau. Quant au fils, notre rencontre me gênera plus pour lui que pour moi. Ce sont des connaissances de Cecil, qui, lui, se porte fort bien et parlait de vous l'autre jour. Nous nous marierons probablement en janvier.

Miss Lavish ne peut vous avoir beaucoup parlé de moi, car je ne suis pas du tout à Windy Corner mais ici. Ne remettez plus, je vous prie, la mention « personnelle » au coin de mes enveloppes : personne n'ouvre mes lettres.

Affectueusement vôtre,

L.-M. HONEYCHURCH

Le désavantage du secret, c'est qu'il détruit en nous le sens des proportions puisque nous ne pouvons exprimer même son degré d'importance. Lucy et sa cousine se trouvaient-elles enfermées avec une réalité énorme, dont la découverte tuerait Cecil, ou avec une réalité minuscule dont il ne ferait que rire ? Miss Bartlett suggérait la première hypothèse. Elle n'avait peut-être pas tort. La chose avait grandi maintenant. Abandonnée à elle-même la jeune fille eût raconté ingénument à sa mère et Cecil un incident qui fût demeuré tout petit. Quelques semaines auparavant, il se réduisait à la phrase : « Emerson, pas Harris. » Au point même où l'on en était, Lucy fut à la veille de tout raconter à Cecil, à la faveur d'une conversation où tous deux riaient d'une belle dame qui avait brisé le cœur du jeune homme à l'école. Mais la jeune fille sentit son corps réagir de façon si ridicule qu'elle s'arrêta. Lucy, chargée de secret, s'attarda donc dix jours dans la capitale déserte à parcourir comme une scène vide les lieux qui devraient, plus tard, lui devenir si familiers. Il n'était pas mauvais pour elle, pensait Cecil, de faire son éducation dans ce simple décor, charpente de la société, pendant que la société elle-même était absente, enfuie vers les terrains de golf ou les bruyères. La chaleur était supportable : pas mauvais pour elle vraiment. En dépit de la saison, Mrs Vyse réussit, en bien furetant, à réunir autour d'un dîner une compagnie presque uniquement composée de petits-enfants de grands hommes. Le menu fut pauvre mais la conversation impressionna la jeune fille par sa spirituelle lassitude. Apparemment l'on était fatigué de tout et le grand art semblait, après un élan d'enthousiasme quelconque, de s'écrouler avec grâce et de se remettre sur pied au milieu des rires. Dans une telle atmosphère, la pension Bertolini et Windy Corner prenaient une grossièreté égale. Lucy vit bien que sa carrière à Londres l'éloignerait un peu de tout ce qu'elle avait aimé jusque-là.

Les « petits-enfants » la prièrent de se mettre au piano. Elle joua Schumann. « Beethoven, maintenant », demanda Cecil quand se fut dissipée la chagrine beauté de cette musique. Elle secoua la tête et rejoua Schumann. La voix monta, magique sans profit, se brisa, repartit brisée : nul pas viril du berceau à la tombe. La tristesse de l'inachevé – cette tristesse qui est souvent la Vie, mais ne devrait jamais être l'Art – palpitait dans ses phrases rompues et faisait palpiter les nerfs de l'auditoire. Ce n'est pas ainsi que la jeune fille avait joué sur le petit piano drapé de la pension Bertolini et « trop de Schumann » n'avait pas été la remarque de Mr Beebe à son retour.

Les hôtes partis et Lucy retirée dans sa chambre, Mrs Vyse, en arpentant le salon devant son fils, fit la critique de son petit dîner. Mrs Vyse était une femme charmante, mais sa personnalité, comme tant d'autres, avait été engloutie par Londres : il faut une tête forte pour vivre au milieu de gens nombreux. L'orbe trop vaste de son destin l'avait écrasée ; elle avait vu trop de saisons, trop de villes, trop de personnages pour la capacité de son esprit ; ainsi, même avec Cecil, elle demeurait mécanique, le traitant moins en fils, pour ainsi dire, qu'en foule filiale.

— Faites de Lucy quelqu'un comme nous, dit-elle.

À la fin de chaque phrase elle jetait un coup d'œil circulaire intelligent ; et, gardant volontairement les lèvres entrouvertes jusqu'au moment où elle reprenait la parole :

— Lucy devient vraiment merveilleuse, merveilleuse.

— Sa façon de jouer a toujours été merveilleuse.

— Oui, mais elle quitte peu à peu la peau des Honeychurch, excellents les Honeychurch, bien sûr, mais vous savez ce que je veux dire. Elle ne cite pas toujours les paroles des domestiques et cesse de réclamer la recette du pudding.

— C'est l'Italie qui a fait cela.

— Peut-être, murmura-t-elle en songeant au musée que l'Italie représentait pour elle. C'est bien possible. Souvenez-vous, Cecil, que vous allez l'épouser en janvier. Elle est déjà des nôtres.

— Mais quel sens musical ! s'exclama-t-il. Quel style ! Avec quel instinct elle s'en est tenue à Schumann, alors que, comme un idiot, je réclamais du Beethoven. Schumann était juste dans la note de cette soirée. Schumann était la chose exacte. Voyez-vous, maman, je ferai précisément donner à nos enfants l'éducation qu'a reçue Lucy. Il faudra les élever dans l'honnêteté provinciale, pour la fraîcheur, les envoyer en Italie pour la sensibilité et alors – alors seulement – les amener à Londres. Je ne crois pas à ces éducations londoniennes. (Brusquement, il s'interrompit, se souvenant que telle avait été la sienne, et conclut :) Pas pour les femmes, du moins.

— Faites-en quelqu'un comme nous, répéta Mrs Vyse et, solennellement, elle gagna son lit.

Elle cédait à l'assoupissement quand un cri, un cri de cauchemar, poussé par Lucy, retentit jusqu'à elle. Lucy pouvait sonner la femme de chambre si elle le désirait, mais Mrs Vyse jugea aimable de se rendre elle-même à son chevet. Elle trouva la jeune fille assise dans son lit et la joue au creux de la main.

— Pardonnez-moi, Mrs Vyse, ce sont ces rêves.

— De mauvais rêves ?

— Rien que des rêves.

Mrs Vyse sourit, en femme d'expérience, et, l'embrassant, prononça d'une voix nette :

— Ma chère fille, que n'avez-vous entendu notre conversation à votre sujet, ce soir. Il vous admire plus que jamais. Rêvez-donc à cela.

Lucy rendit le baiser, sans découvrir sa joue. Solennellement, Mrs Vyse regagna son lit. Cecil ronflait : le cri ne l'avait pas éveillé. L'ombre régna dans l'appartement.

12. Douzième chapitre

La beauté vive de ce samedi après-midi succédait à des pluies abondantes et l'on y sentait comme un esprit de jeunesse, encore que ce fût maintenant l'automne. La grâce triomphait partout ; les autos, en traversant Summer Street, ne soulevaient qu'un petit nuage de poussière et leur puanteur, dispersée par le vent, était trop tôt remplacée par l'odeur des bouleaux mouillés et des pins. Mr Beebe, s'abandonnant aux douceurs de l'existence, était accoudé à la grille de son presbytère. Freddy était accoudé près de lui, une pipe irrésolue aux lèvres.

— Que diriez-vous d'une visite en face, histoire d'encombrer un peu les nouveaux venus ?

— M'm.

— Ils pourraient vous divertir.

Freddy, que ses frères humains ne divertissaient jamais, suggéra que les nouveaux venus pouvaient se sentir du travail, enfin des « trucs à faire », puisqu'ils emménageaient à peine.

— Je tiens à mon idée d'aller les encombrer, dit Mr Beebe. Ils en valent la peine.

Poussant donc la grille, il traversa nonchalamment le triangle de gazon vers la villa « Cissie ».

— Hello ! cria-t-il par la porte ouverte, qui révélait un désordre particulièrement repoussant.

— Hello ! répliqua une voix grave.

— Je vous amène une visite.

— Minute, je descends.

Le couloir était obstrué par une garde-robe que le déménageur avait renoncé à monter au premier étage. Mr Beebe la doubla de biais difficilement. Le salon, lui aussi, était obstrué, mais de livres.

— Sont-ils de ces gens qui lisent beaucoup ? murmura Freddy.

— J'imagine qu'ils savent lire, exploit peu commun. Que possèdent-ils ? Byron. C'est bien ça. *Un Gars de Shropshire*. Connais pas. *Ainsi va toute chair*. Connais pas. Gibbon. Ah ! ce bon George lit l'allemand. Hum, hum, Schopenhauer, Nietzsche, et allez donc ! Enfin, je suppose que votre génération sait ce qu'elle a à faire, Honeychurch.

— Mr Beebe, regardez ! dit Freddy comme frappé d'une terreur sacrée.

Sur la corniche de la garde-robe, une main d'amateur avait peint cette inscription : « Méfie-toi des entreprises qui demandent des habits neufs. »

— Je sais. Amusant, n'est-ce pas ? personnellement, j'aime ça. Je suis sûr que c'est l'œuvre du vieil homme.

— Quelle idée bizarre !

— Vous êtes bien d'accord, pour sûr ?

Freddy, cependant, était le fils de sa mère ; qu'on abîmât ainsi les meubles révoltait sa conscience.

— Des reproductions ! poursuivit le clergyman, en se frayant un chemin dans le désordre. Giotto – ils ont rapporté cela de Florence, j'en suis sûr.

— Lucy a rapporté les mêmes.

— Oh ! à propos, Miss Honeychurch s'est-elle amusée à Londres ?

— Elle est revenue hier.

— Son séjour fut agréable, j'imagine ?

— Très, dit Freddy en ramassant un livre. Elle et Cecil sont plus copains que jamais.

— Voilà de bonnes nouvelles.

— Je regrette ma stupidité, Mr Beebe.

Mr Beebe ignora cette remarque.

— Lucy était presque aussi stupide que moi, mais cela va changer, d'après maman. Elle va lire toute sorte de livres.

— Vous aussi.

— Moi, des livres de médecine. Pas de ces livres dont on peut parler ensuite. Cecil apprend l'italien à Lucy et dit qu'elle joue merveilleusement du piano. Il y a, dans son jeu, des tas de choses que nous n'avions jamais remarquées. Cecil dit…

— Mais qu'est-ce que ces gens font donc là-haut ? Emerson, nous reviendrons.

George dégringolant l'escalier les poussa sans un mot dans la pièce.

— Je vous présente Mr Honeychurch, un voisin.

Freddy riposta par un de ces traits de foudre propres à la jeunesse. Il avait peut-être honte, il était peut-être amical, il trouvait peut-être sale le visage de George. Ce dernier, en tout cas, fut accueilli par ces simples mots :

— Enchanté ! Venez prendre un bain.

— D'accord, dit George, impassible.

Mr Beebe s'amusait prodigieusement.

— Enchanté, enchanté ! Venez prendre un bain ! gloussa-t-il. Voilà le meilleur début de conversation que j'aie jamais entendu. Je crains seulement qu'elle n'ait de succès qu'entre hommes. Pouvez-vous imaginer une dame, qui, présentée à une deuxième par une troisième, ouvrirait le feu des politesses par : « Enchantée ! Venez prendre un bain. » Et vous me parlerez encore de l'égalité des sexes !

— Je vous parlerai de leur égalité future, dit Mr Emerson qui descendait lentement l'escalier. Bonsoir, Mr Beebe. Je vous parlerai de leur camaraderie future. George partage mon opinion.

— Élèverons-nous les dames à notre niveau ? demanda le clergyman.

— Vous placez le Jardin de l'Éden dans le passé, poursuivit Mr Emerson du palier, quand il est encore à venir. Nous y pénétrerons quand nous cesserons de mépriser notre corps.

Mr Beebe protesta qu'il ne plaçait le Jardin de l'Éden nulle part.

— Sur ce point, mais non sur d'autres, les hommes sont en avance. Nous méprisons le corps moins que les femmes. Mais tant que nous ne serons pas camarades, nous n'entrerons pas dans le Jardin.

— Eh bien, ce bain ? dit Freddy, terrifié par le poids de philosophie qui fondait sur lui.

— J'ai cru jadis au retour à la nature. Mais comment retourner à la nature quand on ne l'a jamais connue ? Aujourd'hui, je crois qu'il nous faut découvrir la nature. Après bien des conquêtes, nous atteindrons à la simplicité. Tel est notre héritage.

— Permettez-moi de vous présenter Mr Honeychurch, dont vous avez rencontré la sœur à Florence.

— Enchanté ! Je suis très heureux que vous soyez venu et que vous alliez vous baigner avec George. Je suis heureux d'apprendre que votre sœur va se marier. Le mariage est un devoir. Elle sera heureuse, j'en suis sûr, car je connais aussi Mr Vyse. Il s'est montré fort aimable. Ayant fait par hasard notre connaissance à la National Gallery, il a tout arrangé pour nous faire obtenir cette maison délicieuse. J'espère pourtant n'avoir pas froissé Sir Harry Otway. J'ai rencontré très peu de propriétaires terriens libéraux et j'avais grande envie de comparer son point de vue à celui des conservateurs sur les droits de chasse. Ah ! ce vent ! Vous avez raison de vous baigner. Votre pays est magnifique, Honeychurch !

— Oh ! ce n'est rien, marmonna Freddy. Il faut – c'est-à-dire… je dois… j'aurai le plaisir de vous rendre visite plus tard, puisque maman l'a dit, enfin j'espère.

— Visite, mon garçon ? D'où vient cette niaiserie de salon ? Aux grand-mères les visites ! Écoutez le vent dans les pins ! Votre pays est magnifique !

Mr Beebe accourut à l'aide.

— Mr Emerson, il viendra, je viendrai, nous viendrons en visite et vous nous rendrez notre visite avant dix jours. J'espère que cet intervalle de dix jours retient toute votre attention. Le fait que je vous aie aidé à visser vos pitons ne compte pas, le fait qu'il vont se baigner ensemble non plus.

— Oui, va te baigner, George. Pourquoi gaspiller le temps en bavardages ? Ramène nos amis pour le thé. Et rapporte du lait, des gâteaux et du miel. Le changement te fera du bien. George a travaillé dur à son bureau. Je ne puis le croire très bien portant.

George baissa une tête poussiéreuse et sombre ; il répandait l'odeur des meubles déménagés.

— Avez-vous vraiment envie de ce bain ? demanda Freddy. Ce n'est qu'un étang, vous savez. Vous avez sûrement l'habitude de mieux.

— Oui, j'ai déjà dit oui.

Mr Beebe, tenu, pensa-t-il, d'assister son jeune ami, ouvrit donc la marche hors de la maison et dans le bois de pins. Quelle magnificence, en effet ! Pendant quelque temps, la voix de Mr Emerson, derrière eux, leur dispensa ses souhaits philosophiques. Elle se tut et l'on n'entendit plus que le glissement doux du vent dans les fougères et les arbres.

Mr Beebe, qui pouvait demeurer silencieux mais supportait mal le silence, se vit contraint de bavarder : l'expédition semblait mal tourner en effet, aucun de ses deux compagnons ne daignant prononcer un mot. Il parla de Florence. George écoutait, l'air grave, approuvant ceci, désapprouvant cela par des gestes légers mais nets, aussi inexplicables que le balancement des cimes au-dessus de leurs têtes.

— Et quelle coïncidence ! avoir précisément rencontré Mr Vyse ! Avez-vous compris que vous retrouveriez ici toute la pension Bertolini ?

— Pas du tout. C'est Miss Lavish qui me l'a dit.

— Dans ma jeunesse, j'ai toujours voulu écrire une histoire de coïncidences !

Nul enthousiasme.

— En fait, pourtant, les coïncidences sont beaucoup plus rares qu'on ne l'imagine d'ordinaire. Et, par exemple, votre présence ici maintenant n'apparaît pas, à la réflexion, comme l'effet, si j'ose dire, d'une « coïncidité » pure.

Pour le soulagement de Mr Beebe, George parla :

— Si, j'y ai réfléchi, dit-il. C'est la fatalité. Tout est fatalité. La fatalité nous réunit, nous sépare – nous réunit, nous sépare. Les quatre vents nous poussent, nous ne réglons rien…

— Vous n'avez pas réfléchi du tout, lança le clergyman. Laissez-moi vous glisser un utile tuyau, Emerson : n'attribuez rien à la fatalité. Gardez-vous de dire : « Ce n'est pas moi qui ai fait cela », il y a dix contre un à parier, au contraire, que vous l'*avez* fait. Tenez, je vais vous soumettre à un interrogatoire. Où avez-vous, pour la première fois, rencontré Miss Honeychurch et moi-même ?

— Italie.

— Et où avez-vous rencontré Mr Vyse, qui va épouser Miss Honeychurch ?

— National Gallery.

— Devant des tableaux italiens. Je vous y prends ! et vous parlez encore de coïncidence ou de fatalité ! Un goût naturel vous entraîne vers ce qui est italien ; ce goût, nous et nos amis le partageons. Le champ où nous nous déplaçons en est infiniment rétréci ; d'où notre nouvelle rencontre.

— C'est la fatalité qui m'a conduit ici, persista George. Vous pouvez bien l'appeler Italie si cela vous soulage.

Cette façon d'aborder le sujet parut pesante au clergyman, qui s'en évada. D'une infinie tolérance envers les jeunes, il n'avait pas le moindre désir de gourmander George.

— Et voilà pourquoi, entre autres raisons, mon *Histoire des Coïncidences* n'a jamais été écrite.

Silence.

Pour clore le chapitre sur une note aimable, Mr Beebe ajouta :

— Nous sommes tous heureux de votre venue ici.

Silence.

— Nous y voici, dit Freddy.

— Bon, bon, s'exclama Mr Beebe en s'épongeant le front. L'étang est là au milieu. Je regrette qu'il ne soit pas plus grand, ajouta-t-il sur un ton d'excuse.

Ils dévalèrent une pente glissante d'aiguilles. Là dormait l'étang, en effet, enchâssé dans le vert de son alpage ; rien qu'un étang, mais assez vaste pour contenir le corps humain ; assez pur pour mirer le ciel. L'herbe alentour, noyée par l'eau des pluies récentes, formait comme un beau sentier d'émeraudes, s'offrant aux pas pour les conduire vers la nappe centrale.

— En tout cas, comme étang, on ne fait guère mieux, dit Mr Beebe. Nous ne ferons pas d'excuses pour notre étang.

George s'assit sur l'herbe encore sèche et, sombre, délaça ses souliers.

— Oh ! splendides, ces masses d'épilobes ! J'adore les épilobes en graine. Quel est le nom de cette plante aromatique ?

Personne ne savait le nom, le nom n'intéressait apparemment personne.

— Voyez comme la végétation change : cette étroite traînée spongieuse de plantes aquatiques que bordent, de chaque côté, des végétaux coriaces ou cassants ; et plus loin, la fougère, les myrtilles, les pins : charmant ; en vérité charmant !

— Vous ne vous baignez pas, Mr Beebe ? demanda Freddy en se déshabillant.

Non, Mr Beebe ne pensait pas.

— L'eau est merveilleuse, cria Freddy en s'y élançant.

— L'eau est l'eau, murmura George, qui s'était d'abord mouillé la tête – incontestable signe d'apathie.

Sur les pas de Freddy, il franchit le seuil sacré avec l'indifférence d'une statue et comme si l'étang eût été une cuve d'eau savonneuse. Il fallait faire jouer ses muscles. Il fallait être propre. Mr Beebe les observa : au-dessus de leurs têtes évoluait le chœur dansant des épilobes.

— Appch… appch… appch…, souffla Freddy que deux brasses dans une direction quelconque mettaient immanquablement en difficulté avec les roseaux ou la boue.

— Est-ce bien la peine ? demanda l'autre, en figure de Michel Ange sur le bord inondé.

La rive céda. Il fut dans l'eau avant d'avoir pu peser le pour et le contre.

— Hi ! Pff… j'ai avalé un têtard. Mr Beebe, l'eau est merveilleuse, l'eau est absolument épatante.

— L'eau n'est pas mal, dit George en émergeant de son plongeon et crachotant vers le soleil.

— L'eau est merveilleuse ! Allez, Mr Beebe.

— Appch… Kff…

Mr Beebe, qui avait chaud et ne refusait rien du possible, jeta un regard autour de lui. Nul paroissien n'était visible, hormis les pins, debout de toutes parts et conversant par gestes sur fond d'azur. Quelle magnificence ! Le monde des autos et des sacrés chapitres avait reculé à l'infini. Eau, ciel, vent, arbres toujours verts, comment les hommes feraient-ils intrusion dans ce monde que les saisons mêmes ne pouvaient toucher ?

« Je puis bien me laver aussi », pensa-t-il. Et bientôt, un troisième petit tas de vêtements jonchа le gazon, tandis que son propriétaire proclamait à son tour la merveille de l'eau.

C'était une eau ordinaire et il n'y en avait pas beaucoup ; selon le mot de Freddy, on y avait plutôt l'impression de nager dans une salade. Les trois messieurs, la poitrine haute, tournaient à la queue-leu-leu dans l'étang, pareils aux nymphes de la Götterdämmerung. Pour une cause indéterminée – fraîcheur juvénile des eaux de pluie, flammes solaires répandues ou jeunesse des trois messieurs (deux étant jeunes d'âge et un d'esprit) – un changement survint, qui leur fit oublier l'Italie, la Fatalité et la botanique. Ils se mirent à jouer. Mr Beebe et Freddy s'éclaboussèrent. Plus poliment, ils éclaboussèrent George. Il garda son calme ; on craignit de l'avoir offensé. Et soudain, toutes les forces de sa jeunesse explosèrent. Il sourit, piqua, les inonda, les culbuta, les piétina, les embourba et les traîna hors de l'étang.

— Bien, courons autour ! cria Freddy, et ils coururent dans le soleil ; George, en voulant prendre la corde, se macula les jarrets : un second bain devenait nécessaire. Mr Beebe lui-même consentit à courir – spectacle mémorable.

Ils coururent pour se sécher, plongèrent pour se rafraîchir, jouèrent aux Peaux-Rouges dans les épilobes et les fougères et replongèrent pour se nettoyer. Jonchant le gazon, cependant, trois petits tas discrets n'en continuaient pas moins à proclamer :

— Non. C'est nous qui avons de l'importance. Sans nous rien ne saurait être entrepris ; en nous finira toute chair.

— Un essai, je marque un essai, cria Freddy en raflant à la course le petit tas de George et en le déposant contre la barre d'un but imaginaire.

— Association, répliqua George, en faisant voler d'un shoot le tas de Freddy.

— But !

— But !

— Passe !

— Attention à ma montre ! cria Mr Beebe.

Les habits volaient dans tous les sens.

— Attention, mon chapeau ! Non, ça suffit ! Freddy. Habillez-vous maintenant. Mais non ; voyons !

En vain ; un délire avait saisi les deux garçons. Ils galopaient déjà loin dans le bois, Freddy un gilet pastoral sous l'aisselle, George coiffé du chapeau de feutre à large bord sur ses mèches dégoulinantes.

— Assez ! hurla Mr Beebe, se souvenant qu'il était dans sa paroisse, après tout. (Soudain sa voix s'altéra comme si chaque pin se fût mué en doyen du chapitre.) Hi ! Arrêtez ! Je vois venir quelqu'un, garnements !

Les hurlements des coureurs se poursuivaient en cercles toujours plus lointains.

— Hi ! Hi ! Des dames !

Ni George ni Freddy n'avaient de vraie délicatesse. D'ailleurs ils n'entendirent pas le suprême avertissement de Mr Beebe. Ils eussent évité, sans cela, Mrs Honeychurch, Lucy et Cecil qui s'en allaient à pied rendre visite à la vieille Mrs Butterworth. Freddy, laissant tomber le gilet à leurs pieds, piqua dans quelque épaisseur de fougère. « Hou ! hou ! » criait George. Nez à nez avec les survenants, il tourna net et, toujours coiffé du feutre à large bord, détala dans le sentier, qui plongeait vers l'étang.

— Dieu vivant ! cria Mrs Honeychurch. Qui sont ces malheureux ? Chérie, ne regarde pas ! Pauvre Mr Beebe, lui aussi ! Qu'est-il arrivé ?

— Par ici tout de suite, ordonna Cecil, qui se croyait toujours tenu de guider les femmes et de les protéger (mais contre quoi ?).

Il les guida droit, dans ce cas, vers la fougère où Freddy s'était tapi.

— Oh ! Mr Beebe ! le gilet que nous avons laissé sur le sentier était-il donc le sien ? Cecil, le gilet de Mr Beebe...

— Ceci ne nous regarde pas, dit Cecil après un coup d'œil vers une Lucy, qui, d'ailleurs, n'était plus qu'ombrelle : évidemment elle prenait mal la chose.

— Mr Beebe a dû replonger dans l'étang.

— Par ici, Miss Honeychurch, par ici, je vous prie !

Elles le suivirent, remontant la berge, avec le visage à la fois tendu et indifférent qui convient aux dames en ces sortes d'occasions.

— Ma foi, tant pis ! dit une voix à deux pas devant eux et l'on vit un visage taché de son au-dessus d'épaules neigeuses émerger à reculons d'un fourré. Je ne peux pas me laisser marcher dessus, pas vrai ?

— Seigneur Dieu ! Freddy ! mon enfant ! C'est toi ? Quelle conduite pitoyable ! Pourquoi ne pas prendre un bain confortable à la maison, avec robinets chaud et froid ?

— Voyez-vous, maman il faut bien qu'on se lave... et il faut bien qu'on se sèche après et quand un autre vient...

— Tu as raison, comme d'habitude sans doute, mais tu n'es guère en état de discuter. Viens, Lucy.

Ils tournèrent les talons.

— Oh ! regardez ! Non, ne regardez pas ! Oh ! pauvre Mr Beebe ! Encore un malheur !

Car Mr Beebe sortait juste à quatre pattes de l'étang, à la surface duquel flottaient des vêtements d'une nature intime ; George cependant, George détaché du monde, à plein gosier, annonçait à Freddy qu'il tenait un poisson.

— Et moi, j'en ai avalé un ! répondit l'autre de sa fougère, j'ai gobé un têtard ; il se tortille dans mon bide ! Je vais mourir, Emerson ! Animal, ce sont mes phalzars que tu as mis !

— Chut ! les gosses ! dit Mrs Honeychurch, trouvant impossible d'être choquée plus longtemps. Et prenez garde, séchez-vous bien ! Tous vos rhumes proviennent de là.

— Mère, partons, je vous en prie, dit Lucy, je vous en prie, partons !

— Hello ! cria George. De nouveau elles firent halte.

Il se tenait pour habillé. Pieds et torse nus, éclatant et bien découplé sur le fond sombre des bois, il appela :

— Hello ! Miss Honeychurch, hello !

— Salue donc, Lucy ; mieux vaut saluer. Qui diable est-il ? Moi, je le saluerais.

Miss Honeychurch salua.

Ce soir-là, et toute la nuit les eaux s'écoulèrent. Au matin, l'étang avait repris ses dimensions et perdu sa splendeur. Mais il avait été l'appel lancé au libre abandon corporel – passagère bénédiction, dont l'influence pourtant ne passe pas, envoûtement, sainteté, calice, un instant, de jeunesse.

13. Où la chaudière de Miss Bartlett ennuie tout le monde

Ce salut, cette rencontre, Lucy en avait fait bien des répétitions ! Toutes cependant avaient un intérieur pour décor et comportaient certains accessoires qu'on avait bien le droit d'admettre a priori. Qu'elle dût revoir George en pleine déroute de la civilisation, avec, blessés jonchant la terre ensoleillée, une armée de vestons, de cols et de bottines, qui eût pu le prévoir ? Elle avait imaginé un jeune Mr Emerson réservé, ou morbide, ou indifférent, ou d'une impudence furtive. Chacune de ces éventualités l'eût trouvée prête. Elle avait oublié d'imaginer un homme heureux, dont l'appel fût comme l'étoile du matin.

Rentrée sous un toit et prenant sa part du thé de la vieille Mrs Butterworth, elle médita sur notre impuissance à prédire l'avenir avec une approximation quelconque : on ne fait pas répétition de la vie. Une erreur de décor, un visage dans l'auditoire, une irruption de cet auditoire sur la scène, et voici que nos gestes mûrement préparés ne signifient plus rien ou trop. « Je saluerai, avait-elle pensé. Je ne lui serrerai pas la main. Voilà l'attitude juste. » Elle avait salué, en effet, mais qui ? Les dieux, les héros, les folles imaginations d'une jeune fille à l'école ! Elle les avait salués par-dessus le fatras absurde de ce monde.

Ainsi couraient les pensées de Lucy : son attention cependant se concentrait sur Cecil. Encore une de ces abominables visites de fiançailles ! Mrs Butterworth avait tenu à les connaître : il ne tenait pas à être connu. Il ne tenait pas à être informé des raisons qui poussent les hortensias à changer de couleur au bord de la mer. Il ne tenait pas à s'inscrire dans la société pour l'organisation de la charité. L'irritation le rendait toujours compliqué ; il faisait de longues réponses astucieuses quand un « oui » ou un « non » aurait suffi. Lucy savait le calmer et raccommodait la conversation avec une adresse qui faisait bien augurer de leur paix conjugale. Personne n'est parfait et il semble plus sage, à coup sûr, de déceler les imperfections avant le mariage. En pratique, sinon en théorie, Miss Bartlett avait inculqué à la jeune fille l'idée que cette vie terrestre n'offre rien de satisfaisant. Lucy, qui détestait le professeur mais tenait pour profond l'enseignement, l'appliquait à son amoureux.

— Lucy, lui dit sa mère quand elles furent de retour à la maison, Cecil est-il contrarié ?

La question paraissait menaçante : Mrs Honeychurch, jusque-là, avait observé une charitable réserve.

— Non, je ne pense pas, maman ; Cecil va fort bien.

— Il est peut-être fatigué.

Lucy transigea : un peu fatigué peut-être.

— Parce que… sans cela… (elle retira ses épingles à chapeau avec une irritation qui allait grossissant) sans cela, je ne comprendrais pas son attitude.

— Moi aussi, je trouve Mrs Butterworth un peu agaçante, si c'est à cela que vous faites allusion.

— Cecil t'a soufflé ce jugement. Tu l'adorais dans ton enfance ; elle s'est montrée bonne pour toi, comme on ne l'est pas, pendant ta fièvre typhoïde. Non, c'est la même chose partout.

— Laissez-moi vous ôter votre capote, voulez-vous ?

— Il pouvait sûrement être poli une demi-heure ?

— Cecil demande beaucoup aux gens, balbutia Lucy ; qui sentait venir l'orage. Cela fait partie de son idéal… de là vient qu'il semble parfois…

— Sottises ! Si son noble idéal rend grossier un jeune homme, mieux vaut qu'il s'en débarrasse au plus vite, dit Mrs Honeychurch en tendant sa capote.

— Mais voyons, maman, je vous ai vue quelquefois de mauvaise humeur avec Mrs Butterworth !

— Pas de cette façon. J'ai eu parfois envie de l'étrangler, mais pas de cette façon. Non ; Cecil se montre partout le même.

— À propos… je ne vous l'ai jamais dit… Pendant mon séjour à Londres, j'ai reçu une lettre de Charlotte.

Cette tentative enfantine pour détourner la conversation irrita Mrs Honeychurch.

— Depuis que Cecil est revenu de Londres, rien ne semble lui plaire. Dès que j'ouvre la bouche, il se crispe – je le vois bien, Lucy, inutile de me contredire. Évidemment, je ne suis pas une intellectuelle, ni une esthète, ni une critique littéraire, ni une musicienne, mais les meubles du salon sont ce qu'ils sont, je n'y peux rien : ton père les a achetés et nous devons nous en accommoder, que Cecil veuille bien s'en souvenir.

— Je… je… je vois ce que vous voulez dire ; Cecil, bien sûr ne devrait pas… Mais il ne veut pas être impoli ; il m'a expliqué, un jour… ce sont les *choses* qui le blessent, il est aisément blessé par les choses laides – il n'est pas impoli avec les gens.

— Quand Freddy chante, est-ce une chose ou une personne ?

— On ne peut pas attendre d'un vrai musicien qu'il aime, comme nous, les chansonnettes comiques.

— Alors, pourquoi ne pas quitter la pièce ? Pourquoi rester là, sur sa chaise, à se tortiller en ricanant, pour gâter le plaisir de tous les autres ?

— Il ne faut pas être injuste, balbutia Lucy.

Mystérieusement quelque chose affaiblissait sa défense. Le plaidoyer en faveur de Cecil, si clair pour elle à Londres, se refusait, maintenant, à prendre une forme efficace. Les deux civilisations venaient de se heurter – Cecil avait laissé prévoir ce choc – mais la jeune fille demeurait déconcertée et comme éblouie par ce qui sert de fond commun à toute civilisation. Bon goût, mauvais goût : rien que des mots – clichés de premier plan, vêtements de coupes diverses. La musique elle-même pouvait s'évanouir en ce murmure dans les pins où chant et chansonnette se confondent.

L'immense embarras de Lucy persista pendant que Mrs Honeychurch changeait de robe pour le dîner ; les mots qu'elle jetait de temps à autre n'arrangeaient rien. À quoi bon se cacher le fait ? Cecil avait voulu lui montrer son dédain et avait réussi. Quant à Lucy, elle sentait, sans savoir pourquoi, que le moment présent était précisément le plus mal choisi pour cet accrochage.

— Va t'habiller mon enfant, tu seras en retard.

— Bien, maman.

— Ne dis pas « bien, maman » sans bouger ; va !

Elle obéit, mais s'attarda, désolée, à la fenêtre de l'étage. Celle-ci tournait au Nord : très peu de vue par suite et pas de ciel. Été comme hiver, les pins, tout proches, bloquaient le regard. Cette fenêtre de palier s'associait ainsi aux instants de dépression. Aucun problème, aucune menace précise, Lucy pourtant eut un soupir et murmura : « Oh ! Dieu ! que faire ? que faire ? » Tout le monde se conduisait très méchamment, lui parut-il ; elle n'aurait pas dû, d'ailleurs, faire allusion à la lettre de Miss Bartlett. Elle n'était pas assez sur ses gardes : sa mère, volontiers questionneuse, pouvait lui en demander le contenu. « Oh ! Dieu ! que devait-elle faire ? » Soudain Freddy grimpa les marches quatre à quatre et passa du côté des méchants.

— Dis donc, ce sont des types.

— Insupportable bébé, c'était malin de les emmener se baigner dans le Lac Sacré : un endroit ouvert à tous ! Passe pour toi, mais les autres ! Prends un peu garde, voyons ! Tu oublies que nous devenons à moitié banlieue.

— Dis donc, y a-t-il quelque chose pour demain en huit ?

— Pas que je sache !

— Alors je veux inviter les Emerson ici pour le tennis du dimanche.

— Oh ! jamais de la vie, Freddy, jamais de la vie, après cette histoire !

— Quoi, le terrain n'est pas si mal ? Deux ou trois bosses ne leur feront pas peur et j'ai commandé des balles neuves.

— Non, mieux vaut pas. C'est sérieux, Freddy, très sérieux.

Il l'empoigna par les coudes et, comiquement, la fit valser d'un bout à l'autre du corridor. Elle eût crié d'agacement, mais se contint. Cecil, qui allait faire sa toilette, leur jeta un coup d'œil au passage ; Mary dut s'arrêter ensuite, sa couvée de brocs chauds aux bras. Enfin Mrs Honeychurch ouvrit sa porte :

— Lucy, quel bruit tu fais ! J'ai deux mots à te dire. Tu m'as bien parlé d'une lettre de Charlotte ? Freddy s'esquiva.

— Oui, mais tout à l'heure. Moi aussi, je dois m'habiller.

— Comment va Charlotte ?

— Très bien.

— Lucy !

La malheureuse Lucy revint.

— Tu as la mauvaise habitude de filer au milieu d'une phrase. Charlotte parle-t-elle de sa chaudière.

— Sa *quoi* ?

— Ne te souviens-tu pas ? On devait enlever sa chaudière en octobre, nettoyer le réservoir d'eau, bref une série d'horreurs ?

— Je ne peux pas me souvenir de tous les ennuis de Charlotte, dit amèrement Lucy, j'aurai bien assez des miens, maintenant que Cecil vous déplaît.

Mrs Honeychurch aurait pu jeter feu et flammes. Non, elle dit : « Approche, ma vieille, merci d'avoir retiré ma capote. Un baiser. » Et, bien que la perfection ne fût pas de ce monde, pour l'instant Lucy crut sentir que sa mère et Windy Corner et le Weald au soleil couchant atteignaient à la perfection.

Ainsi la vie cessa de grincer. C'était généralement le cas à Windy Corner. À la dernière minute, quand les rouages sociaux étaient grippés sans espoir, l'un ou l'autre membre de la famille laissait tomber une goutte d'huile. Cecil méprisait ces méthodes, avec raison peut-être ; ce n'étaient pas les siennes, en tout cas.

Le dîner était à sept heures et demie. Le bénédicité une fois escamoté par Freddy, ils approchèrent leurs sièges pesants et se mirent à table. Par bonheur, les hommes avaient faim. Rien de funeste n'advint jusqu'au pudding. Soudain Freddy interrogea :

— Lucy, à quoi ressemble Emerson ?

— Je l'ai rencontré à Florence, dit Lucy, espérant que cela passerait pour une réponse.

— Intellectuel ou bon type ?

— Demande à Cecil, c'est lui qui les a amenés ici.

— C'est un intellectuel, comme moi, dit Cecil.

Freddy le regarda dubitativement.

— Étiez-vous très liés à la Pension Bertolini ? demanda Mrs Honeychurch.

— Oh ! très peu. C'est-à-dire que Charlotte les connaissait encore mieux que moi.

— À propos, tu ne m'as jamais dit de quoi parlait Charlotte dans sa lettre.

— Oh ! de choses et d'autres, dit Lucy. (Atteindrait-elle la fin du dîner sans mensonge ?) Elle raconte, entre autres, qu'une horrible amie à elle traversant Summer Street sur son vélo, a hésité à venir nous voir et, Dieu merci, n'est pas venue !

— Franchement, Lucy, tu manques de bienveillance !

— C’est une romancière, glissa astucieusement Lucy.

Heureuse remarque : rien n’indignait plus Mrs Honeychurch qu’un bas bleu. Elle abandonnait tout pour fulminer contre ces femmes qui se font imprimer et chassent la gloire au lieu de soigner enfants et maison. En admettant qu’il fût nécessaire d’écrire des livres, les hommes y suffisaient : tel était son avis. Suivit un long développement. Cecil bâillait ; Freddy, en guise de marguerite, effeuillait ses noyaux de prunes ; Lucy avec art, jetait de l’huile sur le feu. Bientôt, cependant, la flambée tomba ; les fantômes, dans l’ombre, s’assemblaient ; trop de fantômes alentour. Le premier, cet effleurement de lèvres sur la joue, était dès longtemps apaisé, sans doute ; un homme, un jour, l’avait embrassée sur une colline, que pouvait lui importer ! Mais cet ancêtre avait engendré tout une famille de spectres : Mrs Harris, la lettre de Miss Bartlett, les violettes dont se souvenait Mr Beebe. Un membre quelconque de cette famille viendrait sûrement la hanter sous les yeux de Cecil. Ce fut Miss Bartlett qui resurgit, avec une netteté terrifiante.

— Lucy, pense à cette lettre de Charlotte. Comment va-t-elle ?

— J’ai déchiré la lettre.

— Ne disait-elle rien d’elle-même ? Comment paraissait-elle ? gaie ?

— Oh ! oui, je crois – non – pas très gaie.

— Dans ce cas, c'est sûrement sa chaudière. Je sais, par expérience, comme cette question d'eau peut vous miner. Tout vaut mieux, pour moi, même les histoires de viande.

Cecil se voila les yeux.

— Pour moi aussi, affirma Freddy : il soutenait sa mère, donnant moins son appui à la remarque elle-même qu'à l'esprit de la remarque.

— J'ai donc pensé, ajouta-t-elle avec une certaine nervosité, que nous pourrions, la semaine prochaine, trouver aisément un coin pour Charlotte et lui donner, ici, de bonnes vacances pendant que le plombier achèverait son travail à Tunbridge Wells. Il y a si longtemps que je n'ai vu cette pauvre Charlotte !

C'était plus que les nerfs de Lucy n'en pouvaient supporter. La tendresse que sa mère lui avait manifestée tout à l'heure l'empêcha pourtant de faire un éclat.

— Oh ! maman, non ! Impossible ! implora-t-elle. N'ajoutons pas encore Charlotte ; il n'y a plus de coin ; en vérité nous étouffons déjà. Freddy nous amène un ami, mardi ; il y a Cecil et vous avez promis de donner refuge à Minnie Beebe, par peur de la diphtérie. C'est tout simplement impossible.

— Mais si, c'est possible ! Pas d'absurdités.

— Oui, si Minnie couche dans la baignoire. Pas autrement.

— Minnie peut coucher avec toi.

— Ça, je refuse.

— Eh bien, si tu es égoïste à ce point, Mr Floyd devra partager une chambre avec Freddy.

— Miss Bartlett, Miss Bartlett, Miss Bartlett, gémit Cecil, la main de nouveau devant les yeux.

— Impossible, répéta Lucy, j'ai beau ne pas vouloir être tatillonne, mais bourrer la maison ainsi, ce n'est pas juste pour les domestiques.

Hélas !

— La vérité, mon enfant, c'est que tu n'aimes pas Charlotte.

— Non, et Cecil ne l'aime pas plus que moi. Elle nous porte sur les nerfs. Vous ne l'avez pas vue depuis longtemps et il vous est difficile de comprendre à quel point elle peut être agaçante, malgré sa très grande bonté. Je vous en prie, ma petite maman, ne nous taquinez pas, le dernier été, mais gâtez-nous plutôt en vous abstenant de l'inviter !

— Bravo ! bravo ! dit Cecil.

Mrs Honeychurch, avec plus de gravité que d'ordinaire et avec une émotion qu'elle se refusait habituellement :

— Voilà qui n'est pas très gentil de votre part. Chacun de vous a l'autre et vous avez ensemble, pour vos promenades, ces bois tout pleins de belles choses ; la pauvre Charlotte, elle, n'a que son eau coupée et les plombiers. Vous êtes jeunes, mes enfants ; or, les jeunes peuvent être intelligents, lire tous les livres qu'ils voudront, ils ne devineront jamais ce qu'est l'impression de vieillir.

Cecil émietta son pain.

— Je dois dire que la cousine Charlotte a été très bien avec moi, l'année où je lui ai rendu visite à bicyclette, intervint Freddy. Elle m'en a tant remercié que j'avais l'air d'un imbécile, avec des chichis sans fin pour que mon œuf à la coque soit cuit juste à point avec mon thé.

— Je sais bien, mon enfant, elle est bonne pour tout le monde et voilà Lucy qui soulève des objections quand nous voulons la payer de retour.

Lucy ne se laissa pas amollir. La gentillesse envers Miss Bartlett ne menait à rien. Elle en avait fait personnellement l'expérience de façon à la fois trop répétée et trop récente. On pouvait y gagner au Ciel des trésors d'indulgence, sur cette terre, ni Miss Bartlett, ni personne ne sortait enrichi de la tentative. La jeune fille en fut réduite à dire :

— Tant pis, maman. Je n'aime pas Charlotte. C'est abominable de ma part.

— Et tu ne lui as rien caché de ton sentiment, à t'en croire.

— Ma foi, elle nous a fait quitter Florence si bêtement. Elle s'est affolée…

Les fantômes revenaient ; ils emplissaient l'Italie, ils usurpaient les lieux de son enfance. Le Lac Sacré ne serait jamais plus le même, et, dimanche prochain, ce serait le tour de Windy Corner. Comment lutter contre les fantômes ? Pour un instant, le monde visible parut s'évanouir ; émotions et souvenirs demeurèrent seuls réels.

— Il faut donc inviter Miss Bartlett, j'imagine, puisqu'elle fait si bien cuire les œufs, dit Cecil dont l'humeur cédait peu à peu à l'excellence de la cuisine.

— Je n'ai pas dit que l'œuf à la coque fût bien cuit, corrigea Freddy. En fait, elle oublia de le retirer ; d'ailleurs les œufs me laissent froid. J'ai simplement dit qu'elle se donnait un mal de chien.

Cecil s'assombrit de nouveau. Oh ! ces Honeychurch ! Œufs, chaudières, hortensias, domestiques – voilà ce qui emplissait leur existence !

— On peut quitter sa chaise, moi et Lucy ? demanda-t-il avec une insolence à peine voilée, on veut pas de dessert.

14. Comment Lucy affronta bravement le danger extérieur

Naturellement Miss Bartlett accepta. Et, non moins naturellement, assurée d'être une gêne, elle implora une chambre d'ami de second ordre, avec vue sur rien. Bref, n'importe quoi. Tendresses à Lucy. Non moins naturellement encore, rien n'empêcha Emerson de venir jouer au tennis le dimanche suivant.

Lucy fit face au danger bravement ; pareille cependant à la plupart d'entre nous, elle ne réagissait qu'aux périls environnants. Elle n'épiait pas du côté de l'intérieur. Si, parfois, surgissaient des profondeurs d'étranges images, la jeune fille en accusait ses nerfs. Cecil amenait-il les Emerson à Summer Street ? Les nerfs. Charlotte allait-elle s'en donner à cœur joie sur une vieille et sotte histoire ? Les nerfs. Les nerfs l'empêchaient de dormir. La voix de George, rencontré presque aussitôt au presbytère, l'avait profondément touchée ; elle avait désiré rester auprès de lui. Mais si elle désirait vraiment rester auprès de lui, quelle horreur ! Les nerfs maudits, bien sûr, étaient seuls responsables : ils adorent nous jouer de ces tours ! Lucy avait naguère souffert de ces troubles apparemment aussi dépourvus de cause que de sens. Un jour de pluie, pourtant, Cecil lui avait expliqué la psychologie : tous les malaises de la jeunesse dans un monde inconnu pouvaient être désormais congédiés.

Le lecteur n'aura pas la moindre difficulté à en conclure : elle aime le jeune Emerson. Mais à la place de Lucy le lecteur aurait eu des difficultés. La vie se raconte aisément – vivre déconcerte davantage. Les « nerfs » ou toute autre expression banale, masquant et désignant à la fois nos désirs personnels, sont alors bienvenus. Lucy aimait Cecil ; George la rendait nerveuse ; le lecteur sera-t-il assez bon pour l'inviter à intervertir les termes ?

Mais le danger extérieur, du moins, serait affronté bravement.

La rencontre dans le presbytère s'était assez bien passée. Debout entre Mr Beebe et Cecil, elle avait fait à l'Italie quelques allusions modérées et George avait répondu. Elle tenait beaucoup à ne pas se montrer intimidée et se réjouit de trouver chez lui la même assurance.

— Un gentil garçon, dit un peu plus tard Mr Beebe. L'âge l'affinera. Je me méfie un peu des jeunes gens qui se glissent dans la vie avec trop de grâce.

— Il paraissait moins sombre, remarqua Lucy, et riait davantage.

— Oui, répondit le pasteur, il s'éveille.

Ce fut tout. Mais les jours suivants, plusieurs de ses défenses tombèrent : elle dut accueillir une image physiquement belle.

Malgré les indications les plus claires, Miss Bartlett trouva le moyen de rater son arrivée. On l'attendait à la gare du South-Eastern, à Dorking ; Mrs Honeychurch s'y rendit en voiture. Charlotte arriva donc par la ligne London-Brighton et se vit contrainte de prendre un fiacre. Personne à la maison, que Freddy et son ami, qui durent interrompre leur tennis pour lui tenir conversation pendant une bonne heure. Cecil et Lucy rentrèrent à quatre heures. Cela fit, pour le thé sur la pelouse, avec la petite Minnie Beebe un sextuor plutôt lugubre.

— Je ne me pardonnerai jamais, gémit Miss Bartlett, dont l'insistance à quitter son fauteuil força toute la compagnie à la supplier d'y rester. J'ai tout gâché. Déranger la jeunesse ! J'insiste pour payer ma course en fiacre. Accordez-moi au moins cela.

— Horreur ! Personne ne le fait jamais, dit Lucy.

— Voilà une demi-heure que je m'échine à en convaincre cousine Charlotte, s'exclama Freddy, déjà irrité (l'œuf à la coque avait perdu son poids).

— Je ne me sens pas une visiteuse ordinaire, repartit Miss Bartlett, en considérant ses gants éraillés.

— Bon, si vous y tenez ! Cinq shillings et un de pourboire.

Miss Bartlett explora sa bourse. Rien que des souverains et du billon. Quelqu'un lui ferait-il de la monnaie ? Freddy n'avait qu'un demi-souverain, son ami compléta : quatre demi-couronnes. Miss Bartlett prit la monnaie.

— Mais à qui dois-je donner le souverain ?

— Laissons tout cela jusqu'à l'arrivée de maman, dit Lucy.

— Non, mon enfant ; votre mère, débarrassée de moi, peut faire une longue promenade. Nous avons tous nos petites faiblesses, la mienne est de régler mes comptes sur l'heure.

Mr Floyd, l'ami de Freddy, fit alors sa première et dernière suggestion : elle mérite d'être citée. Il offrit à Freddy de jouer le souverain à pile ou face. Une solution se fit jour et Cecil lui-même qui jusqu'alors avait, avec ostentation, bu sa tasse de thé en tête-à-tête avec le paysage, éprouvant l'éternel attrait du hasard, se retourna.

Mais cela n'allait pas non plus.

— Pardon, pardon, je suis un triste trouble-fête, je le sais, mais j'en serais trop malheureuse. Pratiquement, je volerais le perdant.

— Freddy me doit 15 shillings, intervint Cecil. Tout s'arrange donc si vous me donnez la livre.

— 15 shillings ? dit Miss Bartlett sur un ton de doute. Comment cela, Mr Vyse ?

— Eh bien, ne voyez-vous pas, Freddy a réglé votre fiacre. Donnez-moi la livre et nous éviterons ce déplorable jeu de hasard.

Miss Bartlett était peu versée en mathématiques : déconcertée elle tendit le souverain, parmi les gloussements de rire étouffés des autres jeunes gens. Un instant Cecil fut heureux : on s'amusait entre gens « bien ». Mais un regard jeté vers Lucy lui révéla un pauvre visage au sourire éteint par de pitoyables soucis. Vienne janvier, il sauverait son Leonardo de ce vain bavardage abêtissant.

— Mais je ne vois pas, dit Minnie Beebe, qui avait surveillé de très près cette transaction inique, je ne vois pas pourquoi Mr Vyse doit recevoir la pièce.

— À cause des 15 et des 5 shillings, dirent-ils avec solennité. 15 shillings plus 5 shillings font une livre, vois-tu…

— Mais je ne vois pas…

On essaya d'étouffer sa voix dans du cake.

— Non, merci. Fini. Je ne vois pas pourquoi… Freddy, ne me bourre pas les côtes, Miss Honeychurch, votre frère me fait mal. Ouïe ! Et les 10 shillings de Mr Floyd ? Ouïe ! Je ne vois pas et je ne verrai jamais pourquoi Miss Je-ne-sais-plus-qui ne paie pas ainsi le shilling de pourboire !

— J'avais oublié le cocher, dit Miss Bartlett rougissante. Merci de me l'avoir rappelé, mon enfant.

C'était bien un shilling n'est-ce pas ? Quelqu'un a-t-il la monnaie d'une demi-couronne ?

— Je vais la trouver, dit la jeune hôtesse en se levant d'une geste décidé. Cecil, donnez-moi ce souverain. Non, rendez-le moi. Euphémia ira le changer et nous recommencerons ce compte.

— Lucy, Lucy, que d'ennuis je cause ! protesta Miss Bartlett qui la suivit sur la pelouse.

Lucy allait d'un pas dansant, affectant une extrême gaieté. Quand elles furent hors de portée, Miss Bartlett arrêta ses lamentations et, sur un ton des plus alertes :

— Lui avez-vous déjà parlé de lui ?

— Nullement, dit Lucy, regrettant aussitôt de ne pas s'être mordu la langue et d'avoir si vite compris Voyons, la monnaie d'un souverain…

Elle s'éclipsa dans la cuisine. Les transitions brusques de Miss Bartlett étaient vraiment trop lourdes de mystère. On eût dit parfois qu'elle avait préparé à l'avance les mots qu'elle prononçait et ceux qu'elle faisait prononcer à autrui. Cette fastidieuse histoire de fiacre et de monnaie, quelle ruse de guerre pour prendre l'âme à l'improviste !

— Non, je n'en ai rien dit à Cecil ni à quiconque, remarqua Lucy à son retour. Je vous avais promis de me taire. Voici votre monnaie, rien que des shillings, sauf deux demi-couronnes. Comptez, je vous prie ! Maintenant vous pouvez régler tranquillement vos dettes.

Miss Bartlett, au salon, contemplait l'« Ascension de saint Jean » : on avait encadré saint Jean.

— Terrifiant, murmura-t-elle, si Mr Vyse apprenait la chose par quelque autre voie !

La jeune fille accepta la bataille :

— Non, Charlotte. Il n'y a rien à craindre de George Emerson et quelle autre voie reste-t-il ?

Miss Bartlett réfléchit.

— Le cocher, par exemple. Je l'ai vu vous épier dans le taillis. Je me souviens qu'il avait une violette entre les dents.

Lucy eut un léger frisson.

— Cette stupide affaire va nous rendre nerveuses si nous n'y prenons garde. Comment un cocher florentin pourrait-il entrer en contact avec Cecil ?

— Nous devons considérer toute possibilité.

— Oh ! ça va !

— Le vieux Mr Emerson sait peut-être. En fait, il sait sûrement.

— Peu m'importe. Je vous remercie de votre lettre. Mais en admettant même que l'histoire se répande, je crois pouvoir compter sur Cecil pour en rire.

— En la niant ?

— Non, en en riant.

Rien de moins sûr et Lucy, au fond d'elle-même, le savait car il la désirait intacte.

— Très bien, chérie, vous savez mieux que moi. Les messieurs sont peut-être différents de ce qu'ils étaient au temps de ma jeunesse. Les dames sont certainement différentes.

— Enfin, Charlotte ! (Elle lui donna une petite tape amicale.) Si bonne, et toujours angoissée ! Que *voulez-vous* que je fasse ? Vous dites d'abord « ne parlez pas » puis « parlez ». Lequel choisir ? Vite !

Miss Bartlett soupira.

— J'aurai toujours le dessous avec vous, ma chère enfant. Je me suis mêlée de vos affaires en Italie à un point qui me fait rougir, alors que vous êtes tout à fait capable de les régler seule et, de toute façon, mille fois plus intelligente que moi. Vous ne me pardonnerez jamais.

— Eh bien, sortons-nous ? dit Lucy, sinon ils vont briser toute la porcelaine.

L'air en effet retentissait des hurlements de Minnie qu'on scalpait avec une cuiller à thé.

— Un instant, chérie – qui sait si nous retrouverons cette occasion de bavarder ? Avez-vous déjà vu le fils ?

— Je l'ai vu.

— Que s'est-il passé ?

— Nous nous sommes rencontrés chez le pasteur.

— Quelle ligne a-t-il adoptée ?

— Aucune ligne. Il a parlé de l'Italie comme n'importe qui. Franchement ; ça va. Que gagnerait-il à se conduire en mufle pour parler clair ? Je voudrais beaucoup vous faire partager ma façon de voir ; il ne nous causera vraiment aucun ennui, Charlotte.

— Une fois mufle, toujours mufle : voilà mon humble opinion, dit Miss Bartlett.

Lucy réfléchit.

— Cecil m'a dit un jour – je crois l'idée très profonde – qu'il y a plusieurs sortes de mufles, les conscients et les inconscients.

Elle s'arrêta de nouveau pour être sûre de rendre dûment justice à la profondeur de Cecil. Elle le voyait par la fenêtre feuilleter un roman inconnu, évidemment emprunté à la bibliothèque aujourd'hui même. Mrs Honeychurch devait être revenue de la gare.

— Une fois mufle, toujours mufle, répéta monotonement Miss Bartlett.

— Quand je dis inconscient, j'entends que Mr Emerson dut perdre la tête. Il y avait tant de violettes sur cette pente ; il s'est conduit sottement, par surprise. Je ne le crois pas si blâmable. L'apparition de quelqu'un sur un fond très beau peut le changer à un tel point, ne dites pas non, j'en suis sûre ; il a dû perdre la tête. Il n'a pas pour moi d'admiration ou autre fadaise, non, pas un brin. Il plaît assez à Freddy qui l'a invité pour dimanche, vous pourrez donc juger par vous-même. Il a gagné : on ne le dirait plus toujours prêt à pleurer. Il est employé dans l'administration centrale d'une grande compagnie de chemins de fer – et non pas porteur ! Il vient passer le week-end chez son père. Ce dernier était quelque chose dans le journalisme mais a pris sa retraite pour cause de rhumatismes. Voilà. Maintenant, au jardin !

Elle prit sa cousine par le bras.

— Enterrons, voulez-vous, une fois pour toutes, cette stupide histoire italienne. Nous souhaitons pour vous un bon séjour reposant à Windy Corner, sans le moindre tracas.

Lucy fut assez contente de son speech. Peut-être le lecteur y a-t-il décelé cependant un mot malheureux. Miss Bartlett le décela-t-elle ? On ne peut le dire, l'esprit des personnes d'un certain âge étant impénétrable. Elle eût peut-être prolongé la conversation sans l'arrivée de son hôtesse qui l'interrompit. Des explications suivirent à la faveur desquelles Lucy s'échappa ; dans son cerveau les images palpitaient avec un peu plus de force.

15. Désastre intérieur

Le dimanche qui suivit l'arrivée de Miss Bartlett : une journée splendide comme tant d'autres cet été. L'automne s'avançait dans le Weald, rompant la verte monotonie estivale, étalant sur les parcs la fleur grise des brumes, teintant de roux les hêtres, d'or les chênes. Là-haut sur les crêtes, de noirs bataillons de pins, eux-mêmes immuables, observaient le changement. Sur chacun des deux paysages s'arrondissait le même ciel pur, en chacun d'eux s'élevait le même tintement de cloches.

Le jardin de Windy Corner était vide, hormis un livre rouge dormant au soleil sur le gravier de l'allée. De la maison sortaient des bruits confus de préparatifs féminins aux devoirs du culte.

— Les hommes disent qu'ils n'iront pas !

— Ce n'est pas moi qui les en blâmerai.

— Minnie demande s'il faut qu'elle y aille.

— Dis-lui : pas de stupidités.

— Anne ! Marie ! Agrafe ma robe dans le dos.

— Ma petite Lucia, oserais-je vous emprunter une épingle ? Car Miss Bartlett avait annoncé qu'elle, en tout cas, serait des fidèles.

Le soleil s'élevait ; non plus Phaéton sur son char mais Apollon lui-même, dieu compétent, dieu sans zigzag, superbe. Ses rayons frappaient équitablement ces dames dès qu'elles s'approchaient des fenêtres ; là-bas, à Summer Street, Mr Beebe souriant à une lettre de Miss Catharine Alan ; George Emerson cirant les souliers de son père ; enfin, pour compléter ce mémorable catalogue, le livre rouge, ci-dessus mentionné. Ces dames se meuvent ; ainsi font Mr Beebe et George et le mouvement peut engendrer l'ombre ; mais le livre gît immobile, s'offrant à la caresse qui en crispe la couverture et lui fait faire le gros dos.

Lucy passe le seuil du salon. Sa robe neuve, couleur cerise, est ratée, elle fait criard et lui donne un teint pâlot. La jeune fille porte au col une broche de grenat, au doigt une bague ornée de rubis – une bague de fiançailles. Son regard s'incline vers le Weald, elle fronce un peu le sourcil, sans colère mais comme une enfant courageuse quand elle essaie de ne pas pleurer. Nul témoin dans cette étendue : elle peut, sans risquer une observation, froncer le sourcil et mesurer les tours de roues séparant encore Apollon des collines vers le couchant.

— Lucy, Lucy, ce livre ? Qui a pris un livre sur les rayons pour le laisser traîner par terre ?

— C'est le bouquin emprunté à la bibliothèque que Cecil lisait.

— Eh bien, ramasse-le au lieu de rester là, plantée comme un flamant rose.

Lucy ramassa le livre et, machinalement, regarda le titre : *Sous une loggia*. Elle-même ne lisait plus de roman ; tous ses loisirs étant consacrés à des ouvrages sérieux : dans l'espoir de rattraper Cecil. Effrayante, son ignorance ! Même ce qu'elle croyait connaître, par exemple la peinture italienne, elle s'avisait soudain qu'elle l'avait oublié. Ne venait-elle pas, ce matin même de confondre Francesco Francia et Piero della Francesca ? « J'espère, avait dit Cecil, que vous n'oubliez pas déjà votre Italie ! » De là venait aussi dans son regard un peu d'angoisse pendant cette salutation au paysage cher, au cher premier plan du jardin et par-dessus au cher soleil à peine concevable ailleurs.

— Lucy, as-tu une pièce de six pence pour Minnie et un shilling pour toi ?

En hâte la jeune fille rejoignit sa mère qui se mettait rapidement en état de transes dominicales.

— C'est une quête extraordinaire ; pourquoi ? j'ai oublié. Je vous en prie, pas de bruit de sous dans le plateau ; vérifie que la pièce de Minnie brille bien. Où est cette enfant ? Minnie ! Ce livre est tout gondolé. (Seigneur, que tu es laide !) Mets-le sous presse avec l'atlas. Minnie !

— Oh ! Mrs Honeychurch ! (Voix d'en haut.)

— Minnie, ne te mets pas en retard, voilà le cheval !

C'était toujours le cheval, jamais la voiture.

— Où est Charlotte ? Grimpe lui dire de se hâter. Pourquoi est-elle si longue ? Elle n'avait rien à faire. Elle n'apporte jamais que des blouses. Pauvre Charlotte ! J'ai horreur des blouses. Minnie !

Le paganisme cependant, plus contagieux que la diphtérie ou la piété, avait gagné la nièce du pasteur, qui menaça de se faire traîner à l'église. À l'ordinaire elle ne voyait pas pourquoi. Pourquoi ne pas demeurer au soleil avec eux ? « Eux » étaient les jeunes hommes maintenant apparus et qui l'accablaient de railleries sans générosité. Mrs Honeychurch dut défendre l'orthodoxie. C'est au milieu de cette confusion que Miss Bartlett, très haute couture, descendit nonchalamment l'escalier.

— Ma chère Marianne, je suis navrée, mais je n'ai pas de petite monnaie – rien que des souverains et des demi-couronnes. Quelqu'un pourrait-il m'en donner ?…

— Oui, très aisément, grimpez dans la voiture. Mon Dieu, que vous êtes chic ! La jolie robe ! Vous nous faites honte à tous.

— Si je ne mettais pas maintenant mes meilleures guenilles, quand le ferais-je ? dit Miss Bartlett sur un ton de reproche.

Elle monta dans la voiture et prit place le dos au cocher ; les inévitables clameurs s'ensuivirent et l'on partit.

— Au revoir, soyez sages ! cria Cecil.

Le ton était celui d'un mépris moqueur. Lucy se mordit la lèvre. Sur les « devoirs religieux, etc. », ils avaient eu une conversation pas très satisfaisante ; chacun, d'après Cecil, devait sur ce sujet minutieusement réviser ses valeurs ; elle n'avait aucune envie de réviser ses valeurs : l'opération lui échappait. Cecil respectait certes une honnête orthodoxie : cette honnêteté, cependant, il la voyait toujours comme le résultat d'une crise spirituelle, jamais comme une simple vertu héritée et s'ouvrant vers le ciel à la façon d'une fleur. Il avait beau exsuder la tolérance par tous les pores, ce qu'il disait la blessait ; de quelque façon les Emerson étaient différents.

Elle vit les Emerson après l'office. Une ligne de voitures s'allongeait sur la route et celle des Honeychurch se trouva faire face à la villa « Cissie ». Pour gagner du temps, ils coupèrent par la pelouse de la place et tombèrent sur le père et le fils qui fumaient au jardin.

— Présente-moi, dit la mère, à moins que ce jeune homme ne considère que nous avons déjà fait connaissance.

Tel était probablement le sentiment du jeune homme, mais Lucy, ignorant le Lac Sacré, fit des présentations formelles. Le vieux Emerson, l'accaparant avec beaucoup de chaleur, lui dit sa joie de la savoir fiancée. Oui, elle aussi en était heureuse ; et comme

Miss Bartlett et Minnie s'attardaient avec Mr Beebe, la jeune fille aiguilla la conversation vers un sujet moins délicat : aimait-il sa nouvelle maison ?

— Beaucoup, répondit-il. (Mais le ton de sa voix révélait qu'il avait été offensé ; sentiment qu'elle ne lui avait jamais connu. Il ajouta :) Nous avons appris pourtant que les Miss Alan devaient l'occuper et que nous les avions chassées ; ces choses-là froissent les femmes. J'en suis très peiné.

— Je crois qu'il y a eu un malentendu, dit Mrs Honeychurch, mal à l'aise.

George parut disposé à pousser plus loin les éclaircissements :

— On avait donné au propriétaire une fausse idée de nous. Il s'attendait à des esthètes et il est déçu.

— Je me demande, moi, si notre devoir ne serait pas d'écrire aux Miss Alan pour leur offrir de nouveau la maison. Qu'en pensez-vous ?

Il laissait Lucy juge.

— Oh ! restez, maintenant que vous y êtes, dit Lucy avec une feinte légèreté.

Il fallait éviter de désapprouver Cecil. Car Cecil était bien le centre de l'incident quoique son nom ne fût jamais prononcé.

— C'est l'avis de George, il dit qu'il faut jeter les Miss Alan par-dessus bord mais cela semble fort peu charitable !

— Il n'y a dans le monde qu'une quantité finie de bonté, dit George en regardant le soleil sur les panneaux des voitures qui passaient.

— En effet, s'écria Mrs Honeychurch. Voilà ce que je dis, exactement. Pourquoi tout ce patia patia à propos de deux Miss Alan ?

— Il existe une quantité finie de bonté, tout comme une quantité finie de lumière, poursuivit-il posément. On projette toujours de l'ombre sur quelque chose et changer de place par pitié est inutile car l'ombre suit. Il faut choisir un endroit où l'on ne fasse aucun mal – oui, choisir un endroit où l'on ne fasse presque aucun mal, puis s'y tenir coûte que coûte, face au soleil.

— Oh ! Mr Emerson, vous êtes malin, je vois !

— Eh ?

— Vous vous classerez, je vois, parmi les malins. J'espère que vous n'allez pas accabler ce pauvre Freddy !

Les yeux de George rirent et Lucy entrevit que lui et sa mère seraient au mieux.

— Pas du tout, dit-il. C'est lui qui l'a pris sur ce ton. Et cette sagesse est la sienne. Seulement lui commence par là, tandis que j'ai d'abord tâté du point d'interrogation.

— Que me chantez-vous là ? Non, peu importe. N'expliquez pas. Il vous attend impatiemment cet après-midi. Jouez-vous au tennis ? Êtes-vous choqué de jouer le dimanche… ?

— George, choqué de jouer le dimanche ? George, éduqué comme il l'a été, faire une différence entre le dimanche…

— Très bien, George n'est pas choqué de jouer le dimanche, ni moi non plus. Entendu. Mr Emerson, me ferez-vous le plaisir de venir avec votre fils ?

Il remercia, mais la distance à pied lui paraissait longue ; il ne lui était plus permis que de flânocher maintenant.

Elle se tourna vers George :

— Et avec ça, il veut donner sa maison aux Miss Alan !

— Je sais, dit George, passant le bras autour du cou de son père.

Mr Beebe et Lucy avaient toujours deviné en lui une bonté latente : elle apparaissait soudain, illuminant un vaste paysage, comme la caresse du soleil, au matin. Parmi ses erreurs obstinées, se souvint Lucy, jamais ne s'était glissé un seul mot contre la tendresse.

Miss Bartlett s'avançait.

— Vous connaissez déjà Miss Bartlett, notre cousine, dit aimablement Mrs Honeychurch. Vous l'avez rencontrée à Florence avec ma fille.

— En effet, dit le père et il s'apprêtait à sortir du jardin à la rencontre de Miss Bartlett quand celle-ci, prestement, monta dans la victoria. De ce retranchement, elle décocha un salut strict. La Pension Bertolini revivait, la table d'hôtes avec ses carafes de vin et d'eau. C'était de nouveau la vieille, vieille bataille de la chambre avec vue sur l'Arno.

George ne répondit pas au salut. Comme un adolescent, il rougit, il eut honte : il sut que le chaperon se souvenait.

— Je… Je viendrai jouer au tennis, si c'est possible, balbutia-t-il et il rentra dans la maison.

Lucy eût peut-être aimé de sa part n'importe quoi, mais cette gaucherie lui alla droit au cœur : les garçons n'étaient pas des dieux après tout, mais des humains aussi humains et maladroits que les filles. Les hommes eux-mêmes souffraient sans doute de désirs inexpliqués et avaient besoin qu'on les aide. À une jeune fille de son éducation et de son avenir, la faiblesse des hommes était peu familière – elle l'avait soupçonnée à Florence en voyant George jeter ses photographies dans l'Arno.

— George, ne t'en va pas ! cria le père, qui estimait magnifique une réception où George consentait à parler. George est de si belle humeur aujourd'hui ! Et je suis sûr qu'il finira par monter cet après-midi.

Le regard de Lucy rencontra celui de sa cousine et la muette imploration qu'elle y perçut la rendit téméraire :

— Oui, dit-elle en élevant la voix, j'espère bien qu'il viendra.

Puis elle se dirigea vers la voiture et murmura :

— Il n'a rien dit à son père, rien à craindre ; je savais. (Mrs Honeychurch la suivait, on partit.)

Que Mr Emerson n'eût rien appris de l'escapade florentine, certes voilà qui était bien. Mais cela valait-il cette exultation bondissante, comme à l'apparition de la Cité Céleste ? Bien sûr, la nouvelle était bonne, mais trop de joie l'avait accueillie. Jusqu'à la maison, les sabots des chevaux scandèrent un chant : « Il ne l'a pas dit, il ne l'a pas dit ! » Le cerveau de la jeune fille élargissait la mélodie : « Il ne l'a pas dit à son père – or, il lui dit tout. Ce n'était pas une aventure. Il n'a pas ri de moi après mon départ ! » Elle posa sa main sur sa joue. « Il ne m'aime pas, non, ce serait affreux. Mais il n'a rien dit. Il ne dira rien ? »

Elle eut envie de crier : « Aucun danger, c'est un secret éternel entre nous. Cecil ne l'apprendra jamais ! » Elle était même contente que Miss Bartlett lui ait fait promettre le silence en cette dernière et sombre soirée de Florence où elles avaient fait leurs malles à genoux dans sa chambre. Petit ou non, le secret serait gardé. Trois Anglais au monde le partageaient seuls.

Telle fut l'interprétation que Lucy se donna de sa propre joie. Le sentiment d'être sauve lui fit aborder Cecil avec une exubérance inaccoutumée. À peine sautait-elle de voiture qu'elle déclara :

— Les Emerson ont été charmants ! George Emerson a beaucoup gagné.

— Ah ! comment vont mes protégés ? demanda Cecil sans aucun intérêt réel. Il avait depuis longtemps oublié son projet de les amener à Windy Corner pour des fins éducatives.

— Protégés ! s'écria-t-elle avec chaleur.

La vieille relation féodale de protecteur à protégé était la seule que Cecil pût concevoir. L'âme de la jeune fille désirait autre chose : une camaraderie dont il n'avait pas la moindre intuition.

— Comment vont vos protégés, vous l'apprendrez vous-même. George Emerson vient cet après-midi. Sa conversation est des plus intéressantes. Mais surtout ne… Elle avait failli dire : « Surtout ne les protégez pas. »

Fort opportunément la cloche du déjeuner retentit. Cecil d'ailleurs, à son ordinaire, n'avait prêté qu'une oreille distraite aux remarques de la jeune fille. Il lui voulait du charme, non de la logique.

Le déjeuner fut fort gai. D'habitude les repas déprimaient Lucy : il fallait toujours y calmer Cecil. Miss Bartlett ou cet autre, invisible aux yeux mortels, qui murmurait : « Elle prendra fin, cette joie. En janvier tu devras gagner Londres et recevoir les petits-fils d'hommes célèbres. » Aujourd'hui une garantie de bonheur semblait lui avoir été accordée. Sa mère, toujours, s'assiérait ici, son frère là. Le soleil avait bien un peu bougé depuis le matin : jamais en tout cas il ne se coucherait derrière les collines. Après le déjeuner, on demanda du piano. Lucy, qui avait récemment assisté à une représentation d'*Armide*, choisit Gluck et joua de mémoire la musique des jardins enchantés, celle qui, accompagnant l'approche de Renaud sous la lumière d'une aube éternelle, jamais ne croît ni ne décroît, mais clapote sans fin, comme au pays des fées la mer que nulle marée n'agite. Une telle musique n'est pas faite pour le piano ; l'auditoire montra des signes d'impatience ; Cecil, insatisfait lui-même, réclama :

— L'autre jardin maintenant, celui de Parsifal.

Elle referma l'instrument.

— Pas très obéissante. (C'était la voix de sa mère.)

Craignant d'avoir offensé Cecil, elle se tourna brusquement. George était là. Il s'était glissé dans la pièce sans bruit, pour ne pas l'interrompre.

— Oh !... je ne savais pas... s'écria-t-elle.

Elle rougit et sans un mot d'accueil rouvrit le piano. Cecil aurait son « Parsifal » et tout ce qu'il voudrait encore, il le fallait.

— Voilà notre pianiste qui change d'avis, souligna Miss Bartlett. Cela pouvait signifier : « Elle va donc jouer pour Mr Emerson. » Que faire ? Lucy hésita. Que voulait-elle faire ? Elle joua fort mal quelques mesures des *Filles fleurs* et s'arrêta.

— Je vote pour le tennis, dit Freddy dégoûté par ce divertissement haché.

— Moi aussi. (Une fois de plus elle referma le malheureux piano.) Je vote pour un quatre d'hommes.

— Parfait.

— Je m'abstiendrai, merci, dit Cecil. Je ne veux pas gâcher l'équipe. (Il n'avait jamais compris qu'un mauvais joueur peut faire acte de vraie charité en acceptant d'être quatrième.)

— Allons donc, Cecil. Je suis mauvais, Floyd infect. Emerson aussi, probablement.

George corrigea :

— Je ne suis pas mauvais.

Chacun regarda le bout de son nez.

— À plus forte raison, je m'abstiendrai, prononça Cecil.

Miss Bartlett l'appuya :

— Je vous approuve, Mr Vyse, dit-elle avec le sentiment de « moucher » George. Vous faites mieux de vous abstenir, beaucoup mieux.

Écrasant la plate-bande où Cecil n'osait mettre un pied, Minnie annonça qu'elle jouerait :

— En tout cas, je manquerai toutes les balles, alors qu'est-ce que ça peut faire !

La bonne volonté de Minnie fut pieusement mise en miettes : jouer au tennis un dimanche anglais !

— Il faudra donc que ce soit Lucy, dit Mrs Honeychurch. Vous retombez forcément sur elle ; il n'y a pas d'autre solution. Lucy, va changer de robe !

Le jour du Seigneur, pour Lucy, présentait normalement ce caractère amphibie : observée sans hypocrisie le matin, la sainteté était l'après-midi interrompue sans réticence. Tout en changeant de robe, elle s'interrogea : Cecil méprisait-il une telle piété ? Il faudrait en venir à la fameuse « révision des valeurs » avant le mariage.

Elle eut Mr Floyd pour partenaire. La musique était bien, sans doute, mais le tennis était tellement mieux : on courait à l'aise dans sa vieille robe, au lieu de rester immobile au piano avec des manches qui vous serrent sous les bras. De nouveau la musique lui apparut comme un passe-temps puéril. George servait ; il étonna Lucy par son désir de gagner à tout prix. Elle se souvint du soupir qu'il avait poussé parmi les tombeaux de Santa Croce parce que les choses ne voulaient pas cadrer ; puis du soir où, après le meurtre de cet obscur Italien, il lui avait dit, penché sur le parapet de l'Arno : « Je voudrais vivre, je vous l'affirme. » Maintenant, il voulait vivre, gagner au tennis et tenir sa place au soleil – au soleil qui, précisément, avait baissé et que Lucy avait désormais dans les yeux ; il gagna donc.

Ah ! que la plaine du Weald était belle ! Les collines dominaient sa splendeur comme Fiesole la plaine toscane, les Downs, au sud, jouant alors le rôle de Carrare. Lucy oubliait peut-être son Italie : en tout cas elle observait mieux son Angleterre. Le paysage familier s'enrichissait d'un nouveau jeu : ne cachait-il pas dans un de ses plis innombrables quelque ville ou quelque village que l'on pût prendre pour Florence ? Ah ! que la plaine du Weald était belle !

Mais Cecil appela. En veine de lucidité critique, il était peu enclin à partager une quelconque exaltation. Déjà il avait empoisonné le tennis avec son roman, si mauvais qu'il fallait, paraît-il, le lire aux autres. Il n'avait pas cessé, ainsi, de tourner autour du court :

— Écoutez-moi ça, Lucy, trois « que » à la suite ?

— Infect, disait Lucy et elle ratait sa balle.

La partie achevée, il poursuivit sa lecture. Il y avait une scène de meurtre que, franchement, tout le monde devait écouter. Freddy et Mr Floyd se devaient par malheur, de battre les lauriers à la recherche d'une balle, mais les deux autres consentirent. La scène était à Florence.

— Comme c'est drôle, Cecil, continuez. Mr Emerson, venez donc vous asseoir après votre déploiement d'énergie. (Elle avait « pardonné » à George, pensait-elle, il fallait donc se montrer aimable avec lui.)

Sautant par-dessus le filet, George vint s'asseoir à ses pieds.

— Et vous, pas trop fatiguée ?

— Pas du tout, voyons ?

— Êtes-vous ennuyée de perdre ?

Elle allait répondre « Non », mais se souvenant qu'elle était ennuyée en effet, elle répondit : « Oui » puis ajouta gaiement :

— Mais *vous* n'êtes pas un joueur si extraordinaire, vous aviez le soleil derrière et moi dans les yeux !

— Je n'ai pas dit que j'étais extraordinaire.

— Il me semble que si.

— Vous n'avez pas fait attention.

— Vous avez dit… Oh ! n'allez pas chercher la petite bête dans cette maison ! Nous exagérons tous et nous sommes furieux contre les gens qui n'exagèrent pas.

— La scène est à Florence, répéta Cecil sur un ton plus haut.

Lucy se ressaisit.

« Le couchant s'empourprait. Léonora, d'un pas pressé… »

Lucy l'interrompit :

— Est-ce le nom de l'héroïne ? De qui est le livre ?

— Joseph Emery Prank. « Le couchant s'empourprait. Léonora, d'un pas pressé, traversait la place. Fassent les saints qu'elle n'arrive pas trop tard ! Ah ! ces soleils couchants d'Italie ! Sous la Loggia d'Orcagna – la Loggia dei Lanzi, comme nous l'appelons aujourd'hui… »

Lucy éclata de rire.

— Ah ! là, là ! Joseph Prank ! Mais c'est Miss Lavish ! Elle a publié son roman sous un pseudonyme.

— Et d'où sort cette Miss Lavish ?

— Oh ! c'est une femme terrible ; Mr Emerson, vous souvenez-vous de Miss Lavish ?

Dans l'excitation de ce bon après-midi elle frappa des mains. George leva les yeux :

— Naturellement je m'en souviens ! Je l'ai rencontrée à Summer Street dès mon arrivée. Elle m'a appris que vous habitiez ici.

— N'avez-vous pas été heureux ?

Elle entendait : « de rencontrer Miss Lavish ? » Mais quand il se pencha vers le gazon sans réponse, elle comprit soudain que sa phrase pouvait avoir un autre sens. La tête du jeune homme s'appuyait presque contre son genou : elle la regarda et crut voir rougir les oreilles.

— Rien d'étonnant si le livre est mauvais, ajouta-t-elle, je n'ai jamais aimé Miss Lavish. Il faut tout de même lire le roman, je suppose, quand on a rencontré l'auteur.

— Oh ! tous les livres modernes sont mauvais, dit Cecil qui, ennuyé par l'inattention de la jeune fille, projetait son ennui sur la littérature. Tout le monde aujourd'hui écrit pour de l'argent.

— Oh, Cecil !

— C'est vrai. Je cesserai donc de vous infliger la lecture de Joseph Emery Prank.

Qu'avait Cecil cet après-midi, à pépier de la sorte ? Sa voix montait et descendait avec une emphase qui laissait la jeune fille indifférente. Elle quittait à peine les demeures de la musique ou du mouvement, et ses nerfs refusaient leur unisson à de telles stridences.

Abandonnant Cecil à son ennui, elle contempla de nouveau la tête sombre. Elle n'éprouvait pas l'envie de la caresser, mais s'imaginait assez bien l'éprouvant : curieuse sensation.

— Aimez-vous le paysage de notre jardin, Mr Emerson ?

— Je ne fais pas grande différence entre les paysages.

— Pourquoi donc ? Je ne comprends pas.

— Parce qu'ils se ressemblent tous. Ce qui compte, en eux, c'est la distance et l'air.

— H'um ! fit Cecil : la remarque était-elle originale ou non ?

— D'après mon père, dit-il en levant la tête vers elle (il était un peu rouge en effet), il existe un seul paysage parfait : celui du ciel au zénith ; ceux de la terre n'en sont que les reproductions plus ou moins gâchées.

— Votre père a dû lire Dante, prononça Cecil en feuilletant le roman qui lui donnait seul l'initiative dans la conversation.

— Un autre jour, il nous a dit que les paysages sont en vérité des foules – foules d'arbres, de maisons, de collines – et se ressemblent nécessairement comme des foules humaines et exercent sur nous, pour la même raison, une puissance surnaturelle.

Lucy entrouvrit les lèvres.

— Car une foule est davantage que la somme de ses composants : quelque chose, on ne sait comment, s'ajoute à l'addition – comme quelque chose s'ajoute à ces collines.

De sa raquette il pointa vers les South Downs.

— C'est une très belle pensée, murmura-t-elle. J'aurais grand plaisir à écouter de nouveau votre père. Je suis navrée qu'il n'aille pas très bien.

— Non, il ne va pas bien.

— Ce livre, interrompit Cecil, contient une histoire absurde à propos de paysage.

— Et aussi que les hommes se divisent en deux classes. Ceux qui oublient les paysages et ceux qui s'en souviennent, même dans une petite pièce.

— Mr Emerson, avez-vous des frères ou des sœurs ?

— Aucun, pourquoi ?

— Vous avez dit « nous ».

— Je pensais à ma mère.

Cecil fit claquer son livre.

— Oh ! Cecil ! Vous me faites sursauter.

— Je cesserai de vous infliger plus longtemps Joseph Emery Prank.

— C'est à peine si je nous revois un jour à la campagne, contemplant l'horizon, très loin, jusqu'à Hindhead. C'est mon premier souvenir.

Cecil se leva. Décidément cet Emerson était mal élevé – il n'avait pas remis son veston après le tennis.

Pas fréquentable. Cecil aurait quitté la place sans Lucy qui l'arrêta.

— Cecil, lisez-nous donc cette histoire de paysage.

— Plus tard. Je ne veux pas vous priver de la conversation de Mr Emerson.

— Non, non, lisez. Je ne connais rien de plus drôle que des stupidités lues à haute voix. Si Mr Emerson nous juge frivoles, il pourra nous laisser.

Cecil perçut dans cette réponse une subtilité qui le charma. Le visiteur prenait figure de pédant. Un peu radouci, Cecil reprit sa place.

— Mr Emerson, retrouvez-nous les balles de tennis.

Elle ouvrit le livre. Cecil aurait sa lecture à haute voix et tout ce qu'il voudrait encore ; il le fallait. Cependant l'attention de Lucy s'égarait vers cette mère de George, assassinée à la face de Dieu, selon Mr Eager, et selon son fils contemplant l'horizon très loin jusqu'à Hindhead.

— Dois-je vraiment partir ? demanda George.

— Non, bien sûr, pas vraiment, répondit-elle.

— Au chapitre deux, bâilla Cecil. Trouvez-moi le chapitre deux, si cela ne vous ennuie pas trop.

Le chapitre deux fut trouvé et Lucy en parcourut des yeux les premières phrases.

Était-elle devenue folle ?

— Voilà – passez-moi le livre.

Elle s'entendit dire : « Pas la peine de lire ça. C'est vraiment trop bête. Je ne connais rien de plus mauvais. Il devrait être interdit d'imprimer de telles choses. »

Cecil s'empara du livre. Il lut :

— « Léonora était assise, pensive et solitaire. Devant elle s'étalait la riche plaine toscane, toute piquetée de villages riants. On était au printemps. »

Miss Lavish savait donc – comment ? Par ses soins, en tout cas, le passé était là, imprimé en sale prose pour que Cecil le lût, pour que George l'entendît.

— « Une brume d'or », déclama Cecil. Il lut encore : « Au loin apparaissaient les tours de Florence et sur la pente où la jeune fille était assise, un véritable tapis de violettes s'étendait. Loin de tout regard, Antonio se glissa et surgit derrière elle… »

Pour cacher son visage à Cecil, elle se détourna et vit le visage de George.

Cecil lut :

— « Ses lèvres n'émirent aucune de ces protestations alambiquées, chères aux amoureux conventionnels ; il était dépourvu d'éloquence et n'en souffrait nullement. Simplement, il l'enveloppa de ses bras virils. »

Un silence suivit.

— Ce n'est pas le passage, que je cherchais, avertit Cecil. Il en existe un autre, plus loin, beaucoup plus drôle. Il tourna les pages.

— Si nous allions prendre le thé ? proposa Lucy d'une voix qui restait ferme.

Elle se leva et prit le chemin de la maison, suivie par Cecil ; George était troisième. Le désastre est évité, pensa-t-elle. À cet instant, ils pénétrèrent dans le massif et le désastre survint. On avait oublié le livre – comme s'il n'avait pas déjà causé assez de mal. Naturellement Cecil retourna le chercher. Naturellement, George qui était un amoureux passionné, heurta la jeune fille dans le sentier étroit.

— Non… dit-elle, haletante, et reçut un second baiser.

Puis comme si rien de plus n'était possible, il recula et disparut ; Cecil rejoignit Lucy ; ils atteignirent seuls la pelouse du haut.

16. Lucy ment à George

Depuis le printemps cependant, Lucy s'était développée. Autrement dit, elle savait mieux étouffer en elle les émotions que le monde et ses conventions désapprouvent. À un danger pourtant aggravé, elle ne réagit plus, cette fois, par une crise de larmes mais dit simplement à Cecil : « Je ne vais pas prendre le thé – avertissez maman. Il faut que j'écrive des lettres » et monta dans sa chambre. Là, elle se prépara à l'action. L'amour éprouvé et rendu, l'amour que nos corps exigent, que nos cœurs ont transfiguré, l'amour – la plus réelle de nos réalités – venait donc de réapparaître, ennemi du monde, et Lucy devait l'étouffer.

Elle envoya chercher Miss Bartlett.

Le conflit opposait non point l'amour et le devoir – on peut douter que pareil conflit existe – mais la réalité et l'illusion voulue. Pour premier but, Lucy avait sa propre défaite. En un instant, les nuées accourues, l'ombre effaça le souvenir des paysages, les mots du livre s'évanouirent et Lucy retrouva sa vieille explication : les nerfs. Elle « domina sa faiblesse » autrement dit, à force de manipulations, elle oublia jusqu'à l'existence de la vérité. Se souvenant qu'elle était fiancée à Cecil, elle se contraignit à mal se souvenir de George ; il ne lui était rien, il n'avait jamais rien été pour elle ; il s'était conduit de façon abominable ; elle ne l'avait jamais encouragé. Subtilement tissée d'obscures mailles, l'armure de la fausseté ne cache pas seulement un homme aux autres, elle le cache à son âme propre. En peu d'instants, Lucy se trouva équipée pour la bataille.

— Il vient d'arriver une chose affreuse, jeta-t-elle aussitôt à sa cousine. Connaissez-vous le roman de Miss Lavish ?

Miss Bartlett parut surprise : elle n'avait pas lu le livre, elle ignorait même sa parution ; Éléanor, au fond, était cachotière.

— Il contient une scène – une scène d'amour entre le héros et l'héroïne. N'en savez-vous rien ?

— Mon enfant ?…

— N'en savez-vous rien ? répéta Lucy. La scène se passe dans les collines, avec Florence dans le lointain.

— Ma chère Lucia, je suis complètement perdue. J'ignore tout de cette histoire.

— Il y a des violettes. Je ne puis croire à une coïncidence. Charlotte, Charlotte, comment avez-vous *pu* lui raconter ? J'ai bien réfléchi, c'est forcément vous.

— Lui raconter quoi ? demanda Miss Bartlett avec une agitation grandissante.

— Cette terrible histoire de février ?

Miss Bartlett se montra sincèrement émue.

— Lucy, mon enfant chérie – elle n'a pas mis ça dans son livre ?

Lucy fit un signe de tête.

— Jamais plus donc, jamais plus Éléanor Lavish ne sera mon amie.

— Ainsi, vous le lui aviez dit ?

— Mais c'est tout juste si… un jour que nous prenions le thé à Rome… Au cours de la conversation…

— Et qu'avez-vous fait, Charlotte, de votre promesse au soir de notre départ ? Pourquoi avez-vous raconté à Miss Lavish ce que vous m'aviez priée de cacher à ma mère ?

— Je ne pardonnerai jamais à Éléanor. Elle a trahi ma confiance.

— Mais pourquoi le lui avoir dit ? Ceci est très grave.

Pourquoi dit-on jamais quoi que ce soit ? Éternelle question ! rien d'étonnant que Miss Bartlett y ait seulement répondu par un soupir. Elle avait mal agi – elle l'avouait ; elle espérait pourtant n'avoir causé de tort à personne ; Eléanor avait promis un secret absolu.

Lucy frappa du pied avec colère.

— Eh bien, Cecil m'a lu la scène à haute voix, en présence de Mr Emerson, et celui-ci, bouleversé, m'a insultée de nouveau. Derrière le dos de Cecil. Quelles brutes, les hommes ! Derrière le dos de Cecil, dans le jardin, quand nous remontions à la maison !

Miss Bartlett explosa en *mea culpa* repentants.

— Et maintenant que faire ? Pouvez-vous me le dire ?

— Oh ! Lucy ! Je ne me pardonnerai jamais… non, jusqu'à mon lit de mort… Tout votre avenir…

Lucy tressaillit.

— Je sais, dit-elle. Je comprends maintenant pourquoi vous me poussiez à instruire Cecil, et ce que vous entendiez par « quelque autre source ». Vous pensiez à Miss Lavish, au courant par vos soins et peu digne de confiance.

Ce fut au tour de Miss Bartlett de tressaillir.

— En tout cas, reprit la jeune fille pleine de mépris pour la déloyauté de sa cousine, ce qui est fait, est fait. Vous m'avez mise dans la plus fausse des positions. Comment vais-je en sortir ?

Miss Bartlett n'offrit aucune réponse. Ses jours d'énergie avaient fui. Elle n'était plus chaperon mais hôtesse, et qui plus est, déconsidérée. Elle demeurait debout, les mains jointes, cependant que la jeune fille se montait elle-même au point convenable de rage.

— Il mérite… cet homme mérite une correction qu'il n'oublie plus. Qui la lui donnera ? Je ne peux plus rien dire à ma mère maintenant – grâce à vous. Ni à Cecil, Charlotte, grâce à vous. Plus d'issue nulle part. Je me sens devenir folle. Personne pour m'aider. Voilà pourquoi je vous ai fait monter. Ce qu'il nous faut, c'est un homme avec un fouet.

Miss Bartlett approuva : il fallait un homme avec un fouet.

— Oui, mais votre approbation ne m'avance guère. Que faut-il *faire* ? Les femmes – nous n'en finissons pas de geindre. Mais que *fait* une jeune fille quand elle rencontre un mufle ?

— J'ai toujours dit que c'était un mufle, chérie. Rendez-moi du moins cette justice. Dès notre toute première rencontre, quand il a parlé de son père au bain.

— Oh ! je me moque bien de votre justice, peu importe qui eut tort ou raison ! Nous sommes toutes deux responsables du gâchis. George Emerson est toujours là dans le jardin : doit-il demeurer impuni ou non ? Voilà ce que je veux savoir.

Il n'y avait rien à attendre de Miss Bartlett ; sa propre honte l'avait privée de tout moyen et les idées, dans son cerveau, s'entrechoquaient douloureusement. Elle gagna faiblement la fenêtre et fouilla du regard le massif de lauriers à la recherche d'une flanelle blanche de mufle.

— À la pension Bertolini, vous avez eu tôt fait de nous faire déguerpir pour Rome. Ne pouvez-vous maintenant lui parler une seconde fois ?

— Je remuerais ciel et terre…

— Je préférerais quelque chose de plus précis, dit avec mépris la jeune fille. Voulez-vous lui parler ? C'est le moins que vous puissiez faire, à coup sûr, puisque rien ne serait arrivé si vous aviez tenu parole.

— Jamais plus Eléanor Lavish ne sera mon amie.

Vraiment Charlotte se surpassait.

— Oui ou non, je vous prie, oui ou non ?

— C'est une affaire que seul un homme peut régler.

George Emerson remontait l'allée une balle de tennis à la main.

— Fort bien, dit la jeune fille avec un geste de colère. Personne pour m'aider. Je lui parlerai donc moi-même.

Aussitôt elle comprit que sa cousine n'avait jamais eu d'autre but.

— Hello ! Emerson ! cria Freddy d'en dessous. Trouvé la balle ? Félicitations. Un peu de thé ? (Il y eut un bruit de sortie sur la terrasse.)

— Vous êtes brave, Lucy ! Je vous admire…

Tous, en bas, s'étaient rassemblés autour de George ; elle perçut sa présence comme un appel par-dessus le fatras de pensées pleurnichardes et de désirs furtifs qui avaient encombré son âme. Elle le vit et sa colère s'évanouit. Ils étaient tout de même bien, ces Emerson, dans leur genre. Elle dut réprimer un élan avant de dire :

— Freddy vient de l'emmener dans la salle à manger. Les autres descendent au jardin. Venez. Finissons-en vite. Venez. Je veux que vous soyez présente, naturellement.

— Lucy, craignez-vous cette épreuve ?

— Quelle question ridicule !

— Ma pauvre Lucy – elle tendit la main. Partout où je vais, je semble n'apporter que malheur.

Lucy inclina la tête. Elle se souvenait de ce dernier soir à Florence, les valises, la bougie, l'ombre du chapeau de Miss Bartlett sur la porte. Elle n'allait pas une seconde fois se laisser prendre à un piège sentimental. Éludant la caresse offerte, elle descendit la première l'escalier.

— Essayez la confiture, disait Freddy. Elle est fameuse.

Massif et négligé d'aspect, George arpentait la salle à manger. Quand elle entra, il s'arrêta et dit :

— Non, rien qui se mange.

— Va rejoindre les autres, dit Lucy. Miss Bartlett et moi donnerons à Mr Emerson tout ce qu'il peut désirer. Où est maman ?

— Elle a commencé ses lettres du dimanche. Elle est dans le salon.

— Très bien. File.

Il partit en chantant.

Lucy s'assit à la table. Miss Bartlett, tremblante de peur, prit un livre et feignit de lire.

Lucy refusa tout discours compliqué. Elle dit simplement :

— Je ne le supporterai pas, Mr Emerson. Je ne supporterai même pas une conversation avec vous. Quittez cette maison et n'y rentrez jamais tant que j'y vivrai. (Elle rougit en parlant et désignant la porte.) J'ai horreur des scènes. Allez, je vous prie.

— Que…

— Pas de discussion.

— Mais je ne veux pas…

Elle secoua la tête.

— Allez, je vous prie. Évitez-moi d'appeler Mr Vyse.

— Vous ne me direz pas, poursuivit-il en ignorant complètement Miss Bartlett, vous ne me direz pas que vous allez épouser cet homme ?

La ligne de défense était inattendue.

Elle souleva les épaules comme fatiguée par tant de vulgarité.

— Vous êtes simplement ridicule, dit-elle avec calme.

Mais gravement il couvrit sa voix :

— Vous ne pouvez pas vivre avec Vyse. Il est une connaissance, pas plus. Il est fait pour la société et les conversations cultivées. Il ne peut être intime avec personne, moins encore avec une femme.

Cecil apparaissait sous un jour nouveau.

— Avez-vous jamais parlé avec Vyse sans vous sentir fatiguée ?

— Il m'est difficile de discuter…

— Soit, mais n'ai-je pas raison ? Il est de ces hommes parfaits tant qu'il s'agit de choses : livres ou tableaux, mais mortels quand on en vient aux gens. Voilà pourquoi je dois parler, même maintenant et à travers ces malentendus. Il est assez dur de vous perdre en tout cas, mais un homme doit savoir se refuser la joie et je me serais effacé si votre Cecil était autre. Je me serais contenu. Mais, dès notre rencontre à la National Gallery, je l'ai vu souffrir parce que mon père estropiait les noms de peintres italiens. Puis il nous amène ici et nous découvrons qu'il l'a fait pour jouer quelque tour stupide à un brave homme de voisin. Il est tout entier là-dedans : dans ces petits tours joués aux hommes, c'est-à-dire à la forme de vie la plus sacrée qu'il puisse rencontrer. La fois suivante, je le trouve protecteur, en train de vous apprendre à être choquées, votre mère et vous, alors que c'était à *vous* de décider si vous étiez choquées ou non. Encore tout Cecil. Il n'ose pas laisser une femme décider. C'est ce genre d'hommes qui, depuis mille ans, empêchent l'Europe de progresser. Pas une minute de sa vie il ne cesse de vous former, de vous enseigner ce qui est charmant, ou amusant, ou distingué pour une dame, de vous dire ce qu'un homme juge féminin ; et vous, vous précisément entre toutes les femmes, écoutez sa voix au lieu de la vôtre. Ainsi en a-t-il été au presbytère, quand je vous ai revue ; ainsi en a-t-il été tout cet après-midi. Voilà pourquoi – je ne dis pas « voilà pourquoi je vous ai embrassée », non je l'ai fait à cause du livre et regrette mon manque de sang-froid ; je n'ai pas honte. Je ne vous présente pas d'excuses. Mais je vous ai effrayée et vous pouvez n'avoir pas remarqué que je vous aimais. Sans cela m'auriez-vous ordonné de partir, auriez-vous traité si légèrement une réalité aussi formidable ? Non, voilà pourquoi – je voulais dire voilà pourquoi j'ai décidé de le combattre.

Lucy eut ce qu'elle jugea une excellente idée :

— Mr Emerson, vous reprochez à Mr Vyse de vouloir que je l'écoute. Excusez-moi, mais il semble avoir déteint sur vous.

Il saisit le pauvre et mince reproche et l'éleva jusqu'à l'absolu.

— C'est vrai, dit-il, en s'affaissant comme s'il était soudain très las. Je suis aussi brute que lui, au fond. Ce désir de dominer les femmes, il gît très profond en nous et l'homme et la femme doivent le combattre ensemble avant d'entrer dans le Jardin. Mais il est vrai aussi que je vous aime – et d'une façon à coup sûr meilleure que la sienne ! (Il réfléchit !) Oui, franchement d'une meilleure façon. Je désire que vous ayez vos pensées à vous, même quand je vous tiens dans mes bras. (Il tendit les mains vers elle.) Faites vite,

Lucy, nous n'avons pas le temps de causer maintenant. Venez vers moi comme vous l'avez fait ce printemps, après je vous expliquerai sans vous brusquer. Je vous ai aimée depuis la mort de cet homme. Je ne puis vivre sans vous. J'ai pensé : à quoi bon, elle va en épouser un autre ! Mais je vous ai rencontrée de nouveau, dans cette splendeur d'eau et de soleil. En vous voyant avancer dans le bois, j'ai su que rien d'autre n'avait d'importance. Je suis venu ici, j'ai voulu vivre et courir ma chance de joie.

— Et Mr Vyse ? dit Lucy avec un calme méritoire. Cela n'a-t-il pas d'importance que j'aime Mr Vyse et doive être bientôt sa femme ? Un détail insignifiant, j'imagine ?

Mais par-dessus la table, il tendit les bras vers elle.

— Qu'espérez-vous gagner en vous donnant ainsi en spectacle ?

Il dit :

— C'est notre dernière chance. Je ferai tout ce que je peux.

Comme s'il ne lui restait rien d'autre à faire, il se tourna vers Miss Bartlett, assise et découpée comme un présage sur le ciel que gagnait la nuit.

— Vous n'arrêteriez pas tout une seconde fois, si vous compreniez, dit-il. J'étais dans l'ombre et je vais y rentrer, si vous ne comprenez pas.

La longue tête de Miss Bartlett se balançait d'avant en arrière comme pour ébranler un obstacle invisible. Elle ne répondit pas.

— Il s'agit d'être jeune, dit-il en ramassant par terre sa raquette et en se préparant à sortir. Il s'agit d'être sûr que Lucy m'aime au fond et de savoir que l'amour et la jeunesse ont une valeur pour l'esprit.

Silencieuses, les deux femmes le regardaient. Sa dernière remarque n'avait pas de sens, elles le savaient, mais allait-il partir après cela ou non ? Le mufle, le charlatan tenterait-il quelque sortie plus dramatique ? Non. Apparemment il en avait fini. Il les quitta, refermant avec soin la porte ; par la fenêtre du hall, elles le virent remonter l'avenue et commencer à grimper la pente de fougères jaunies derrière la maison. Leurs langues se délièrent en une explosion de joie furtive.

— Oh ! Lucia – revenez ici – quel abominable individu !

Lucy demeurait sans réaction – du moins pour l'instant.

— Eh bien, il m'a amusé, dit-elle. L'un de nous est fou et j'incline à croire que c'est lui. Encore un cap ridicule franchi, grâce à vous. Merci, Charlotte. D'ailleurs ce sera le dernier, je pense. Mon admirateur ne risque plus guère de me causer d'ennuis.

À son tour Miss Bartlett se risqua :

— Ah ! le gredin ! Ma foi, tout le monde ne peut se flatter d'avoir fait pareille conquête, n'est-ce pas chérie ? Franchement, on aurait tort de plaisanter. L'affaire aurait pu être grave. Mais vous avez montré tant de bon sens et de courage ! De mon temps les jeunes filles étaient bien différentes.

— Allons rejoindre les autres.

Quand l'espace pourtant s'ouvrit devant elle, Lucy s'arrêta. Une émotion la saisit – pitié, terreur, amour ? – une émotion violente en tout cas ; et la jeune fille aperçut l'automne. L'été finissait et le soir apportait des odeurs de déclin d'autant plus pathétiques qu'il y flottait des réminiscences de printemps. Qu'était-ce donc ? l'importance d'une chose ou d'une autre ? (Une feuille tomba, la frôla dans sa danse cependant que les autres demeuraient immobiles), le fait que la terre courait vers la nuit et que l'ombre des bois, avec la même hâte, rampait pour recouvrir Windy Corner ?

— Hello, Lucy ! Il y a juste encore assez de jour pour une autre partie, si vous vous dépêchez tous les deux.

— Mr Emerson a dû partir.

— Flûte ! l'équipe est gâchée. Bon. Cecil, jouez, jouez, mon bon petit Cecil. C'est le dernier jour de Floyd. Une partie avec nous, juste pour cette fois.

La voix de Cecil monta :

— Mon cher Freddy, je ne suis pas sportif. Selon votre juste remarque de ce matin, il y a des types qui ne valent rien sortis de leurs livres ; j'ai reconnu humblement que j'étais de ces types-là et ne vais pas vous infliger un tel partenaire.

Les écailles tombèrent des yeux de Lucy. Comment avait-elle supporté un instant Cecil ? Il était absolument insupportable. Le soir même, elle rompit ses fiançailles.

17. Elle ment à Cecil

Il n'y comprit rien. Il ne trouva rien à objecter. Sans éprouver même de colère, il demeura, son verre de whisky dans les mains, à chercher ce qui avait pu conduire Lucy à une telle conclusion.

Elle avait choisi le moment où, avant de se mettre au lit et selon les habitudes bourgeoises de la maison, elle dispensait aux messieurs des rafraîchissements. Invariablement Freddy et Floyd s'éclipsaient avec leurs verres ; Cecil, au contraire, s'attardait buvant le sien à petites gorgées tandis qu'elle refermait le buffet.

— Je regrette infiniment, dit-elle. J'ai bien réfléchi à la question. Nous sommes trop différents l'un de l'autre. Je dois vous redemander ma liberté en vous priant d'oublier à jamais ma stupide existence.

Les mots n'étaient pas mal, mais Lucy était plus furieuse que peinée et le ton la trahit.

— Différents – comment… comment…

— D'abord je n'ai pas reçu vraiment une bonne éducation, poursuivit-elle toujours à genoux devant le buffet. Mon voyage en Italie est venu trop tard et j'oublie tout ce que j'ai appris là-bas. Je ne pourrais jamais converser avec vos amis, ni être la femme que vous méritez.

— Je ne vous comprends pas. Vous ne vous ressemblez plus. Vous êtes fatiguée, Lucy.

— Fatiguée ! s'écria-t-elle en prenant feu aussitôt. Vous êtes tout entier là-dedans. Vous pensez toujours que les femmes ne veulent pas dire ce qu'elles disent.

— Ma foi, votre voix trahit une fatigue – un ennui dirait-on.

— Et si cela était ? Je n'en verrais pas moins la vérité. Notre mariage est impossible et vous me remercierez un jour de vous l'avoir dit.

— Cette migraine d'hier… Oh bon ! (car elle avait une exclamation indignée :) il s'agit de plus qu'une migraine, je vois. Mais accordez-moi un instant de réflexion. (Il ferma les yeux.) Il faut m'excuser si je dis des choses stupides mais j'ai le cerveau en miettes. Une moitié vit encore trois minutes en arrière, quand j'étais sûr que vous m'aimiez, et l'autre moitié… c'est trop difficile… je vais probablement dire ce qu'il ne faut pas.

Elle remarqua qu'il ne se conduisait pas trop mal et son irritation s'en accrut. De nouveau elle désira la lutte, non la discussion. Pour ramener la crise, elle déclara :

« Il y a des jours où l'on voit clair, c'en est un. Il faut de temps en temps que les choses cassent : eh bien, c'est aujourd'hui. Une toute petite chose m'a décidée, si vous voulez le savoir : votre refus de jouer avec Freddy.

— Je ne joue jamais au tennis, fit Cecil péniblement surpris. Je n'ai jamais su jouer. Je ne comprends pas un mot de ce que vous dites.

— Vous savez assez bien jouer pour faire un quatrième. J'ai trouvé ça d'un égoïsme affreux.

— Mais non, je ne sais pas… enfin, peu importe le tennis. Ne pouviez-vous pas… ne pouviez-vous pas m'avertir si quelque chose allait mal ? Vous avez parlé de notre mariage encore à déjeuner… ou du moins vous m'avez laissé en parler.

— Je ne savais pas que vous ne comprendriez pas, fit Lucy durement. J'aurais pu prévoir cette pénible explication. Bien sûr, le tennis n'est rien – simplement la dernière goutte, après des semaines. Il valait mieux attendre, n'est-ce pas, d'être sûre pour parler. (Elle développa :) Bien des fois je m'étais demandé si j'étais faite pour être votre femme, par exemple à Londres ; et êtes-vous fait pour être mon mari ? Je ne le crois pas. Vous n'aimez ni Freddy ni ma mère. Il y a toujours eu beaucoup à dire contre ces fiançailles, Cecil, mais tous nos parents semblaient s'en réjouir et nous nous voyions si souvent… Je devais donc me taire jusqu'au moment… bref jusqu'au moment où tout coïnciderait. Tout a coïncidé aujourd'hui. Je vois clairement qu'il me faut parler. C'est tout.

— Je ne puis vous donner raison, dit Cecil. Ce que vous dites paraît vrai et pourtant, je ne sais pourquoi, il me semble que vous manquez de justice avec moi. C'est trop affreux.

— À quoi bon faire une scène ?

— Sans doute. Mais à coup sûr, j'ai droit à un peu plus d'explications.

Il posa son verre et ouvrit la fenêtre. De l'endroit où elle demeurait agenouillée, son trousseau de clefs tintant aux doigts, elle pouvait voir une bande du ciel nocturne et, levé vers lui comme pour en recevoir l'explication supplémentaire demandée, le long visage pensif du jeune homme.

— N'ouvrez pas la fenêtre, même vous feriez mieux de tirer le rideau ; Freddy ou quelqu'un d'autre pourrait être dans le jardin. (Il obéit.) En vérité, nous ferions mieux d'aller nous coucher. Toute explication me fera souffrir plus tard. Vous l'avez dit, c'est trop affreux et à quoi bon parler.

Sur le point de la perdre, cependant, Cecil la trouvait à chaque instant plus désirable. Pour la première fois depuis leurs fiançailles, il la regarda au lieu de regarder à travers elle. Elle cessait d'être un Leonardo pour devenir une femme vivante, avec ses mystères et ses énergies propres et des qualités que l'art même ne peut saisir. Le cerveau de Cecil se remit à fonctionner et dans un élan d'émotion sincère :

— Mais je vous aime ! s'exclama le jeune homme, et je pensais que vous m'aimiez aussi !

— Non, j'ai cru vous aimer d'abord. Je vous demande pardon, j'aurais dû refuser aussi cette dernière fois.

Il se mit à arpenter la pièce. La dignité de son attitude froissait Lucy toujours davantage. Elle avait compté sur quelque mesquinerie de sa part. La chose en eût été facilitée pour elle. Par une cruelle ironie, elle donnait une occasion de se manifester à ce qu'il avait de plus noble.

— Non, évidemment vous ne m'aimez pas. Et vous avez raison, sans doute. Mais j'en souffrirais un peu moins si je savais pourquoi.

— Parce que… (Une phrase lui vint à l'esprit qu'elle adopta :) Parce que vous êtes de ces gens qui ne peuvent être intimes avec personne.

Il eut un regard horrifié.

— Non, ce n'est pas exactement ce que je voulais dire. Mais vous persistez à me questionner, malgré ma prière, et il me faut bien répondre quelque chose. C'est plus ou moins cela. Quand nous n'étions que des connaissances, vous me permettiez d'être moi-même ; maintenant vous ne cessez de me protéger ! (Sa voix s'enfla :) Je refuse d'être protégée. Je veux choisir moi-même ce qui est bon ou féminin. Votre protection m'insulte. Suis-je trop faible pour voir la vérité en face ? Ne dois-je la connaître qu'à travers vous et d'occasion ? Oh ! la place d'une femme ! Vous méprisez ma mère – ne protestez pas ! – pour ses préjugés et l'importance qu'ont les puddings dans sa conversation ; mais grand Dieu ! (elle se remit sur ses pieds) des préjugés, Cecil, vous en avez, car vous pouvez bien comprendre les belles choses mais pas la façon de vous en servir. Ainsi, vous vous drapez dans l'art, la pensée, la musique et vous voudriez bien m'y draper aussi. Je ne me laisserai pas étouffer par la plus magnifique des musiques, les gens sont plus magnifiques encore et vous me les cachez. Voilà pourquoi je romps nos fiançailles. Vous étiez parfait tant qu'il s'agissait de choses, mais quand il s'est agi de gens… (Elle s'arrêta.)

Il y eut un silence. Puis il dit, très ému :

— C'est vrai.

— C'est vrai en gros, reprit-elle, emplie d'une vague honte.

— C'est vrai mot pour mot. C'est une révélation. C'est… moi.

— Enfin, telles sont mes raisons pour ne pas devenir votre femme.

Il répéta :

— De ceux qui ne peuvent être intimes avec personne ! C'est vrai ! Je me suis effondré dès le premier jour de nos fiançailles. Je me suis conduit comme un mufle avec Beebe et votre frère. Vous êtes plus grande encore que je ne pensais. (Elle fit un pas en arrière.) Je ne vais pas vous ennuyer. Vous avez beaucoup trop de bonté pour moi. Je n'oublierai jamais la profondeur de votre compréhension ; un seul reproche, chérie, vous auriez pu m'avertir au début, avant d'être sûre que notre mariage était impossible pour vous et me donner ainsi une chance d'amélioration. Je ne vous connais vraiment que ce soir ; jusqu'ici, je n'avais fait qu'accrocher à vous, comme à un portemanteau, mes sottes idées sur ce qu'une femme doit être. Mais, ce soir, vous êtes différente, vous avez de nouvelles pensées, une voix nouvelle même.

— Qu'entendez-vous par une voix nouvelle ? demanda Lucy, envahie par une fureur qu'elle ne pouvait maîtriser.

— Je veux dire qu'une autre personne semble parler par votre bouche.

Elle perdit tout contrôle de soi et cria :

— Si vous me croyez amoureuse d'un autre vous vous trompez absolument !

— Bien sûr que non. Je vous juge autrement, Lucy.

— Si, vous le croyez. C'est votre sempiternelle idée, celle qui a toujours arrêté le progrès de l'Europe – l'idée que les femmes ne cessent de penser aux hommes. Aussitôt qu'une jeune fille rompt ses fiançailles, tout le monde s'écrie : « Oh ! elle a quelqu'un d'autre dans l'esprit ; elle espère en attraper un autre ! » C'est dégoûtant de bestialité ! Comme si une jeune fille ne pouvait pas rompre pour être libre.

Il répondit avec respect :

— J'ai pu dire cela, autrefois, je ne le dirai plus. Je suis mieux averti grâce à vous.

Elle rougit et, de nouveau, feignit de vérifier les fenêtres.

— Naturellement, il n'est pas question « d'un autre ». Je ne suis pas « abandonné » ou autre fadaise répugnante. Je vous demande très humblement pardon si mes paroles pouvaient rien suggérer de tel. Je voulais simplement dire qu'il y avait en vous une force qui ne m'avait pas été révélée jusqu'ici.

— Fort bien, Cecil, ça va. Ne vous excusez pas. C'est moi qui ai fait erreur.

— L'opposition est entre deux idéaux, le vôtre et le mien – de purs idéaux abstraits et le vôtre est le plus noble. Je suis resté ligoté par de fausses conceptions anciennes tandis que vous progressiez magnifiquement. (Sa voix se brisa.) En fait, je dois vous remercier pour ce que vous avez fait en me découvrant à moi-même tel que je suis. Oui, je vous remercie solennellement pour m'avoir révélé une vraie femme. Voulez-vous me serrer la main ?

— Bien sûr, dit Lucy en enroulant le rideau autour de son autre main. Bonne nuit, Cecil. Au revoir. C'est bien. Ne m'en veuillez pas. Vous avez été très gentil, merci.

— Voulez-vous me permettre d'allumer votre bougie ?

Ils passèrent dans le hall.

— Merci. Bonsoir encore. Dieu vous bénisse, Lucy !

— Au revoir, Cecil.

Elle suivit des yeux sa montée silencieuse. À chacun de ses pas, l'ombre de la rampe, comme une aile, frappait le visage de la jeune fille. Sur le palier, il s'arrêta, viril dans son renoncement ; il jeta vers Lucy un regard dont elle ne devait pas oublier la beauté. Au fond, et malgré toute sa culture, Cecil était un ascète : rien ne lui convenait mieux de l'amour que l'instant où il le quittait.

Elle n'épouserait personne. Dans le tumulte de son âme, cette pensée du moins demeurait ferme. Cecil lui faisait confiance ; il lui faudrait un jour devenir une de ces femmes qu'elle avait éloquemment louées et qui vivent non pour les hommes mais pour la liberté. Il lui faudrait oublier l'amour de George, oublier qu'il avait parlé à travers elle, gagné pour elle cette libération flatteuse, pour reculer enfin – vers quoi ? – vers l'ombre.

Elle éteignit la lampe.

Elle écarta toute pensée, se refusa même à sentir. Renonçant à se comprendre, elle se confondit avec cette multitude nocturne, l'armée de ceux qui, ne suivant ni l'esprit ni le cœur, marchent vers leur destin sous la bannière des mots. Elle roule, cette armée, bien des âmes charmantes ou pieuses. N'ont-elles pas reculé, cependant, devant le seul ennemi qui compte

– l'intérieur ? Elles ont péché contre la passion, contre la vérité et vaine sera leur bataille à la conquête de la vertu. Les années passent et les jugent. Charme et piété se craquellent, l'esprit devient cynique, hypocrite l'altruisme ; elles n'éprouvent plus et ne créent plus, partout, que du malaise. Elles ont péché contre Éros et contre Pallas Athénée et ces divinités alliées sont bientôt vengées de l'insulte non par l'effet de quelque intervention céleste, mais par le simple cours de la nature.

Lucy venait de les rejoindre, en prétendant devant George ne pas l'aimer, devant Cecil n'aimer personne. La nuit l'accueillit, comme trente ans auparavant elle avait reçu Miss Bartlett.

18. Elle ment à Mr Beebe, à Mrs Honeychurch, à Freddy, aux domestiques

Windy Corner n'était pas bâti sur la crête, mais quelques centaines de pieds plus bas, vers le Sud, sur l'un des contreforts supportant la colline. De chaque côté de la maison plongeaient des ravins tapissés de pins et de fougères. Au fond du creux, à gauche, la route coulait vers le Weald.

Chaque fois que Mr Beebe, franchissant la crête, contemplait ces nobles architectures terrestres avec, en équilibre au beau milieu, Windy Corner, il éclatait de rire. Autant le lieu avait grand air, autant la maison paraissait commune pour ne pas dire impertinente. Feu Mr Honeychurch avait adopté la forme cubique, qui lui donnait le plus de place pour le moins d'argent et la seule adjonction de sa veuve avait été une tourelle semblable à une corne de rhinocéros et d'où, les jours de pluie, elle pouvait voir les voitures monter et descendre sur la route. Impertinente demeure en vérité – mais sympathique tout de même, car elle était celle de gens qui, fort honnêtement, aimaient leur entourage. D'autres maisons voisines avaient été l'œuvre d'architectes coûteux ou l'objet des tourments assidus de leurs propriétaires ; elles n'en gardaient pas moins un air d'accident, une apparence passagère ; seul Windy Corner avait l'aspect inévitable d'une laideur que la nature a créée de sa main. Elle faisait rire parfois, jamais frissonner.

Mr Beebe, ce lundi après-midi, parcourait sa paroisse à bicyclette, porteur d'un petit commérage. Les Miss Alan lui avaient écrit. Contraintes de renoncer à la villa « Cissie », ces dames admirables avaient modifié leurs plans : elles iraient en Grèce.

« Puisque Florence a fait tant de bien à ma pauvre sœur, écrivait Miss Catharine, pourquoi ne pas essayer Athènes, cet hiver ? Bien sûr, Athènes semble risqué et le docteur a ordonné un pain de régime spécial. Mais, tout compte fait, nous pouvons emporter cela dans nos bagages et il ne s'agit, en somme, que de grimper d'abord dans un bateau puis dans un train. Mais y a-t-il une église anglaise ? » La lettre poursuivait : « Il est peu probable que nous dépassions Athènes ; pourtant, si vous possédiez l'adresse d'une pension vraiment confortable à Constantinople, nous vous serions reconnaissantes de nous l'indiquer. »

Une telle lettre devait réjouir Lucy et le sourire que Mr Beebe adressa à Windy Corner était en partie destiné à la jeune fille. Elle saisirait le côté drôle de la missive, sans doute même un peu de sa beauté, il le fallait bien. Oui, si dépourvue de sens pictural qu'elle fût, pour ne rien dire de l'élégance personnelle (oh ! cette robe cerise, la veille au sermon !) il fallait bien, pour jouer ainsi du piano, qu'elle perçût un peu des beautés de la vie. Mr Beebe avait sa théorie sur les musiciens : êtres étonnamment complexes, pensait-il, les musiciens savent moins que tout autre artiste ce qu'ils veulent et ce qu'ils sont ; ils déconcertent donc leurs amis et eux-mêmes ; leur psychologie, fruit d'une évolution récente, n'a pas encore été comprise. Mr Beebe aurait pu illustrer son hypothèse de nouveaux faits, si seulement il les avait connus. Mais, ignorant les événements de la veille à Windy Corner, il pédalait avec des espoirs limités : boire du thé, revoir sa nièce et observer jusqu'à quel point Miss Honeychurch serait sensible à la beauté de vieilles demoiselles rêvant d'un voyage à Athènes.

Quand le pasteur aperçut la maison, une voiture était devant la porte ; il la vit partir, remonter l'avenue puis s'arrêter de nouveau brusquement en débouchant sur la grand-route. Le cheval était donc celui qui, toujours, pour se décharger d'une fatigue, suggérait aux occupants de gravir la montée à pied. La porte du véhicule s'ouvrit avec obéissance. Deux hommes en surgirent que Mr Beebe reconnut pour être Cecil et Freddy. Drôle de couple pour une promenade ! Cependant Mr Beebe aperçut une malle à côté du cocher. Cecil portait un chapeau melon : il devait partir et Freddy, en casquette, l'accompagner à la gare. Les jeunes gens montaient d'un pas rapide en empruntant les raccourcis ; ils atteignirent donc la crête avant la voiture, encore attardée aux lacets de la route.

Ils serrèrent la main du clergyman sans un mot.

— Ainsi vous nous quittez un bout de temps ? demanda Mr Beebe.

Cecil répondit « oui » tandis que Freddy s'éloignait.

— Je venais vous montrer une lettre délicieuse de ces amies de Miss Honeychurch. (Il en lut un passage.) N'est-ce pas merveilleux de romanesque ? Je suis sûr qu'elles gagneront Constantinople. Les voilà prises inexorablement : elles finiront par faire le tour du monde !

Cecil écoutait poliment.

— Lucy, dit-il, ne manquerait pas d'être à la fois amusée et intéressée.

— Ah ! les caprices du romanesque ! Je n'en vois point de manifestation chez vous, les jeunes ; vous vous contentez de jouer au tennis en répétant que le romanesque est mort ! Cependant les Miss Alan sont aux prises avec le monstre et lui opposent toutes les armes de la décence. « Une pension vraiment confortable à Constantinople » ! Ainsi s'exprime le respect humain, mais cette pension que leurs cœurs désirent, elle ouvre, ô magie ! ses fenêtres sur d'écumantes et périlleuses mers, au pays oublié des fées ! Les Miss Alan ne se contenteront pas d'une vue ordinaire : c'est la Pension Keats qu'elles veulent.

— Pardonnez-moi de vous interrompre Mr Beebe, coupa Freddy, avez-vous des allumettes ?

— J'en ai, moi, intervint Cecil. Il parlait à Freddy avec plus de bienveillance que d'habitude et Mr Beebe ne manqua pas de l'observer.

— Vous n'avez jamais rencontré les Miss Alan, Mr Vyse ?

— Jamais.

— Alors le merveilleux de cette visite à la Grèce vous échappe. La Grèce m'est inconnue, je n'ai pas l'intention d'y aller et n'imagine pas même un seul de mes amis partant pour ce voyage. C'est trop de grandeur pour notre petitesse. N'êtes-vous pas de cet avis ? L'Italie marque la limite de nos forces. L'Italie est héroïque, la Grèce est divine ou démoniaque, je ne sais, en tout cas parfaitement étrangère à notre vision mesquine. Ça va, Freddy, je ne fais pas l'intellectuel, je vous jure que j'ai pris l'idée chez un autre. Passez-moi les allumettes, après usage. (Ayant allumé une cigarette, Mr Beebe poursuivit :) Je disais donc : s'il faut un fond à nos petites vies de banlieusards, eh bien, en toute conscience, les dimensions de l'Italie suffisent. Je me contenterai, personnellement, du plafond de la Sixtine. Le contraste avec mon premier plan est tout ce que je puis embrasser. Quant au Parthénon, quant à la frise de Phidias, non, à aucun prix ; et voilà la victoria.

— Vous avez raison, dit Cecil. La Grèce n'est pas faite pour nous. (Et il monta dans la voiture.)

Freddy suivit avec un signe de tête amical : Beebe n'était pas homme à se payer votre tête. Mais la voiture n'avait pas fait dix mètres qu'il en dégringola.

— La boîte d'allumettes de Mr Vyse, réclama-t-il. (En la prenant, il murmura :) Vous avez parlé littérature, par bonheur ! Cecil a reçu un coup dur. Lucy vient de rompre. Si vous aviez continué à parler d'elle, il ne l'aurait peut-être pas supporté.

— Mais quand…

— Tard, hier soir. Il me faut filer.

— Je vais peut-être mal tomber…

— Non – allez-y. Au revoir.

« Dieu soit loué ! » songea Mr Beebe avec une petite tape approbatrice sur la selle de son vélo. « C'était la seule bêtise que Lucy eût jamais faite. Magnifique débarras ! » Il réfléchit puis, le cœur léger, dévala prestement jusqu'à Windy Corner. La maison était redevenue elle-même – à jamais coupée du monde prétentieux de Cecil.

Miss Minnie, apprit-il, était au fond du jardin.

Dans le salon, Lucy faisait carillonner une sonate de Mozart. Mr Beebe hésita puis, obéissant à l'indication donnée, gagna le bas de la pelouse. Las ! le jardin était en deuil. Les rafales de vent avaient brisé les dahlias. Une Mrs Honeychurch renfrognée les rattachait à des tuteurs ; Miss Bartlett, trop habillée pour la circonstance, l'en empêchait par ses offres de service. À quelques pas de là, Minnie et l'« aide-jardinière », adjonction microscopique, tenaient gravement, chacune par un bout, un long ruban de raphia.

— Oh ! comment allez-vous, Mr Beebe ? Quel pétrin, Seigneur, l'existence ! Voyez tous mes pompons rouges par terre et le vent qui m'entortille la robe ; et la terre si dure que pas un tuteur n'y tient ! Comme bouquet, naturellement, la voiture part au moment où j'aurais le plus besoin de Powel, lequel, rendons-lui cette justice, sait au moins attacher des dahlias.

De toute évidence, Mrs Honeychurch était secouée.

— Comment allez-vous ? dit Miss Bartlett avec un regard lourd de sens : le vent d'automne n'avait pas brisé que les dahlias.

— Lennie, le raphia, cria Mrs Honeychurch.

Ignorant ce qu'est le raphia et saisie d'horreur, l'aide-jardinière demeura les pieds enracinés dans l'allée. Minnie, se glissant vers son oncle, lui murmura à l'oreille : tout le monde était désagréable aujourd'hui et à qui la faute si le raphia se coupe en long, pas en travers ?

— Viens te promener avec moi, dit-il. Tu as dû mettre leurs nerfs à trop rude épreuve. Mrs Honeychurch, je suis venu ici sans raison particulière. Je vais, si vous le permettez, emmener Minnie prendre le thé à l'auberge.

— Faut-il vraiment ? Eh bien, faites. Je vous prie, Charlotte, pas les ciseaux quand j'ai déjà les deux mains pleines. Je suis sûre que le cactus orange ne résistera pas jusqu'à mon arrivée.

Mr Beebe, expert à sauver les situations, convia Miss Bartlett à ces faibles agapes.

— Oui, Charlotte, je n'ai pas besoin de vous. Allez-y ; rien n'exige votre présence dans la maison ou au-dehors.

Le devoir, jugea Miss Bartlett, l'attachait à la corbeille de dahlias ; elle refusa donc, exaspérant tout le monde sauf Minnie et, soudain, exaspéra Minnie en acceptant. À peine avaient-ils remonté l'allée que le cactus orange s'abattit : ainsi la dernière vision qu'emporta Mr Beebe fut celle de l'aide-jardinière renversée à son tour sur l'arbuste et l'étreignant comme une amante, sa tête brune enfouie dans un écroulement de fleurs.

— Terrible, cette tempête au jardin, dit le clergyman.

— Il est toujours terrible de voir la promesse de plusieurs mois ruinée en un instant, énonça Miss Bartlett.

— Nous devrions peut-être envoyer Miss Honeychurch auprès de sa mère. À moins qu'elle ne vienne avec nous ?

— Mieux vaut, je pense, la laisser à elle-même et à ses travaux.

— Ils sont en colère contre Miss Honeychurch, murmura Minnie, parce qu'elle est arrivée en retard au petit déjeuner. Mr Floyd est parti, Mr Vyse est parti et Freddy ne veut pas jouer avec moi. Vraiment, oncle Arthur, la maison n'est plus *du tout* la même qu'hier.

— Ne sois pas sotte, dit l'oncle Arthur, et va mettre tes bottines.

Il franchit le seuil du salon où rien ne semblait pouvoir détourner Lucy des sonates de Mozart. À son entrée, elle s'arrêta.

— Comment allez-vous ? J'emmène Miss Bartlett et Minnie prendre le thé à l'auberge. Viendrez-vous aussi ?

— Je ne pense pas. Merci.

— J'imaginais bien que vous ne seriez pas tentée.

Lucy se retourna vers le piano et frappa quelques accords.

— Exquises, ces sonates, dit Mr Beebe qui, dans le secret de son cœur, jugeait tout autrement : de petites niaiseries en somme.

Lucy passa à Schumann.

— Miss Honeychurch !

— Oui.

— Je les ai rencontrés sur la crête. Votre frère m'a dit.

— Ah !

Le ton fut celui du mécontentement. Mr Beebe se sentit blessé, il avait pensé qu'elle aimerait, au contraire, le savoir au courant.

— Inutile de vous dire que je garderai la chose pour moi.

— Maman, Charlotte, Cecil, Freddy, vous ! À chaque nom de ceux qui savaient, elle avait frappé une note ; elle en ajouta une sixième.

— Si vous me permettez d'exprimer mon sentiment, je vous dirai que j'en suis fort heureux ; vous avez fait ce qu'il fallait faire, j'en suis sûr.

— J'espérais que les autres partageraient cet avis, ils n'en ont pas l'air.

— J'ai perçu la désapprobation de Miss Bartlett.

— Maman a la même réaction. Maman est très affectée.

— Ah ! je le regrette beaucoup, dit Mr Beebe avec émotion.

Mrs Honeychurch détestait les changements : elle avait donc été affectée, sans doute, mais passagèrement et beaucoup moins que ne le prétendait sa fille. C'était là une ruse de Lucy pour justifier son propre abattement – ruse inconsciente d'ailleurs, puisqu'elle avait accepté la marche dans la nuit avec la multitude.

— Freddy aussi est ennuyé.

— Mais comment – Freddy n'a jamais « collé » avec Vyse, n'est-ce pas ? J'avais senti chez lui une désapprobation de ces fiançailles et la peur qu'elles ne vous séparent de lui.

— Les garçons sont bizarres.

Là-haut, à travers le plancher, on pouvait entendre Minnie discuter avec Miss Bartlett ; le thé à l'auberge exigeait, semblait-il, un changement complet d'appareil. Comme on devait s'y attendre, Lucy ne tenait pas à commenter sa décision, ainsi Mr Beebe, après l'expression d'une sympathie sincère, déclara :

— J'ai reçu de Miss Alan une lettre absurde : c'est en fait ce qui m'a incité à venir vous voir. J'ai pensé qu'elle vous divertirait tous.

— Ah ! quel bonheur, dit Lucy sans conviction.

Pour passer au moins le temps, il se mit à lire la lettre. Aux premiers mots, l'intérêt s'éveilla dans les yeux de Lucy et bientôt elle interrompit :

— En voyage ? Quand partent-elles ?

— La semaine prochaine, semble-t-il.

— Freddy vous a-t-il dit s'il reviendrait tout de suite ?

— Non.

— J'espère qu'il ne va pas bavarder en route.

Elle désirait donc parler de ses fiançailles rompues. Toujours conciliant, Mr Beebe replia la lettre. Elle s'exclama :

— Mais non, continuez l'histoire des Miss Alan ! Ainsi les voilà qui partent ; magnifique de leur part !

— Je leur conseille de passer par Venise et de descendre en cargo le long de la côte Illyrienne !

Elle rit de tout son cœur :

— Oh ! quel rêve ! Si elles pouvaient m'emmener !

— Auriez-vous attrapé en Italie la fièvre des voyages ? George Emerson a peut-être raison : l'Italie, d'après lui, n'est qu'un nom du Destin.

— L'Italie, non – Constantinople. J'ai toujours eu une envie folle d'aller jusqu'à Constantinople. Constantinople, c'est déjà l'Asie, n'est-ce pas ?

Oui, mais Constantinople restait improbable, fit observer Mr Beebe, les visées des Miss Alan, pour l'instant, ne dépassaient pas Athènes, « Delphes peut-être, si les routes sont sûres ». L'enthousiasme de la jeune fille n'en parut pas refroidi, au contraire elle avait toujours eu une envie encore plus folle d'aller en Grèce. À sa grande surprise, Mr Beebe s'avisa qu'elle parlait sérieusement.

— Je ne vous croyais pas en si bons termes avec les Miss Alan, après l'histoire de la villa « Cissie ».

— Oh ! sans importance ; la villa « Cissie n'a aucune importance pour moi, je vous assure. Je donnerais n'importe quoi pour les accompagner.

— Votre mère consentirait-elle à se séparer de vous si tôt ? Vous êtes à la maison depuis trois mois à peine.

— Il *faut* qu'elle se sépare de moi ! cria Lucy avec une excitation croissante. Il *faut* absolument que je m'en aille. Il le faut. (Nerveusement, elle fourragea sa chevelure.) Ne voyez-vous pas qu'il me *faut* partir ? Je le comprends enfin – d'ailleurs c'est vrai, j'ai grande envie de voir Constantinople.

— Voulez-vous dire que depuis la rupture de vos fiançailles vous vous sentez…

— Oui, oui. Je savais que vous comprendriez.

Mr Beebe ne comprenait pas très bien : qui empêchait Miss Honeychurch de se reposer dans le sein de sa famille ? De toute évidence, Cecil ayant opté pour l'attitude digne ne lui causerait pas d'ennuis. Soudain une idée lui vint : les ennuis pouvaient provenir de la famille. Il en fit la suggestion, on l'adopta avec enthousiasme.

— Voilà, vous y êtes ; le temps d'aller à Constantinople, ils s'habitueront et la paix reviendra.

— Ça n'a pas été tout seul, à ce que je crois comprendre, dit-il doucement.

— Vous vous trompez. Cecil s'est montré vraiment très gentil. Autant vaut que vous sachiez tout maintenant : l'unique motif de notre rupture fut son goût de dominer. J'ai vu qu'il ne me laisserait pas libre de suivre mon propre chemin. Il voulait corriger en moi des défauts incorrigibles. Cecil ne laissera jamais une femme décider de ce qui l'intéresse – en fait, il n'ose pas. Je dis des bêtises, je sais, mais enfin c'est à peu près ça.

— Vous avez raison, mes conclusions sont les mêmes : ce que j'ai observé de Mr Vyse et tout ce que je sais de vous les confirment. Je me sens très profondément et affectueusement d'accord avec vous. Tellement d'accord que vous me permettrez une petite critique : cela vaut-il de fuir précipitamment en Grèce ?

— Il faut bien aller quelque part, cria-t-elle, où ? Je me le suis demandé tout le matin et voilà précisément la réponse. (Elle se frappa le genou de son poing fermé.) Il le faut ! Mais je sais que maman va mal le prendre : tout l'argent d'ailleurs qu'elle a dépensé pour moi ce printemps ! Vous avez tous de moi une opinion trop haute. Je voudrais qu'on fût moins gentil. (Miss Bartlett entra. La nervosité de Lucy s'en accrut :) En tout cas, il me faut partir, savoir ce que je veux, trouver mon chemin.

— Venez ; du thé, du thé, du thé, dit Mr Beebe en poussant ses invitées vers la porte. Il mit tant de hâte à les pousser qu'il en oublia son chapeau. Il revint donc sur ses pas : une nouvelle sonate de Mozart carillonnait. Mr Beebe en conçut un étonnement soulagé.

— Elle s'est remise à jouer, dit-il à Miss Bartlett.

— Lucy peut jouer en toute circonstance, répondit-on sans aménité.

— Il est heureux qu'elle ait de telles ressources. Elle est évidemment très angoissée. Rien de plus naturel d'ailleurs. Je sais tout. Le mariage était si proche : elle a dû lutter durement pour se contraindre à le rompre.

Au tortillement de Miss Bartlett, Mr Beebe vit qu'on allait discuter. Il n'avait jamais sondé les profondeurs de Miss Bartlett. Et comme il l'avait noté à Florence, « elle pouvait en révéler de nouvelles, riches d'étrangeté sinon de sens ». En tout cas, admit-il, la discussion avec elle n'offrait pas d'inconvénients : elle était trop glacée pour bavarder à tort et à travers. Minnie, par bonheur, cueillait des fougères.

Miss Bartlett ouvrit le feu :

— Nous ferions mieux de laisser tomber la chose.

— Je n'en suis pas si sûr.

— Dans la situation présente, le secret est d'une importance suprême : des commérages dans Summer Street sur le renvoi de Mr Vyse seraient *mortels*.

Mr Beebe leva les sourcils. Mortels était beaucoup dire, trop dire, à coup sûr. Il n'y avait pas eu drame.

— Miss Honeychurch doit rester libre de rendre la rupture publique à l'instant qu'elle choisira : cela va de soi. Freddy, qui m'en a parlé, savait que sa sœur n'y verrait aucun inconvénient.

— Je sais, dit poliment Miss Bartlett. Pourtant Freddy aurait dû se taire, même avec vous. On ne saurait être trop prudent.

— En effet.

— J'insiste sur un secret absolu, c'est une prière instante. Un mot dit par hasard à un ami qui le répète et...

— Très juste.

Il avait l'habitude de ces vieilles filles nerveuses et de l'importance exagérée qu'elles accordent aux on-dit. Un pasteur vit dans une toile d'araignée tissée de secrets minuscules, de confidences et d'avertissements : plus il a de sagesse, moins il y prend garde. Il change plutôt de sujet, ainsi fit gaiement Mr Beebe.

— Avez-vous eu des nouvelles récentes du cercle Bertolini ? Vous êtes restée en relation avec Miss Lavish, je crois. Curieuse, l'influence qu'a gardée sur la vie de chacun cette réunion du pur hasard. Deux, trois, six personnes du groupe – non, huit, j'oubliais les Emerson – ont gardé le contact. Nous devrions vraiment offrir à la Signora un témoignage de reconnaissance.

L'idée ne paraissant pas enchanter Miss Bartlett, ils gravirent la côte en silence. De temps à autre seulement, le pasteur nommait une fougère. Ils firent halte au sommet. Depuis que Mr Beebe s'était arrêté là, une heure auparavant, le ciel était devenu plus sauvage et donnait à la terre une grandeur tragique, rare dans le Surrey. Une charge de nuages gris culbutait en chemin des blancheurs cotonneuses qui s'étiraient, s'effilochaient, se déchiraient enfin pour laisser transparaître à travers un ultime voile un peu d'azur luisant, vite étouffé. Le vent grondait, les arbres gémissaient. Ces bruits pourtant paraissaient hors de proportion avec l'ampleur des événements célestes. Une brèche, là-haut, menaçait, allait s'ouvrir, s'ouvrait ; devant ces sortes de convulsions, c'est le sentiment d'une crise plutôt que le goût du surnaturel qui suggère l'image de salves angéliques. Le regard de Mr Beebe se posa sur Windy Corner, où Lucy étudiait Mozart. Aucun sourire ne lui vint aux lèvres ; changeant encore de sujet, il dit :

— Nous n'aurons pas la pluie, mais nous aurons l'obscurité, dépêchons-nous. La nuit dernière était sombre à faire peur.

Ils atteignirent l'auberge vers cinq heures. Cet aimable établissement à l'enseigne de la « Ruche à Miel » possède une terrasse, adorée des jeunes et des fols ; les personnes mieux averties se réfugient, au contraire, dans une charmante pièce sablée où elles boivent leur thé confortablement devant de vraies tables. Mr Beebe s'avisa que Miss Bartlett aurait froid à l'extérieur cependant que Minnie s'ennuierait à l'intérieur ; il proposa donc une division des forces. On servirait l'enfant par la fenêtre. Incidemment la combinaison permettrait à Mr Beebe de discuter des heurs et malheurs de Lucy.

— J'ai réfléchi, Miss Bartlett, dit-il, et sauf objection absolue de votre part, j'aimerais revenir sur ce sujet.

Elle s'inclina.

— Laissons le passé. Je le connais mal et il me préoccupe peu ; je ne doute pas une seconde qu'il ne soit tout à l'honneur de votre jeune cousine. Elle a bien et noblement agi : sa charmante modestie seule lui fait penser que nous avons d'elle une opinion trop haute. Mais l'avenir. Sérieusement, que pensez-vous du projet de voyage en Grèce ? (De nouveau il sortit sa lettre.) Je ne sais si vous avez pu entendre, mais elle a l'intention de partager les douces folies des Miss Alan. C'est vraiment… je ne sais comment dire… mais ça ne va pas.

Miss Bartlett lut la lettre en silence, la posa, parut hésiter et la relut.

— Je ne vois pas, dit-il, où cela mène.

À son grand étonnement, elle répliqua :

— Je ne puis partager votre avis sur ce point. J'entrevois au contraire dans ce départ le salut de Lucy.

— Ah ! ah ! Pourquoi ?

— Elle désirait quitter Windy Corner.

— Je sais – mais un tel désir lui ressemble si peu, il paraît si étrange, j'allais presque dire si égoïste.

— Je trouve naturel, pour moi, qu'après des scènes aussi pénibles, elle souhaite un changement quelconque.

La question paraissait de celles dont l'acuité échappera toujours à un intellectuel mâle. Mr Beebe s'exclama :

— Juste ce qu'elle dit ! Et puisqu'une autre dame l'approuve, je dois m'avouer à moitié convaincu. Admettons qu'elle ait besoin d'un changement. Je n'ai ni sœur ni… et ces choses-là me dépassent. Mais qu'a-t-elle besoin d'aller jusqu'en Grèce ?

— La question se pose, en effet, répliqua Miss Bartlett. (Évidemment intéressée, elle avait presque renoncé à ses manières évasives.) Pourquoi la Grèce ? – Quoi donc, Minnie chérie ? de la confiture ? – Pourquoi pas Tunbridge Wells ? Oh ! Mr Beebe, j'ai eu ce matin avec cette chère Lucy une longue et peu satisfaisante conversation. Je ne peux lui être d'aucun secours. Je n'en dirai pas davantage. Peut-être en ai-je même trop dit. Je ne dois pas parler – c'est un point sur lequel elle manifeste presque de l'amertume. Je ne dois pas parler. Je lui ai offert de venir passer six mois à Tunbridge Wells, chez moi, et elle a refusé.

De la pointe de son couteau, Mr Beebe piqua une miette.

— Mais qu'importent mes sentiments ? Je sais trop bien que j'agace Lucy. Notre voyage a été un échec. Elle a voulu quitter Florence et ne s'est pas mieux trouvée à Rome. Cependant l'idée que je dépensais l'argent de sa mère ne me quittait pas…

— Tenons-nous en à l'avenir, interrompit Mr Beebe. Je désire votre avis.

— Très bien, dit Charlotte avec cette décision accablante que Mr Beebe ignorait encore, bien qu'elle fût familière à Lucy. Personnellement, je l'aiderai à partir pour la Grèce. Et vous ?

Mr Beebe la considéra.

— C'est absolument nécessaire, poursuivit-elle ; elle avait abaissé sa voilette et murmurait ces mots avec une passion et une intensité qui surprirent le pasteur. Je sais – je *sais*. (L'ombre gagnait la pièce ; il eut le sentiment que cette étrange femme savait vraiment.) Lucy ne doit pas rester un instant de plus et nous devons nous taire jusqu'à son départ. J'espère que les domestiques ne savent rien. Après – mais j'en ai peut-être déjà trop dit. Lucy et moi, sans aide, ne pouvons rien contre Mrs Honeychurch. Avec votre secours, la réussite devient possible. Autrement…

— Autrement ?

— Autrement, répéta-t-elle comme si le mot se suffisait.

— Bon, je l'aiderai, dit le clergyman en durcissant sa mâchoire. Retournons maintenant et réglons cela.

La gratitude de Miss Bartlett explosa en fioritures. Pendant qu'elle le remerciait, l'enseigne de l'auberge – une ruche fanfreluchée d'abeilles – grinçait dans le vent. Mr Beebe comprenait mal, d'ailleurs désirait-il comprendre ? Un esprit moins fin se fût aiguillé vers la solution : « Un autre homme. » Mr Beebe reculait, se contentant de flairer quelque vague influence connue de Miss Bartlett, exercée sur Lucy contre son gré et qui pouvait bien avoir revêtu une enveloppe charnelle. Ce vague même piquait Mr Beebe à jouer les chevaliers errants. Sa foi en le célibat, si pudique, si soigneusement enfouie sous une couche de tolérance et de culture, perçait maintenant à l'air libre et s'y épanouissait comme une fleur délicate. « Ceux qui se marient font bien, ceux qui s'abstiennent font mieux ! » Telle était sa croyance intime et il n'apprenait jamais une rupture de fiançailles sans un certain plaisir. Dans le cas de Lucy, ce sentiment était aiguisé par une aversion pour Cecil ; il était donc disposé à faire davantage encore pour permettre à la vierge d'attendre en lieu sûr la confirmation de ses vœux. Ce sentiment était subtil, nullement dogmatique ; celui qui l'éprouvait n'en fit confidence à aucun des autres personnages du drame. Il n'en existait pas moins et peut seul expliquer, dans la suite, l'action de Mr Beebe et son influence sur l'action d'autrui. Le pacte conclu avec Miss Bartlett dans l'auberge devait aider Lucy, sans doute, mais servir aussi la religion.

En hâte, ils regagnèrent la maison à travers un monde noir et gris. La conversation fluctua : franche utilité pour les Emerson d'une femme de ménage – domestiques – domestiques italiens – romans sur l'Italie – romans à thèse – la littérature peut-elle influer sur la vie ? Windy Corner brilla au loin. Dans le jardin, Mrs Honeychurch, maintenant aidée par Freddy, luttait encore pour la vie de ses fleurs.

— On n'y voit plus assez, dit-elle au désespoir. L'erreur est de toujours remettre. Nous aurions dû savoir que le temps se gâterait d'un seul coup ; et Lucy maintenant qui veut partir pour la Grèce ! Je ne sais vraiment où nous allons.

— Mrs Honeychurch, dit Mr Beebe, ce voyage est nécessaire. Rentrons pour en parler sérieusement. Et d'abord êtes-vous ennuyée de cette rupture ?

— Mr Beebe, je rends grâces au Ciel – tout simplement.

— Moi aussi, dit Freddy.

— Bon. Et maintenant, rentrons.

Une demi-heure, ils tinrent conseil dans la salle à manger.

Seule, Lucy n'eût pas gagné la bataille de Grèce. Ce voyage était coûteux, il était dramatique – deux qualités dont Mrs Honeychurch avait horreur. Charlotte n'eût pas mieux réussi. Mr Beebe eut donc les honneurs de la journée. Son tact, son sens commun, son influence de clergyman, (car un clergyman qui n'était pas sot avait sur Mrs Honeychurch une grande influence) firent fléchir toutes les résistances.

— Pourquoi la Grèce ? dit-elle. Je n'en vois pas la nécessité ; mais vous la voyez : elle existe donc. Admettons que cela dépasse mon entendement. Lucy ! Disons-le lui. Lucy !

— Elle joue du piano, dit Mr Beebe. Ouvrant la porte, il entendit les mots d'une chanson :

Détourne ton regard des belles.

— Je ne savais pas que Miss Honeychurch chantât aussi.

Reste en paix quand les rois arment,
Laisse la coupe où le vin brille…

— C'est une chanson que Cecil lui a donnée. Les jeunes filles sont étranges !

Lucy s'arrêta net.

— Qu'y a-t-il ?

— Rien que de bien, chérie, dit avec bonté Mrs Honeychurch.

Elle entra dans le salon et embrassa sa fille. Puis Mr Beebe l'entendit qui disait :

— Pardonne-moi si j'ai mal reçu ta Grèce, mais elle arrivait par-dessus les dahlias.

La réponse fut prononcée d'une voix dure :

— Merci, cela n'avait pas d'importance.

— Et tu avais raison de… enfin, la Grèce fera très bien. Tu peux accompagner les Miss Alan, si elles te veulent.

— Oh ! magnifique ! Oh ! merci !

Mr Beebe entra à son tour ; Lucy demeurait assise au piano, les mains sur les touches – joyeuse, certes ; mais il aurait attendu plus de joie. La mère de Lucy restait penchée vers elle. À demi couché aux pieds de la jeune fille et la tête contre sa jupe, Freddy, à qui la chanson était destinée, écoutait, une pipe éteinte aux dents. On peut s'en étonner, mais le groupe était beau. Mr Beebe, qui aimait l'art du temps passé, évoqua l'un de ses thèmes favoris, cette *Santa Conversazione* réunissant pour un noble commerce des personnages affectueux – comme ce thème ne comporte ni sensualité ni recherche de sensations, notre art moderne l'ignore. Pourquoi se marier ou partir en voyage avec de tels amis chez soi ?

Laisse la coupe où le vin brille,
Ne parle pas quand les hommes écoutent.

poursuivit-elle.

— Mr Beebe est là.

— Mr Beebe connaît mon impolitesse.

— C'est une belle chanson, et très sage, dit-il, continuez.

— Pas très bonne, répliqua-t-elle distraitement, pourquoi, je ne sais plus – l'harmonie ou autre chose.

— J'ai soupçonné un manque de science. C'est si beau !

— L'air n'est pas mal, observa Freddy ; mais les paroles me dégoûtent. Pourquoi jeter l'éponge ?

— Que tu es bête ! dit sa sœur.

La *Santa Conversazione* était rompue. Après tout pourquoi Lucy devrait-elle parler de la Grèce ou le remercier d'avoir convaincu sa mère ? Mr Beebe se retira donc.

Freddy l'accompagna. Tout en allumant pour lui la lampe du vélo, sous le porche, il dit avec son bonheur ordinaire d'expression :

— Voilà une journée qui compte pour deux.

Bouche tes oreilles à qui chante…

Restez une minute, elle finit.

Devant l'or arrête tes doigts ;
Cœur vide, main vide et vide regard…
Sont une calme et vivante mort.

J'adore ce temps, déclara Freddy.

Mr Beebe s'y enfonça.

Deux grands faits étaient clairs : elle s'était magnifiquement conduite et il l'avait aidée. Rien d'étonnant si les détails échappaient. Dans ce bouleversement d'une vie de jeune fille, certains points, çà et là, pouvaient demeurer inquiétants ou énigmatiques, l'ensemble méritait approbation : elle avait choisi la meilleure voie.

Cœur vide, main vide et vide regard…

Sans doute la chanson indiquait-elle cette « Meilleure voie » avec quelque exagération. L'accompagnement qu'il entendait encore s'élever à travers la bourrasque semblait partager sur ce point l'avis de Freddy. Son commentaire adorait les paroles mais doucement les critiquait :

Cœur vide, main vide et vide regard.
Sont une calme et vivante mort.

En tout cas… Pour la première fois en ce jour, Windy Corner apparut à Mr Beebe en équilibre au-dessous de lui et semblable, ce soir, à un phare dans la houle grondante des ténèbres.

19. Elle ment à Mr Emerson

Les Miss Alan étaient au nid : un hôtel pour tempérants proche de Bloomsbury – ce lieu propre et sans air, apprécié de la province anglaise, constituant pour elles un perchoir idéal avant les traversées océanes. Pendant une semaine ou deux elles se tourmenteraient avec douceur, accumulant habits, guides, carrés imperméables, pains de régime et autres exigences continentales. Qu'il existât des boutiques à l'étranger, et jusqu'à Athènes, était une idée qui ne les avait jamais effleurées, les voyages demeurant pour elles une espèce particulière de guerre où l'on ne saurait se risquer que muni de l'équipement complet des magasins de Haymarket. Miss Honeychurch, elles n'en doutaient pas, se munirait de tout le nécessaire ; on trouvait maintenant de la quinine en comprimés et le papier-savon s'était révélé d'un secours prodigieux pour se rafraîchir le visage dans le train. Un peu découragée, Lucy promit.

— Mais naturellement vous connaissez tout cela ; d'ailleurs vous avez Mr Vyse : un tel appui !

Mrs Honeychurch, qui avait accompagné sa fille à Londres, tambourina nerveusement sur son porte-cartes.

— Mr Vyse est vraiment très bon de consentir ainsi à se priver de vous, poursuivit Miss Catharine. Peu de jeunes gens feraient preuve d'un tel altruisme. Peut-être viendra-t-il vous rejoindre plus tard ?

— À moins que son travail ne le retienne à Londres ? dit Miss Teresa, la plus futée des deux et la moins bienveillante.

— En tout cas, nous le verrons pour votre départ. J'ai tant envie de le rencontrer !

— Personne n'accompagnera Lucy au départ, dit Mrs Honeychurch, elle n'aime pas cela.

— Oui, je déteste les adieux sur le quai, appuya Lucy.

— Vraiment ? Comme c'est drôle ! Dans ce cas, pourtant, j'aurais cru…

— Oh ! Mrs Honeychurch, vous nous quittez déjà ? Nous sommes si heureuses d'avoir fait votre connaissance ! »

Elles s'esquivèrent :

— Ça va, fit Lucy soulagée. Nous avons juste échappé pour cette fois.

Mais sa mère était ennuyée :

— Je vais être accusée de froideur. Franchement, je ne vois pas ce qui t'a empêchée de mettre tes amies au courant pour en finir une bonne fois. Pendant toute cette visite il a fallu nous dérober, mentir presque, sans réussir à faire illusion, j'ose le dire, ce qui est fort désagréable.

Lucy ne manquait pas d'arguments pour répondre. Elle traça le portrait des Miss Alan : de vraies commères. Il eût suffi de leur dire un mot pour que le monde entier fût averti instantanément.

— Mais pourquoi le monde entier n'en serait-il pas averti instantanément ?

— Parce que j'ai convenu avec Cecil de ne rendre la chose publique qu'après mon départ d'Angleterre. Je l'annoncerai alors aux Miss Alan. Ce sera beaucoup mieux. Comme il pleut ! Entrons ici.

« Ici » était le British Museum. Mrs Honeychurch refusa. S'il fallait s'abriter quelque part, que ce fût dans un magasin. Lucy ressentit un peu de mépris : mettant le cap sur la sculpture grecque, elle avait en effet déjà emprunté à Mr Beebe un dictionnaire mythologique pour s'y familiariser avec les noms des déesses et des dieux.

— Va pour un magasin, donc. Entrons chez Mudie's, j'y achèterai un guide.

— Vois-tu, Lucy, Charlotte, Mr Beebe et toi m'accusez tous d'être stupide, et je veux bien vous croire, mais je ne comprendrai jamais rien à votre espèce de diplomatie secrète. Tu t'es débarrassée de Cecil. Parfait. Fâchée d'abord, je remercie le Ciel pour son départ. Mais pourquoi ne pas l'annoncer ? Pourquoi ce mystère et ces allures de conspirateurs ?

— C'est l'affaire de quelques jours.

— Mais pourquoi un seul jour ?

Lucy garda le silence. Entre elle et sa mère la distance s'accentuait. Il eût été facile de dire : « Parce que George Emerson m'a ennuyée de ses poursuites et qu'il pourrait recommencer en apprenant que j'ai lâché Cecil » – très facile, en effet, avec, incidemment, l'avantage d'être vrai. Mais cela, elle ne pouvait le dire. Elle avait horreur des confidences qui risquaient de conduire à la connaissance de soi et à cette reine des peurs – la lumière. Depuis le soir de Florence, elle jugeait peu sage de livrer son âme.

Mrs Honeychurch se taisait aussi. Elle pensait : « Ma fille refuse de me répondre : elle préfère la compagnie de ces vieilles filles trop curieuses à celle de Freddy et à la mienne. N'importe quel fond de tiroir lui convient pourvu qu'elle quitte la maison. » Et comme, de son côté, les pensées ne demeuraient pas longtemps secrètes, elle explosa :

— Tu es fatiguée de Windy Corner.

Rien de plus vrai. Libérée de Cecil, Lucy avait bien désiré retrouver Windy Corner. Elle avait découvert alors que son *home* n'existait plus. Freddy pouvait encore s'y sentir chez lui parce qu'il vivait et pensait droit – elle, avait elle-même faussé son esprit et ne pouvait se l'avouer, l'esprit devant nécessairement participer à cette opération introduisait l'erreur dans ses instruments. La jeune fille sentait seulement : « Je n'aime pas George ; j'ai rompu mes fiançailles parce que je n'aimais pas George ; il me faut partir pour la Grèce parce que je n'aime pas George ; il est plus important pour moi de feuilleter les dictionnaires mythologiques que d'aider ma mère ; tout le monde autour de moi est méchant. » Elle ne ressentait qu'une irritation explosive avec le désir anxieux de ne pas faire ce qu'on attendait d'elle. C'est dans cet esprit qu'elle poursuivit la conversation.

— Oh ! maman, quelle absurdité ! Comment serais-je fatiguée de Windy Corner ?

— Dans ce cas tu pouvais le dire tout de suite au lieu de réfléchir une demi-heure.

Lucy rit sans conviction :

— Disons plutôt une demi-minute.

— C'est peut-être quitter la maison que tu veux ?

— Chut, maman, on va nous entendre ! (Car elles étaient rentrées chez Mudie's. La jeune fille acheta un Baedeker puis reprit :) Naturellement j'aime vivre à la maison mais puisque nous sommes sur ce sujet, autant dire qu'à l'avenir je m'absenterai plus souvent. J'entre en possession de mon argent l'an prochain, alors...

Des larmes montèrent aux yeux de sa mère.

Poussée par un égarement mal défini, semblable à ce qu'on nomme « excentricité » chez des personnes plus âgées, Lucy résolut de bien s'expliquer sur ce point :

— J'ai si peu vu le monde ! En Italie, je me sentais étrangère au jeu. Je connais si peu de la vie ! Il faudrait venir plus souvent à Londres – non pas avec un aller-retour, comme aujourd'hui, mais pour y rester. Je pourrais même quelque temps partager un appartement avec une autre jeune fille.

Mrs Honeychurch explosa :

— Je vois le genre ; on a sa clef ; on tripote des machines à écrire ; on manifeste ; on hurle ; la police vous emporte. Et l'on parle de sa Mission – quand personne ne vous réclame ! – de son Devoir – quand tout simplement on fuit sa maison – de son Travail – quand les hommes meurent de faim et se battent pour une place ! – Tout ça pour faire sa malle et décamper à l'étranger avec deux vieilles filles gâteuses.

— J'ai besoin de plus de liberté, dit piètrement Lucy.

Elle avait besoin de quelque chose et la liberté est un mot utile : on peut toujours dire qu'on ne l'a pas. Elle voulut retrouver ses émotions de Florence : sincères et passionnées, celles-là, et parlant de beauté plutôt que de clefs personnelles et de robes courtes. En tout cas une robe de liberté lui convenait.

— Très bien. Prends ta liberté et file. Va-t'en aux quatre coins du monde, fais-en le tour et reviens-nous maigre comme un fil pour avoir mangé je ne sais quoi. Méprise, va, la maison qu'a bâtie ton père, le jardin qu'il a planté – notre bel horizon – et partage un appartement avec une autre fille.

Lucy serra les lèvres et dit :

— J'ai peut-être parlé inconsidérément.

— Seigneur ! éclata sa mère, comme tu me rappelles Charlotte Bartlett !

— *Charlotte* ? s'exclama en retour Lucy, atteinte par une vraie douleur.

— Tu lui ressembles toujours davantage.

— Que voulez-vous dire, maman ? Charlotte et moi n'avons rien de commun.

— Moi, je vois quelque chose de commun – le même tourment perpétuel, la même façon de retirer ses mots. Quand vous essayiez, hier soir, de faire trois parts avec deux pommes, on aurait juré deux sœurs.

— Quelle absurdité ! Si vous détestez Charlotte à ce point, quel dommage que vous l'invitiez chez nous ! Je vous avais bien avertie à son sujet ; je vous ai priée, suppliée de n'en rien faire, mais naturellement on ne m'écoute pas.

— Ça y est !

— Pardon ?

— Exactement Charlotte, ma petite, voilà tout : tu as ses moindres mots.

Lucy serra les dents.

— Vous n'auriez pas dû inviter Charlotte : voilà ce que j'ai dit ; et j'aimerais bien qu'on ne sorte pas du sujet.

Ainsi la conversation s'achevait en querelle.

Elles firent leurs courses sans un mot, parlèrent peu dans le train, peu encore dans la voiture venue les attendre à la gare de Dorking. Il avait plu à verse tout le jour et pendant l'ascension par les chemins creux du Surrey les hêtres en surplomb secouaient des rafales d'eau tambourinant sur la capote.

— On étouffe là-dessous, se plaignit Lucy.

Elle se pencha en avant, fouilla des yeux la pénombre fumante : la lueur du fanal éclairait comme un projecteur des fuites de boue et de feuilles sans rien révéler qui fût beau.

— On va s'écraser quand Charlotte montera, remarqua-t-elle. (Car la voiture devait, à Summer Street, reprendre Miss Bartlett qu'elle y avait déposée à l'aller pour une visite à la vieille mère de Mr Beebe.) Il faudra rester trois du même côté parce que les arbres dégouttent – et encore il ne pleut pas ! Oh ! un peu d'air ! (Elle écouta les sabots du cheval :) Il n'a rien dit ! Il n'a rien dit ! (La mélodie était brouillée par la route gluante.) Est-il vraiment impossible de baisser cette capote ? demanda-t-elle.

Avec une tendresse soudaine sa mère répondit :

— Pas du tout, ma vieille, arrête le cheval.

Le cheval fut donc arrêté ; Lucy et Powel, dans un corps-à-corps avec la capote, firent ruisseler l'eau dans le cou de Mrs Honeychurch. Cependant, la capote une fois mise à bas, Lucy put voir ce qui lui aurait échappé sans doute : les fenêtres de la villa « Cissie » n'étaient pas éclairées. Elle crut distinguer un cadenas à la grille.

— Powel, appela-t-elle, est-ce que la maison est de nouveau à louer ?

— Oui, mademoiselle, répondit-il.

— Ils sont partis ?

— C'était trop loin de la ville pour le jeune monsieur et le rhumatisme du père est revenu ; il ne peut donc pas rester seul et ils essaient de louer meublé.

— Ainsi ils sont partis.

— Oui, mademoiselle, ils sont partis.

Lucy se rencogna. On atteignit le presbytère. Elle descendit, appela Miss Bartlett. Les Emerson étaient partis : le voyage en Grèce et tout son tracas s'avéraient inutiles. Gaspillage ! Le mot semblait résumer son existence. Projets gaspillés, argent gaspillé, amour gaspillé, et elle avait blessé sa mère. Qu'elle eût ainsi tout gâché, tout dissipé, était-ce possible ? Très possible. D'autres l'avaient fait. Quand la bonne ouvrit la porte, Lucy, incapable de parler, considéra stupidement le hall.

Miss Bartlett s'avança aussitôt et, après un long préambule, implora une immense faveur : pouvait-elle aller à l'église ? Mr Beebe et sa mère s'y trouvaient déjà ; elle, avait refusé de les accompagner sans autorisation explicite de son hôtesse. Le cheval n'allait-il pas devoir attendre dix bonnes minutes de plus ?

— Bien sûr, dit l'hôtesse avec lassitude. J'avais oublié que ce fût vendredi. Allons-y tous. Powel peut gagner les écuries.

— Lucy, ma chère enfant…

— Je n'irai pas à l'église, merci.

Un soupir, et elles partirent. L'église était invisible mais, dans l'ombre, là-haut, à gauche, apparaissait une vague lueur colorée. C'était un vitrail laissant passer une faible lumière. Quand la porte s'ouvrit, Lucy perçut la voix de Mr Beebe psalmodiant une litanie pour un petit groupe de fidèles. Même leur église, bâtie au penchant de la colline, avec son beau transept surélevé, son clocher aux bardes d'argent – même leur église, donc, avait perdu son charme. Ce dont on ne parlait jamais, la religion, s'éloignait, mourait comme tout le reste. Elle suivit la bonne dans le presbytère. Mademoiselle verrait-elle un inconvénient à attendre dans le cabinet de Mr Beebe ? C'était le seul feu allumé. Pas d'inconvénient.

Quelqu'un se trouvait déjà dans la pièce puisque la bonne annonça :

— Une dame qui doit attendre, monsieur.

Le vieux Mr Emerson était assis devant le feu, son pied rhumatisant sur un tabouret.

— Oh ! Miss Honeychurch, vous êtes venue ? dit-il d'une voix tremblante. (Lucy vit qu'il avait vieilli depuis la dernière fois.)

Aucun mot ne vint à ses lèvres. Elle avait affronté George, aurait pu l'affronter encore, mais elle avait oublié l'attitude à prendre devant son père.

— Miss Honeychurch, mon enfant, nous sommes navrés ! George est navré ! Il a cru avoir le droit de courir sa chance. Je ne peux pas blâmer mon petit ;

pourtant j'aurais préféré qu'il m'en parlât d'abord. Il n'aurait pas dû essayer. Je ne savais absolument rien.

Comment se souvenir de l'attitude à adopter ?

Il leva la main :

— Mais il ne faut pas le gronder.

Lucy tourna le dos et se mit à considérer les livres de Mr Beebe.

— Je lui ai appris, dit-il d'une voix toujours tremblante, à croire en l'amour. Je lui ai dit : « Là où surgit l'amour est la réalité. » Je lui ai dit : La passion n'aveugle pas. Non. La passion est santé ; la femme que vous aimez sera la seule que vous compreniez jamais. Il soupira : Vrai. Éternellement vrai. Voici la fin de mes jours et voici le résultat. Pauvre petit ! Il a tant de regrets ! « Je suis convaincu, m'a-t-il affirmé, qu'en amenant sa cousine comme témoin elle ne savait plus ce qu'elle faisait ; elle agissait contre son sentiment profond, quel qu'il fût. » Pourtant (sa voix s'affermit, il voulait être sûr) Miss Honeychurch, vous souvenez-vous de l'Italie ?

Lucy choisit un livre : *Commentaires sur le Vieux Testament*. L'élevant jusqu'à ses yeux, elle dit :

— Je n'ai aucun désir de discuter avec vous sur l'Italie ou sur un sujet ayant avec votre fils le moindre rapport.

— Mais vous vous en souvenez ?

— Il s'est mal conduit dès le début.

— J'ai seulement appris dimanche dernier qu'il vous aimait. Je n'ai jamais pu juger la conduite des gens. Je – je… suppose qu'il s'est mal conduit.

Se sentant plus solide, elle remit le volume à sa place et se tourna vers lui. Il avait un visage très las et gonflé, mais dans ses yeux profondément enfoncés brillait encore un courage d'enfant.

— Oui, il s'est conduit de façon abominable, dit-elle. Je suis heureuse qu'il le regrette. Savez-vous ce qu'il a fait ?

— Abominable, non, corrigea-t-il doucement. Il a essayé quand il n'aurait pas dû. Vous avez tout ce que vous désirez, Miss Honeychurch : vous allez épouser l'homme que vous aimez. Ne sortez pas de la vie de George en traitant sa conduite d'abominable.

— Non, bien sûr, dit Lucy, honteuse de l'allusion à Cecil. Abominable est un mot beaucoup trop fort. Je m'excuse de l'avoir appliqué à votre fils. Après tout, je vais aller à l'église. Ma mère et ma cousine s'y trouvent. Je ne serai pas tellement en retard…

— Surtout à propos d'un homme qui a succombé, dit-il calmement.

— Quoi donc ?

— Naturellement, succombé.

Il joignit les mains en silence et sa tête retomba sur sa poitrine.

— Je ne comprends pas.

— Comme sa mère jadis.

— Mais, Mr Emerson – *Mr Emerson*, de quoi parlez-vous ?

— Quand j'ai refusé de laisser baptiser George.

Lucy fut saisie d'effroi.

— Elle convint alors que le baptême n'était rien. Mais à douze ans il eut cette maladie grave. Elle fut retournée. Elle y vit un jugement. (Il frissonna.) Horrible, quand nous en avions fini avec tout cela et rompu avec ses parents. Horrible, pire que tout – pire que la mort, quand on a débroussaillé son coin de forêt, planté son jardin, fait entrer le soleil, et que, de nouveau, les lianes gagnent et rampent ! Un jugement ! Croire que notre petit avait la typhoïde parce qu'on n'avait pas versé un peu d'eau sur son front dans l'église ! Est-ce possible, Miss Honeychurch ? Allons-nous retomber dans la nuit pour toujours ?

— Je ne sais pas, dit Lucy dans un souffle. Je ne comprends pas ces choses. Je ne suis pas faite pour les comprendre.

— Mais Mr Eager, lui, vint quand j'étais sorti et agit conformément à ses principes. Je ne le blâme pas, ni personne… mais quand George fut bien, elle fut malade. Il lui fit penser au péché, et elle succomba en y pensant.

C'était donc ainsi que Mr Emerson avait assassiné sa femme à la face de Dieu !

— Quelle horreur ! dit Lucy, oubliant enfin sa propre histoire.

— Il n'a pas été baptisé, dit le vieil homme, j'ai tenu bon.

D'un regard qui ne vacillait pas, il considéra les rangées de livres comme s'il avait – à quel prix ! – remporté sur eux une victoire.

— Mon petit reviendra intact à la terre.

Elle demanda s'il était malade.

— Oh ! – dimanche dernier…

Il se lança dans le présent. Le dernier dimanche de George.

— Non, pas malade : il a succombé, voilà tout. Il n'est jamais malade. Mais il est le fils de sa mère. Elle avait ces yeux, et aussi ce front que je trouve si beau. Il ne jugera pas qu'il vaille la peine de vivre. Il n'a jamais tenu qu'à un fil. Il vivra, mais sans trouver que la vie vaille la peine. Vous vous souvenez de cette église à Florence ?

Lucy se souvenait de l'église et de la suggestion qu'elle y avait faite : George devrait collectionner des timbres-postes.

— Après votre départ de Florence – horrible ! Enfin, nous louons cette maison ici, il se baigne avec votre frère et les choses vont mieux. Vous l'avez vu au bain ?

— Je regrette beaucoup, mais cette discussion est inutile. En vérité je regrette profondément.

— Je ne sais quoi est arrivé… à propos d'un roman. Je n'ai pas bien compris ; il aurait dû me dire trop de choses et s'y est refusé ; il me trouve trop vieux. On ne peut pas réussir toujours. George vient demain pour me prendre avec lui dans son appartement à Londres. Il ne supporte pas de rester ici, et moi, il me faut vivre où il vit.

— Mr Emerson, cria la jeune fille, ne partez pas – à cause de moi, du moins. Je vais en Grèce. Ne quittez pas votre maison confortable.

Pour la première fois elle avait parlé sur un ton de bonté. Il sourit :

— Comme on est gentil avec moi ! Voyez : Mr Beebe m'a recueilli – il m'a rendu visite ce matin et a appris mon départ. Je suis si bien, ici, près du feu !

— Oui, mais vous voulez rentrer à Londres. C'est absurde.

— Je dois rejoindre George. Je dois lui faire aimer la vie, et ici il ne peut pas. Il dit que la seule pensée de vous voir ou d'entendre parler de vous… Non, je ne le justifie pas : je dis simplement ce qui arrive.

— Oh ! Mr Emerson ! (Elle lui prit la main :) Il ne faut pas partir. J'ai maintenant causé assez de tracas. Je ne peux supporter que vous quittiez votre maison quand vous l'aimez – sans parler de l'argent gaspillé – tout cela à cause de moi. Il faut rester. Précisément je pars pour la Grèce.

— Vous allez si loin ? Jusqu'en Grèce ?

Elle changea de contenance.

— Jusqu'en Grèce ?

— Restez donc, il le faut. Vous ne raconterez rien, je le sais. Je puis avoir confiance en vous deux.

— Certainement, vous le pouvez. Ou vous entrez dans notre vie, ou nous vous laissons mener celle de votre choix.

— Je ne voudrais pas…

— Mr Vyse, je suppose, est furieux contre George ? Non, George a eu tort d'essayer. Nous avons poussé trop loin notre Credo. Nous méritons maintenant notre peine.

De nouveau elle considéra les livres – noirs, bruns, ou bleus de l'aigre bleu théologique. Littéralement, ils encerclaient les visiteurs, surchargeaient les tables, pressaient contre le plafond même. Profondément religieux en fait, Mr Emerson n'était guère séparé de Mr Beebe que par une franche acceptation de la vie passionnée : pour Lucy, cependant, à qui cette vérité échappait, la situation du vieillard contraint de se traîner à l'intérieur de ce sanctuaire et dans la dépendance d'un clergyman, apparaissait affreuse.

Mais il lui offrit son fauteuil : elle était lasse, il en avait plus que la certitude.

— Je vous en prie, ne bougez pas. Je crois que je vais m'asseoir dans la voiture.

— Miss Honeychurch, vous avez vraiment l'air fatiguée.

— Pas du tout, dit Lucy, les lèvres tremblantes.

— Si, si, vous me faites un peu l'effet de George. Et que disiez-vous à propos de voyage ?

Elle se tut.

— En Grèce… (elle vit qu'il pesait le mot). En Grèce… mais vous deviez vous marier cette année, n'est-ce pas ?

— En janvier seulement, je devais, dit Lucy en joignant les mains. Allait-elle mentir avec naturel quand elle serait au pied du mur ?

— Mr Vyse vous accompagne sans doute ? J'espère que l'aveu de George n'est pas la cause de votre départ à tous deux ?

— Non.

— J'espère que vous prendrez plaisir à voir la Grèce avec Mr Vyse.

— Merci.

À cet instant Mr Beebe rentra. Sa soutane était trempée de pluie.

— Parfait ! dit-il avec bonté. J'avais bien compté que vous vous tiendriez compagnie. Il pleut encore à verse. Toute l'assemblée des fidèles, soit votre cousine, votre mère et la mienne, attendent dans l'église l'arrivée de la voiture. Powel est-il revenu ?

— Sans doute. Je vais voir.

— Non, j'y vais, bien sûr. Comment sont les Miss Alan ?

— Très bien, merci.

— Avez-vous annoncé à Mr Emerson ce voyage en Grèce ?

— Je… oui.

— Ne trouvez-vous pas, Mr Emerson, qu'elle a du cran de prendre en charge les Miss Alan ? Miss Honeychurch, restez au chaud. Un voyage à trois demande, à mon sens, le plus de courage.

En hâte il sortit chercher Powel.

— Il ne vient pas, dit-elle d'une voix rauque. Je me suis mal exprimée. Mr Vyse reste en Angleterre.

Sans savoir pourquoi, elle sentait impossible de tromper ce vieillard. À George, à Cecil elle aurait menti encore ; mais, lui, paraissait si près de sa fin, investi d'une telle dignité par la présence de cet abîme dont il donnait une version et les livres environnants une autre, si plein de douceur aussi pour le rude chemin où il avait marché, qu'un vrai sentiment chevaleresque – non plus le chevaleresque sexuel, mais celui dont tous les jeunes peuvent faire preuve envers tous les vieux – s'éveilla chez la jeune fille et la contraignit de dire à tous risques que Cecil ne l'accompagnerait pas en Grèce. Elle parla même avec tant de sérieux que le risque devint certitude. Levant les sourcils, il dit :

— Vous laissez… vous laissez l'homme que vous aimez ?

— Je… il le fallait.

— Pourquoi, Miss Honeychurch, pourquoi ?

Une terreur la saisit et la fit mentir de nouveau. Elle prononça le discours long et convaincant déjà offert en primeur à Mr Beebe et dont elle entendait accompagner l'annonce officielle de sa rupture. Il l'écouta silencieusement et dit :

— Vous me causez du souci, mon enfant. Il me semble… (elle l'écoutait dans un rêve et n'eut point de crainte) il me semble que vous ne savez plus où vous en êtes.

Elle secoua la tête.

— Croyez-en un vieillard. Il n'y a rien de pire au monde que de ne pas savoir où l'on en est. Il est facile d'affronter la Mort, le Destin et autres choses qui paraissent terribles. Je ne regarde avec horreur dans ma vie passée que mes propres confusions – surtout ce que j'aurais pu éviter. Nous ne pouvons que très peu les uns pour les autres. Je me croyais autrefois capable d'enseigner aux jeunes toute la vie, mais j'en ai rabattu maintenant et tout l'enseignement que je donne à George se ramène à ceci : « Sache où tu en es. » Vous souvenez-vous de cette église quand vous feigniez d'être fâchée contre moi alors que vous ne l'étiez pas ? Vous souvenez-vous, plus loin encore, du jour où vous refusiez la chambre avec vue sur l'Arno ? Vous ne saviez pas où vous en étiez : confusions légères mais symptomatiques – je crains que vous ne souffriez d'une autre maintenant. (Elle se taisait.) Faites-moi confiance, Miss Honeychurch. Si magnifique que soit la vie, elle est difficile. (Elle se taisait toujours.) « La vie, a écrit un de mes amis, c'est jouer du violon en public et apprendre à jouer en même temps. » Je crois qu'il pose bien le problème. L'homme doit découvrir chemin faisant le bon usage de ses fonctions – et particulièrement de l'Amour.

Saisi soudain d'une grande excitation, il jeta :

— C'est cela, c'est cela que je veux dire. Vous aimez George !

Après un long préambule les trois mots frappèrent Lucy comme des vagues venues de la haute mer.

— Mais oui, poursuivit-il sans attendre une contradiction. Vous aimez ce garçon corps et âme, franchement, directement, comme il vous aime lui-même, il n'y a pas d'autres mots pour l'exprimer. C'est à cause de lui que vous refusez l'autre.

— Oh ! vous osez ! haleta Lucy, les oreilles bourdonnantes de grandes eaux. Voilà bien les hommes : toujours croire qu'une femme pense à l'un d'eux !

— Vous y pensez pourtant.

Elle eut un sursaut de dégoût, dernier argument.

— Vous êtes choquée, mais je veux vous choquer. C'est quelquefois le seul espoir. Je ne puis vous atteindre d'aucune autre façon. Il faut vous marier ou gâcher votre vie. Vous êtes trop engagée pour reculer. La tendresse, la camaraderie, la poésie, les choses qui comptent vraiment et *pour lesquelles* vous vous mariez, je n'ai pas le temps d'en parler. Je sais que vous les trouverez avec George et que vous l'aimez. Soyez donc sa femme. Il fait déjà partie de vous. Quand même vous fuiriez en Grèce pour ne plus jamais le revoir, quand même vous oublieriez jusqu'à son nom, George agira sur vos pensées jusqu'à votre mort. Amour et séparation sont incompatibles. En vain vous souhaiterez le contraire. Vous pouvez transformer l'amour, l'ignorer, le brouiller, vous ne pouvez pas l'arracher de vous. Je sais par expérience que les poètes ont raison : l'amour est éternel.

Lucy se mit à pleurer de colère, et si la colère passa bientôt, les larmes persistèrent.

— Je voudrais seulement que les poètes disent encore ceci : l'amour est du corps ; il n'est pas le corps, mais du corps. Ah ! les douleurs qui seraient épargnées si nous confessions cela ! Ah ! un peu de droiture qui libère l'âme ! Votre âme, ma chère Lucy ! Je déteste maintenant ce mot d'âme à cause de tous les voiles d'hypocrisie dont la superstition l'a enveloppé. Nous avons pourtant des âmes. Je ne sais d'où elles nous viennent ni où elles vont, mais nous avons des âmes et je vous vois détruire la vôtre. Cela m'est insupportable. C'est de nouveau la nuit qui se glisse et qui entre ; c'est l'enfer ! (Il se secoua :) Quelles absurdités je dis – comme je reste abstrait et lointain ! Et je vous ai fait pleurer ! Ma chère enfant, pardonnez-moi mes discours ennuyeux ; épousez mon garçon. Quand je pense à ce qu'est la vie et comme il est rare que l'amour réponde à l'amour… épousez-le. Le monde a été fait pour des instants comme celui-ci.

Elle ne pouvait le comprendre ; lointains, en effet, restaient les mots : pourtant, à mesure qu'il parlait, l'ombre était dissipée, voile après voile, et Lucy voyait jusqu'au fond de son âme.

— Eh bien, Lucy…

— Vous m'avez fait peur, gémit-elle. Cecil – Mr Beebe – les billets déjà pris – tout ! (Elle tomba sanglotante dans un fauteuil.) Je suis ligotée. Je dois souffrir et vieillir loin de lui. Je ne peux pas pour lui, briser ma vie ! Ils m'ont fait confiance.

Une voiture s'arrêta devant la porte.

— Dites à George ma tendresse – ce sera l'unique fois. Dites-lui l'éternelle confusion !

Elle arrangea sa voilette devant ses joues baignées de larmes.

— Lucy…

— Non – ils sont dans le hall. – Non, je vous en prie, Mr Emerson – Ils ont confiance en moi…

— Pourquoi devraient-ils l'avoir toujours puisque vous les avez trompés ?

Lucy ouvrit la porte et dit :

— Voici ma mère.

— Vous ne méritez pas leur confiance.

— Qu'y a-t-il ? demanda Mr Beebe sèchement.

— Je disais : « Pourquoi auriez-vous confiance en elle puisqu'elle vous a trompés ? »

— Une minute, maman.

Il entra et referma la porte.

— Je ne vous suis pas, Mr Emerson. À quoi faites-vous allusion ? Confiance en qui ?

— Je voulais dire qu'elle a feint devant nous de ne pas aimer George. Or, ils n'ont cessé de s'aimer.

Mr Beebe considéra la jeune fille en pleurs. Il était très calme et son visage blanc avec ses moustaches rousses apparut soudain inhumain. Dressé comme une colonne haute et noire, il attendait la réponse.

— Je ne l'épouserai jamais, balbutia Lucy.

Une expression de mépris envahit le visage de Mr Beebe.

— Pourquoi pas ? dit-il.

— Mr Beebe, je vous ai trompé – je me suis trompée moi-même.

— Sottises, Miss Honeychurch !

— Pas sottises du tout, dit le vieillard avec chaleur. Cela fait partie de ce que vous ne comprenez pas chez les hommes.

Amicalement, Mr Beebe lui posa la main sur l'épaule.

— Lucy ! Lucy ! (Les voix venaient de la voiture.)

— Mr Beebe, pouvez-vous m'aider ?

La demande parut le frapper de stupeur.

— Ma douleur, fit-il d'une voix grave et ferme, dépasse tout ce que je puis en dire. C'est lamentable, lamentable – incroyable !

— Que reprochez-vous à mon fils ? s'enflamma de nouveau l'autre.

— Rien, Mr Emerson, simplement il cesse de m'intéresser. Épousez George, Miss Honeychurch. Il vous conviendra admirablement.

Il sortit et s'éloigna. On l'entendit accompagner sa mère à l'étage.

— Lucy ! reprirent les voix.

Désespérée, elle se tourna vers Mr Emerson. Son visage lui rendit la vie. C'était le visage d'un saint qui comprenait.

— Tout n'est que nuit maintenant. Maintenant Beauté et Passion semblent n'avoir jamais existé. Je le sais. Mais souvenez-vous des collines dominant Florence et de la vue. Ah ! mon enfant, si j'étais George un baiser vous donnerait du courage. Il vous faut, toute froide, engager un combat qui demanderait de la chaleur ; il vous faut affronter cette confusion que vous avez créée vous-même ; et votre mère et tous vos amis, ma tendre enfant, vont vous mépriser et vous mépriser justement, s'il y a jamais de la justice à mépriser. George est encore dans l'ombre : vous devrez batailler et souffrir sans un mot de lui. Ai-je raison ? Des larmes montèrent aussi à ses yeux. Oui, car nous luttons pour bien plus que l'Amour ou le Plaisir : il y a la Vérité. La Vérité compte, la Vérité compte vraiment.

— Embrassez-moi, dit la jeune fille. Embrassez-moi. J'essaierai.

Elle avait reçu de lui l'impression de quelque réconciliation divine, le sentiment qu'en gagnant l'homme qu'elle aimait elle gagnerait quelque chose pour l'univers. À travers l'horrible retour en voiture – elle parla sur-le-champ – cette « salutation » persista. Lavant le corps de ses souillures, ôtant leurs aiguillons aux outrages du monde, il lui avait découvert la sainteté d'un désir direct. Elle ne sut jamais – avoua-t-elle des années plus tard – comment il avait pu lui infuser cette force. Elle avait eu l'impression de tout embrasser d'un regard.

20. Fin du Moyen Âge

Les Miss Alan allèrent bien en Grèce, mais seules. Seules de notre petit groupe elles auront doublé et creusé les eaux du golfe Saronique. Seules, elles auront visité Athènes et Delphes et ces deux sanctuaires de la mélodie intellectuelle – celui qui porte l'Acropole au centre de mers bleues, et celui que domine le Parnasse où les aigles bâtissent et où le dieu bronzé sans effroi roule et dirige son char vers l'infini. Tremblantes, angoissées, encombrées de pain de régime, elles poussèrent bien jusqu'à Constantinople ; elles firent bien le tour du monde. Nous devons – les autres – nous satisfaire d'un but magnifique mais moins difficile à atteindre. *Italiam petimus* : nous retournons à la pension Bertolini.

George affirma que c'était sa vieille chambre.

— Pas du tout, dit Lucy, pour la raison que c'était la mienne et que j'avais la chambre de ton père, je ne sais pourquoi ; Charlotte en avait décidé ainsi pour des raisons mystérieuses.

Il s'agenouilla sur le parquet de briques et posa la tête sur les genoux de sa femme.

— Ne fais pas le bébé, George, lève-toi.

— Pourquoi ne serais-je pas un bébé ? murmura George.

Incapable de répondre à cette question, elle posa la chaussette qu'elle essayait de repriser et regarda le paysage à travers la vitre. C'était le soir et de nouveau le printemps.

— Quelle scie, Charlotte ! dit-elle pensivement. En quoi sont-elles faites, ces femmes ?

— Du même bois que les clergymen.

— Idiot !

— Tu as raison, c'est idiot.

— Maintenant relève-toi si tu ne veux pas que ce parquet froid te déclenche un rhumatisme, et cesse de rire en faisant la bête.

— Pourquoi ne rirais-je pas ? demanda-t-il en l'immobilisant avec ses coudes, le visage tendu vers le sien. Y a-t-il de quoi pleurer ? Un baiser ici !

Il désigna le point où le baiser serait le bienvenu.

Il restait un enfant, en somme. Le moment venu, c'était elle qui se souvenait, c'était dans son âme à elle que le fer avait pénétré, c'était elle qui savait encore à qui était l'an passé cette chambre. Qu'il se trompât quelquefois le lui rendait étrangement plus cher.

— Des lettres ? demanda-t-il.

Un seul mot de Freddy.

— Maintenant, un baiser ici ; puis là.

De nouveau menacé de rhumatisme, il flâna jusqu'à la fenêtre, l'ouvrit (en bon Anglais qu'il était), et se pencha. Le parapet était là, la rivière était là ; à gauche les collines commençaient. Le cocher qui venait de le saluer d'un sifflement serpentin pouvait bien être ce même Phaéton qui, douze mois auparavant, avait fait s'ébranler leur bonheur. Une passion de gratitude – tous les sentiments deviennent passion dans le Sud – envahit l'époux et lui fit bénir les choses et les hommes qui s'étaient donné tant de peine pour un jeune imbécile. Il y avait mis du sien, sans doute, mais avec quelle stupidité ! Tous les combats importants avaient été soutenus par les autres – par l'Italie, par son père, par sa femme.

— Lucy, viens voir les cyprès ; l'église – comment l'appelle-t-on ? – est toujours là.

— San Miniato. Je finis ta chaussette.

— *Signorino, domani faremo un giro*, affirma le cocher avec une certitude engageante.

Il se trompait, lui dit George, pas d'argent à gaspiller en voiture.

Et ceux qui avaient aidé sans le vouloir : les Miss Lavish, les Cecil, les Miss Bartlett ! Toujours enclin à magnifier le destin, George fit le compte des forces qui l'avaient irrésistiblement poussé vers la joie.

— Rien de bon dans la lettre de Freddy ?

— Pas encore.

Sa propre joie était parfaite, mais celle de Lucy se mêlait d'amertume : les Honeychurch ne lui avaient pas pardonné ; l'hypocrisie de la jeune fille les dégoûtait ; elle s'était aliéné Windy Corner, pour toujours peut-être.

— Que dit-il ?

— Il est stupide ! Il joue les frères nobles. Il savait que nous partirions ce printemps – il le savait depuis six mois – et que si maman ne donnait pas son consentement nous déciderions nous-mêmes. Ils ont été franchement avertis, et le voilà qui parle aujourd'hui d'enlèvement. Ridicule garçon…

— *Signorino, domani faremo un giro…*

— Mais tout s'arrangera à la fin. Il faut que Freddy se refasse de nous deux une idée complètement neuve. J'aurais préféré pourtant que Cecil n'affichât pas un tel cynisme à l'égard des femmes. Voilà deux fois qu'il change d'opinion. Pourquoi les hommes ont-ils si volontiers des théories sur les femmes ? Je n'en ai pas sur les hommes. J'aurais souhaité aussi que Mr Beebe…

— Tu peux le souhaiter longtemps.

— Il ne nous pardonnera jamais – j'entends : nous n'aurons jamais plus aucun intérêt pour lui. J'aimerais qu'il n'eût pas tant d'influence à Windy Corner. J'aimerais qu'il n'eût pas… Mais si nous agissons selon la vérité, ceux qui nous aiment reviendront sûrement à nous, à la fin.

— Peut-être. (Il ajouta avec plus de douceur :) J'ai agi selon la vérité – la seule chose que j'aie faite d'ailleurs – et tu es revenue à moi. Il est donc possible que tu saches. (Il quitta la fenêtre :) Pose cette absurde chaussette.

Il l'emporta vers la fenêtre afin qu'elle aussi jouît de la vue. Accroupis sur les genoux et donc espéraient-ils, invisibles de la rue, ils échangèrent leurs noms dans un murmure. Ah ! cela valait bien la peine, c'était la grande joie attendue outre d'innombrables petites joies dont ils n'avaient jamais rêvé. Ils se turent.

— *Signorino, domani faremo…*

— Oh ! celui-là !

Mais Lucy se souvint du vendeur de dépliants et dit :

— Non, ne le bouscule pas ! (Puis, retenant son souffle, elle murmura :) Mr Eager et Charlotte – ce terrible glaçon qu'était Charlotte ! Quelle cruauté elle avait montrée pour ces gens-là !

— Regarde les lumières qui passent sur le pont.

— Non, cette pièce me rappelle trop Charlotte. Quelle horreur de vieillir comme Charlotte ! Par quel hasard, le soir du presbytère, a-t-elle ignoré la présence de ton père dans la maison ? Elle m'aurait empêchée d'entrer. Or, lui seul au monde pouvait m'ouvrir les yeux. Toi, tu n'aurais pas pu. Quand je suis très heureuse (elle l'embrassa) je me souviens à quel fil les choses ont tenu. Si Charlotte avait su, elle m'aurait arrêtée, je serais partie pour mon idiotie de Grèce et j'aurais été changée pour toujours.

— Au contraire, elle le savait, elle avait sûrement vu mon père. Il me l'a dit.

— Oh ! non, elle ne l'a pas vu. Elle était en haut avec la vieille Mrs Beebe, tu te souviens, et elle est allée directement à l'église. Elle me l'a dit.

George s'entêta :

— Mon père l'a vue, et je préfère le croire, lui. Il somnolait au coin du feu, soudain, il a ouvert les yeux et Miss Bartlett était là. Quelques minutes avant ton arrivée. Elle se tournait pour partir au moment où il s'éveilla. Il ne lui a pas parlé.

Ils bavardèrent d'autre chose – à bâtons rompus, comme ceux qui ont lutté pour se joindre et dont la récompense est maintenant de reposer en paix dans les bras l'un de l'autre. Miss Bartlett fut longtemps à revenir. Mais quand elle refit son apparition, sa conduite éveilla un nouvel intérêt. George qui avait horreur de la moindre obscurité dit :

— Il est clair qu'elle savait. Pourquoi donc accepta-t-elle le risque de votre rencontre ? Sachant mon père là, elle est partie pour l'église.

Ils tentèrent d'assembler les morceaux du puzzle.

Au cours de la discussion une solution incroyable se présenta à l'esprit de Lucy. Elle la repoussa et dit :

— C'est tout Charlotte d'anéantir ainsi son œuvre au dernier moment par une petite confusion.

Mais quelque chose dans le crépuscule mourant, dans le grondement de la rivière, dans leur étreinte même, les avertit qu'une telle conclusion n'était pas assez grande pour la vie, et George murmura :

— À moins qu'elle ne l'ait voulu.

— Voulu quoi ?

— *Signorino, domani faremo un giro…*

Lucy se pencha et dit avec douceur :

— *Lascia, prego, lascia. Siamo sposati.*

— *Scusi tanto, Signora*, répondit-il avec la même douceur, et il fouetta son cheval.

— *Buona sera – e grazie !*

— *Niente.*

Le cocher s'éloigna en chantant.

— Voulu quoi, George ?

— Serait-ce vrai ? Serait-il possible ? Je vais te proposer une chose merveilleuse : que ta cousine ait toujours espéré. Qu'au fond d'elle-même, dès notre première rencontre, elle ait espéré ce qui arrive aujourd'hui – très au fond d'elle-même, bien sûr. Qu'elle nous ait combattus à la surface, mais en espérant malgré tout. Moi, je ne peux l'expliquer autrement. Et toi ? Vois comme tout l'été elle m'a maintenu vivant dans ton souvenir ; comme elle t'a harcelée sans relâche ; comment, de mois en mois, elle est devenue plus excentrique et plus fuyante. Elle était hantée par le souvenir de notre couple – sinon elle n'aurait pu fournir une telle description à son amie. Il y a des détails – il y a des détails qui brûlent. J'ai lu le livre ensuite. Elle n'est pas glacée, Lucy, elle n'est pas définitivement desséchée. Deux fois elle nous a séparés brutalement, mais ce soir-là, au presbytère, une nouvelle occasion lui fut offerte de nous rendre heureux. Nous ne pourrons jamais devenir ses amis et la remercier. Mais je pense vraiment qu'au fond de son cœur, bien au-dessous de ce qu'elle peut dire ou faire, elle est contente.

— C'est impossible, murmura Lucy. Puis se souvenant de son propre cœur, de sa propre expérience, elle rectifia :

— Si – c'est juste possible.

Leur jeunesse les reprit et les enveloppa ; la chanson de Phaéton disait la passion rendue, l'amour atteint. Cependant, ils prenaient conscience d'un amour plus mystérieux. La chanson mourut. Ils écoutèrent gronder le fleuve emportant les neiges d'hiver à la Méditerranée.

Table

Première partie

1. — Les Bertolini en 1905. 9
2. — Dans Santa Croce sans Baedeker. 28
3. — Musique, violettes et lettre E. 53
4. — Quatrième chapitre. 70
5. — Possibilité d'une agréable sortie. 81
6. — Le révérend Arthur Beebe, le révérend Cuthbert Eager, Mr Emerson, Mr George Emerson, Miss Éléanor Lavish, Miss Charlotte Bartlett et Miss Honeychurch s'en vont dans des voitures voir un paysage : les voituriers sont italiens. 101
7. — Ils retournent. 118

Deuxième partie

8. — Médiéval. 139
9. — Lucy, œuvre d'art. 163
10. — Cecil humoriste. 185
11. — Calme très plat chez Mrs Vyse. 200
12. — Douzième chapitre. 209

13. — Où la chaudière de Miss Bartlett ennuie tout le monde. 225
14. — Comment Lucy affronta bravement le danger extérieur. 238
15. — Désastre intérieur. 248
16. — Lucy ment à George. 270
17. — Elle ment à Cecil. 284
18. — Elle ment à Mr Beebe, à Mrs Honeychurch, à Freddy, aux domestiques. 294
19. — Elle ment à Mr Emerson. 319
20. — Fin du Moyen Âge. 344

Du même auteur chez Robert Laffont

Arctic Summer
Pavillons Poche 2017

Tout oppose Martin Whitby, trentenaire libéral, et Cleasant March, jeune rêveur de vingt ans. Pourtant, leurs destins vont se croiser lors d'un voyage vers l'Italie et de cette rencontre va naître une amitié étrange, portée par leurs idéaux contradictoires. Entre cloisonnement des classes sociales et nostalgie d'un monde révolu, on croira le lien qui les unit voué à se rompre, mais le dénouement en surprendra plus d'un… Ce roman, au caractère hétérogène et cependant emblématique de son oeuvre, Forster l'avait interrompu au profit de La Route des Indes. Il en reprit la rédaction peu de temps avant sa mort et l'ouvrage demeura inachevé, ouvrant un horizon de possibles à la curiosité du lecteur.

Pavillons Poche

Titres parus

Peter Ackroyd
Un puritain au paradis

Woody Allen
Destins tordus

Niccolò Ammaniti
Et je t'emmène

Sherwood Anderson
Le Triomphe de l'œuf

Margaret Atwood
Faire surface
La Femme comestible
Mort en lisière
Œil-de-chat
La Servante écarlate
La Vie avant l'homme
Neuf contes

Dorothy Baker
Cassandra au mariage

Nicholson Baker
À servir chambré
La Mezzanine

Ulrich Becher
La Chasse à la marmotte

Saul Bellow
La Bellarosa connection
Le Cœur à bout de souffle
Un larcin

Robert Benchley
Le Supplice des week-ends

Adolfo Bioy Casares
Journal de la guerre au cochon
Le Héros des femmes

Un champion fragile
Nouvelles fantastiques
Nouvelles d'amour
Dormir au soleil

William Peter Blatty
L'Exorciste

Jorge Luis Borges, Adolfo Bioy Casares
Chroniques de Bustos Domecq
Nouveaux Contes de Bustos Domecq
Six problèmes pour Don Isidro Parodi

Mikhaïl Boulgakov
Le Maître et Marguerite
Le Roman théâtral
La Garde blanche

Vitaliano Brancati
Le Bel Antonio

Emily Brontë
Les Hauts de Hurle-Vent

Anthony Burgess
L'Orange mécanique
Le Testament de l'orange
Les Puissances des ténèbres

Dino Buzzati
Bestiaire magique
Le régiment part à l'aube
Nous sommes au regret de…
Un amour
En ce moment précis
Bàrnabo des montagnes
Panique à la Scala
Chroniques terrestres
Nouvelles oubliées
Nouvelles inquiètes

Lewis Carroll
Les Aventures d'Alice sous terre

Michael Chabon
Les Mystères de Pittsburgh
Les Loups-garous dans leur jeunesse
La Solution finale

Owen Chase
Récit de l'extraordinaire et affligeant naufrage du baleinier Essex

Upamanyu Chatterjee
Les Après-midi d'un fonctionnaire très déjanté
La Vengeance du carnivore

Susanna Clarke
Les Dames de Grâce Adieu

Collectif
Rome, escapades littéraires
Saint-Pétersbourg, escapades littéraires
Berlin, escapades littéraires
New York, escapades littéraires
Londres, escapades littéraires
Moscou, escapades littéraires
Paris, escapades littéraires
Naples, escapades littéraires
Madrid, escapades littéraires
Séville, escapades littéraires
Rencontres avec le diable
Lisbonne, escapades littéraires
Barcelone, escapades littéraires
La Sicile, petite anthologie d'escapades littéraires

John Collier
Le Mari de la guenon

Sir Arthur Conan Doyle
Sherlock Holmes : son dernier coup d'archet

William Corlett
Deux garçons bien sous tous rapports

Avery Corman
Kramer contre Kramer

Helen DeWitt
Le Dernier Samouraï

Joan Didion
Maria avec et sans rien
Un livre de raison
Démocratie

E. L. Doctorow
Ragtime

Roddy Doyle
La femme qui se cognait dans les portes
The Commitments
The Snapper
The Van
Paula Spencer

Andre Dubus III
La Maison des sables et des brumes

Lawrence Durrell
Affaires urgentes

F. Scott Fitzgerald
Un diamant gros comme le Ritz

Zelda Fitzgerald
Accordez-moi cette valse

E. M. Forster
Avec vue sur l'Arno
Arctic Summer

Charlotte Perkins Gilman
Herland

Graham Greene
Les Comédiens
La Saison des pluies
Le Capitaine et l'Ennemi
Rocher de Brighton
Dr Fischer de Genève
Tueur à gages
Monsignor Quichotte
Mr Lever court sa chance, nouvelles complètes 1
L'homme qui vola la tour Eiffel, nouvelles complètes 2

Un Américain bien tranquille
La Fin d'une liaison
Voyages avec ma tante
Le Fond du problème
Le Facteur humain
La Puissance et la Gloire
Le Troisième Homme

Kent Haruf
Colorado Blues
Le Chant des plaines
Les Gens de Holt County
Nos âmes la nuit

Jerry Hopkins et Daniel Sugerman
Personne ne sortira d'ici vivant

Bohumil Hrabal
Une trop bruyante solitude
Moi qui ai servi le roi d'Angleterre
Rencontres et visites
Les Noces dans la maison

Henry James
Voyage en France
La Coupe d'or

Erica Jong
Le Complexe d'Icare

Thomas Keneally
La Liste de Schindler

Janusz Korczak
Journal du ghetto

Jaan Kross
Le Fou du tzar

Jhumpa Lahiri
Longues distances

D. H. Lawrence
Le Serpent à plumes

John Lennon
En flagrant délire

Siegfried Lenz
La Leçon d'allemand
Le Dernier Bateau
Une minute de silence
Le Bureau des objets trouvés

Primo Levi
Conversations et entretiens
Maintenant ou jamais

Ira Levin
Le Fils de Rosemary
Rosemary's Baby

Tessa de Loo
Les Jumelles

Norman Mailer
Le Chant du bourreau
Bivouac sur la lune
Les vrais durs ne dansent pas
Mémoires imaginaires de Marilyn
Morceaux de bravoure
Prisonnier du sexe

Dacia Maraini
La Vie silencieuse de Marianna Ucrìa

Guillermo Martínez
Mathématique du crime
La Mort lente de Luciana B
La Vérité sur Gustavo Roderer

Tomás Eloy Martínez
Santa Evita
Le Roman de Perón

Richard Mason
17 Kingsley Gardens

Somerset Maugham
Les Trois Grosses Dames d'Antibes
Madame la Colonelle

Mr Ashenden, agent secret
Les Quatre Hollandais

James A. Michener
La Source

Arthur Miller
Ils étaient tous mes fils
Les Sorcières de Salem
Mort d'un commis voyageur
Les Misfits
Focus
Enchanté de vous connaître
Une fille quelconque
Vu du pont *suivi de* Je me souviens de deux lundis

Pamela Moore
Chocolates for breakfast

Daniel Moyano
Le Livre des navires et bourrasques

Geoff Nicholson
Comment j'ai raté mes vacances

Joseph O'Connor
À l'irlandaise

Pa Kin
Le Jardin du repos

Katherine Anne Porter
L'Arbre de Judée

Janice Pariat
Variations d'un cœur

Mario Puzo
Le Parrain
La Famille Corleone *(avec Ed Falco)*

Mario Rigoni Stern
Les Saisons de Giacomo

Saki
Le Cheval impossible

L'Insupportable Bassington
La Fenêtre ouverte

J. D. Salinger

Dressez haut la poutre maîtresse, charpentiers, *suivi de* Seymour, une introduction
Franny et Zooey
L'Attrape-cœurs
Nouvelles
L'Attrape-cœurs *(bilingue)*

Roberto Saviano

Le Contraire de la mort *(bilingue)*

William Shakespeare

Roméo et Juliette *(bilingue)*
Othello *(bilingue)*
Hamlet *(bilingue)*

Sam Shepard

Balades au paradis
À mi-chemin

Robert Silverberg

Les Monades urbaines
Le Château de Lord Valentin
Chroniques de Majipoor
Valentin de Majipoor
L'Homme stochastique
Roma Æterna
Shadrak dans la fournaise

Johannes Mario Simmel

On n'a pas toujours du caviar

Alexandre Soljenitsyne

Le Premier Cercle
Zacharie l'Escarcelle
La Maison de Matriona
Une journée d'Ivan Denissovitch
Le Pavillon des cancéreux

Tom Spanbauer

Dans la ville des chasseurs solitaires

Muriel Spark
Les Belles Années de Mademoiselle Brodie

Robert Louis Stevenson
L'Étrange cas du Dr Jekyll et de Mr Hyde

Quentin Tarantino
Inglourious Basterds

Edith Templeton
Gordon

Hunter S. Thompson
Gonzo Highway

James Thurber
La Vie secrète de Walter Mitty

Olga Tokarczuk
Dieu, le temps, les hommes et les anges

John Kennedy Toole
La Bible de néon

John Updike
Jour de fête à l'hospice

Alice Walker
La Couleur pourpre

Evelyn Waugh
Retour à Brideshead
Grandeur et décadence
Le Cher Disparu
Scoop
Une poignée de cendres
Ces corps vils
Hommes en armes
Officiers et gentlemen
La Capitulation
Hissez le grand pavois
Diablerie
L'Épreuve de Gilbert Pinfold

Rebecca West
La Famille Aubrey

Tennessee Williams
Le Boxeur manchot
Sucre d'orge
Le Poulet tueur et la folle honteuse
Un tramway nommé Désir
La Chatte sur un toit brûlant
La Ménagerie de verre

Tom Wolfe
Embuscade à Fort Bragg

Virginia Woolf
Lectures intimes

Richard Yates
La Fenêtre panoramique
Onze histoires de solitude
Easter Parade
Un été à Cold Spring
Menteurs amoureux
Un dernier moment de folie
Un destin d'exception

Stefan Zweig
Lettre d'une inconnue *suivi de* Trois nouvelles de jeunesse
La Peur
Le Joueur d'échecs
La Confusion des sentiments
Amok *suivi de* La Ruelle au clair de lune
Seuls les vivants créent le monde

Titres à paraître

Anaïs Nin
L'Intemporalité perdue et autres nouvelles

Stefan Zweig
Vingt-quatre heures de la vie d'une femme

Margaret Atwood
La Servante écarlate, Nouvelle traduction

Composition et mise en pages
Nord Compo à Villeneuve-d'Ascq

MIXTE
Papier issu de
sources responsables
FSC® C003309

L'éditeur de cet ouvrage s'engage dans une démarche
de certification FSC® qui contribue à la préservation
des forêts pour les générations futures.

Pour en savoir plus :
www.editis.com/engagement-rse/

N° d'édition : 60714/01 – N° d'impression : 86632
Imprimé en octobre 2020 en Espagne par Liberdúplex